RUDI STRAHL

Der Krösus von Wölkenau

RUDI STRAHL

Der Krösus von Wölkenau

Eulenspiegel Verlag
Berlin

Illustrationen von Wolfgang Würfel

ISBN 3-359-00216-4

Frühmorgens um zwanzig vor sieben unterschied sich jener Montag in nichts von tausend anderen Montagen. Nur, daß Zeiss Jena am Samstag null zu eins verloren hatte. Gegen Rot-Weiß Erfurt. Auf eigenem Platz. Also war Stefan stocksauer. Ich hörte es am Jaulen seiner Maschine; wenn Stefan sauer ist, fällt er leicht in Halbstarken-Manieren zurück. Ein Glück, daß ich schon auf der Straße stand und ihn erwartete. Seine Hupkonzerte und Fehlzündungskanonaden sind mächtig unbeliebt in unserer Gegend. Ihm macht das kaum die Hälfte aus, aber ich habe immer den Ärger mit der Nachbarschaft. Denn ich bin sein bester Freund.

Er donnerte heran und bremste andeutungsweise; das heißt, er nahm haargenau so viel Gas weg, daß ich nach scharfem Antritt hinter ihm auf den Sozius springen konnte. Der unwillige Schlenker, mit dem er mein Gewicht abfing, zwang ein entgegenkommendes Auto an den Rinnstein der anderen Straßenseite. Natürlich zeigte uns der Fahrer einen Vogel, aber Stefan hatte schon wieder aufgedreht und durchbrach im dritten Gang die Schallmauer. Mindestens riskierte er zwei Stempel, weshalb ich ihm sanft auf den Sturzhelm pochte und schrie: „Halte mal am Markt! Ich muß noch Zigaretten kaufen!"

Bis zum Markt war es nämlich nicht mehr weit, da konnte selbst sein lodernder Zorn keine Weltrekorde in Gefahr bringen. Außerdem hatten wir noch eine Masse Zeit, wenn wir nicht als erste in der Bude sein wollten. Wollten wir nicht. Unser Alter, der private Autoschlossermeister Storch, achtet abends genauso auf Pünktlichkeit. Das ist seine Sache. Dies war unsere.

Stefan drosselte das Tempo und kurvte am Denkmal vorbei auf den Kiosk zu. Die eine Hälfte des Marktes lag noch im Schatten des Rathauses, die andere schon in der Morgensonne. Das wird ein schöner Tag, dachte ich. Wie hätte ich das Kommende ahnen sollen?

Stefan hielt ein reichliches Stück vor dem Kiosk, wühlte ein Zweimarkstück aus der Hosentasche und knurrte: »Bring mir auch 'ne Schachtel mit. Ich warte hier.«

Ich wußte, weshalb. Wegen Marianne. Sie ist Verkäuferin im Kiosk und das hübscheste Mädchen unserer Stadt, wenn nicht der ganzen Welt. Ich kenne keinen Jungen, der nicht schrecklich in sie verknallt gewesen wäre und nicht versucht hätte, mit ihr anzubändeln. Einschließlich Stefan und mir. Doch während ich nach einem schwachen Versuch alle Hoffnungen begraben hatte, glaubte Stefan noch immer, daß sie ihn eines Tages heiraten würde. Obgleich er bei ihr so heftig auf die Nase gefallen war, daß er sich momentan nicht traute, ihr unter die Augen zu kommen. Er hatte es nämlich geschafft, mit ihr auszugehen. Aber als er am nächsten Morgen ganz bedeppert zur Arbeit kam, konnte ich mir den Rest an den Fingern abzählen. Garantiert hat er sie abknutschen wollen – und auf Granit gebissen, bildlich gesprochen. Was ihn um so härter treffen mußte, als ihm sonst alles gelingt, was er anpackt.

Jetzt packte er bloß eine Stulle aus und tat, als interessierte ihn nichts als der blaue Himmel und die Leberwurst auf seinem Brot. Marianne sah es und griente, doch bei einem so hübschen Mädchen sieht selbst ein Grienen hinreißend aus. Stefan kriegte glühend rote Ohren davon, und auch mir begann wieder das Herz zu klopfen. Immerhin wagte ich sie wenigstens noch anzugucken. Was ja auch schon ein Vergnügen ist.

»Morgen, Marianne«, murmelte ich. »Zwei Päckchen Karo, soweit vorhanden.«

»Für dich immer«, sagte Marianne fröhlich. Mir lief eine Gänsehaut über den Rücken, obgleich ich wußte, daß Marianne zu jedem so nett war. Solange er keine Anstalten machte, sie abzuknutschen. Was ich nicht mal im Dunkeln riskieren würde, geschweige denn am hellerlichten Tage auf dem Markt. Doch wenn Stefan ihre Worte gehört hätte, wäre er garantiert noch saurer geworden.

»Eine ist für Stefan«, sagte ich. Und in einem jähen Anfall von menschlicher Großmut fügte ich hinzu: »Sei ihm doch nicht mehr böse, Marianne. Am Ende bringt er sich noch um vor Kummer.«

Marianne lachte herzlich und sagte: »Das hat er mir

auch schon erklärt. Der Spinner. Aber das glaubt er ja selber nicht.«

Da irrte Marianne. Zugegeben, wie Stefan auf seinem Motorrad hockte und verbissen an der Stulle kaute, sah er kaum wie ein Selbstmörder aus. Doch wenn er behauptet hatte, sich umbringen zu wollen, war er bestimmt fest dazu entschlossen. Tun würde er es freilich nie – wie hätte er sie da heiraten können? Er ist auch kein Spinner, sondern ein Mensch mit unendlicher Phantasie. Das ist ein gewaltiger Unterschied, finde ich.

Mir fehlte bloß die Zeit, ihr das auf die Schnelle klarzumachen, zumal Stefan argwöhnisch zu uns herüberschielte und vielleicht dachte, daß ich mich doch wieder bei ihr einkratzen wollte. Je üppiger die Phantasie, desto größer die Irrtümer. Also verschob ich mein Agitieren auf eine bessere Gelegenheit, verabschiedete mich von Marianne und ging zu Stefan zurück.

Er riß mir wortlos die Zigaretten aus der Hand, stopfte sie in die Tasche und trat die Maschine an. Als wir an Marianne vorbeiratterten, lächelte sie wirklich. Armer Stefan, dachte ich. Hier kannst du dich nicht auf dein bodenloses Glück verlassen, wenn dein erster Sohn so heißen soll wie ich. Also Ali.

»Also Ali«, sagte Stefan beim Umziehen, »ich weiß nicht, was du immer stundenlang mit Marianne zu quatschen hast. Das ist kein feiner Zug von dir. Du weißt, daß *ich* in sie verknallt bin...«

Mario, unser Stift, riskierte ein Kichern, was bei seinem Stimmbruch abscheulich klang. Stefan durchbohrte ihn mit einem bösen Blick, wechselte aber trotz Marios Verstummen das Thema und kam auf die Niederlage von Zeiss Jena zurück. Natürlich behauptete er, daß sie allein der Blödian von Schiedsrichter verursacht habe; der Elfmeter für Rot-Weiß stinke zum Himmel, Peter Ducke foule nie einen Gegner im eigenen Strafraum, höchstens in Länderspielen, und auch das nur aus Versehen, oder?

Ich dachte nicht daran, ihm zu widersprechen. Erstens bin ich selber Anhänger von Zeiss Jena. Zweitens kam gerade Schurich, unser Altgeselle, in die Werkstatt, der für Rot-Weiß Erfurt ist und bloß darauf wartete, mit dem Sieg seiner Mannschaft herumzubranzen. Da würde Stefan garantiert noch saurer, und ich hätte den ganzen Tag zu tun, der Konfliktkommission Arbeit zu ersparen. Denn drittens gibt es eine Menge Sachen, in denen Stefan keinen Widerspruch verträgt, jedenfalls nicht direkt; da ist ihm nur mit Geduld und Spucke beizukommen. Wer wüßte das besser als ich?

So war ich froh, als es zum Arbeitsbeginn klingelte. Meister Storch, unser Alter, verteilte die Reparaturaufträge. Natürlich erwischte Stefan den Wagen Zahnarzt Glumms, eines unserer besten Trinkgeldkunden. Schurich wurde gleich wieder gelb vor Neid und verfluchte die volkseigene Marmeladenfabrik, an deren Lieferwagen er einen Zylinderkopfschaden zu beheben hatte. Dafür kriegt man höchstens ein paar Zigaretten von dem Kumpel, der die Mühle fährt, und Schurich ist Nichtraucher. Stefan hörte ernsthaft Zahnarzt Glumms Erklärung: »...er röchelt immer so komisch, überhaupt bergauf«, versprach rasche Hilfe und kassierte sofort fünf Mark. Ich half ihm, das Zahnarztauto über die Grube zu schieben, und freute mich, daß sich Stefans Laune zu bessern schien.

Noch immer sah es aus, als würde dies ein Tag wie jeder andere. Mario, der Stift, krähte träumerisch einen Schlager und versaute dabei ein Gewinde, das er nachschneiden sollte. Der Alte verschwand in seinem Verschlag. Stefan korrigierte mit wenigen Handgriffen die Vergasereinstellung des Zahnarztautos und verzog sich aufs Klo, um erst mal in Ruhe das »Sportecho« zu lesen. Schurich ahnte das und hätte normalerweise darüber gemeckert, heute aber sagte er nichts; sicher gönnte er Stefan die Bitterkeit der Niederlage.

Ich kanzelte Mario ab und zeigte ihm, wie ein Gewinde nachzuschneiden ist. Es ist ganz einfach, nur hat Mario zwei linke Hände und seine Gedanken überall sonst als bei der Arbeit. Wenn ein Stift schon Mario heißt! Ich glaube nicht, daß wir uns früher auch so blöde angestellt haben. Zum Autoschlosser muß man geboren sein. Mario aber hoffte, nach dem Stimmbruch als »Junges Talent« Karriere zu machen. Meinen Segen, dachte ich, hat er. Aber ich zweifelte stark, ob ihm das nützen würde.

Da drang ein heller Aufschrei in meine Erwägungen über Marios Zukunft. Er ließ alle Scheiben klirren, denn Stefan hat eine gewaltige Stimme. Mario versaute vor Schreck gleich das zweite Gewinde. Der Alte stürzte aus seinem Verschlag und rief in banger Ahnung eines Unheils: »Was ist denn nun schon wieder los?«

Nun schon wieder?

In einer Autoschlosserei passieren die tollsten Sachen, und was einmal passiert, passiert meistens öfter – nicht aber dies: Ein Mensch schwebte durch die Werkstatt, als berührten seine Füße den Boden nicht! Dieser Mensch war Stefan, jedenfalls hatte er dessen rote Haare und abstehende Ohren. Ansonsten ähnelte er eher einem Geist als meinem besten Freund; ein Leuchten ging von ihm aus, wie ich es nie zuvor an ihm bemerkt hatte. Ich könnte schwören, daß ihn unsichtbare Flügel über die Fräsbank und die Bohrmaschine, die Blechschere und den kaputten Lieferwagen hinwegtrugen – so hoch könnte sonst nicht mal Stefan springen. Hingegen glitt er durch uns hindurch, als wären wir Luft. Und ehe wir uns von der Verwirrung erholt hatten, war er verschwunden.

Ich rannte ihm nach und war fast überzeugt, daß er sich draußen in den blauen Himmel erheben und einem unbekannten Ziel entgegenfliegen würde. Aber er trat bloß seine Maschine an und hörte mich nicht, als ich rief: »Stefan! Was ist los?« Seine Augen gingen entrückt durch mich hindurch; wäre ich nicht im letzten Moment zur Seite gesprungen, hätte er mich beim Anfahren aus der Montur gestoßen.

»Stefan!« brüllte ich. Vergebens. Er gab Gas und fegte vom Hof auf die Straße. Als sich die Staubwolke und der Auspuffqualm verzogen hatten, entschwand er schon um die nächste Ecke. Wohin? Warum? Wieso?

»Du mußt es doch wissen, Ali«, sagte unser Alter, »denn du bist sein bester Freund!«

So ist es immer. Aber während ich bei seinen sonstigen Verrücktheiten wenigstens ahne, was los ist, dämmerte mir diesmal nicht die Spur einer Spur. Ich rekonstruierte im Geist den Vorgang der letzten zehn Minuten und mutmaßte mit geringer Zuversicht: »Vielleicht ist das Spiel vom Samstag annulliert worden? Daß er jetzt nach Jena rauscht, um der Mannschaft zu gratulieren...?«

Mit bebenden Fingern zerrte Schurich sein eigenes »Sportecho« aus der Tasche, guckte nach, atmete auf und hielt mir triumphierend die Schlagzeile entgegen: »Abstiegskandidat deklassiert Spitzenreiter!« Also keine Annullierung. Es wäre auch zu schön gewesen, um wahr zu sein. Doch was war mit Stefan los? Flüchtig dachte ich daran, ihm nachzufahren. Nur wie? Meine eigene Jawa stand zu Hause im Schuppen, und Zahnarzt Glumms Wunderauto wäre unterwegs bestimmt explodiert. Stefan fährt einen der schnellsten Hirsche der Republik; für einen Autoschlosser gibt es eine Menge kleiner Tricks, zusätzliche Pferdestärken in den Motor zu zaubern. Nein, wir mußten warten, bis er von selber zurückkehrte.

Schurich behauptete, er habe das alles kommen sehen. Jetzt sei Stefan endgültig übergeschnappt. Mario kicherte freudig. Meister Storch legte seine Stirn in besorgte selbständige Handwerksmeisterfalten und sah nach der Uhr, um Stefan die verbummelte Zeit vom Lohn abziehen zu können. Die unsere würde er natürlich draufschlagen. Der alte Fuchs.

Wir gingen in die Werkstatt zurück und arbeiteten weiter. Weil ich nicht aufpaßte, versaute Mario auch das dritte Gewinde. Als Zahnarzt Glumm sein Auto abholte, kassierte Schurich die zweite Trinkgeldhälfte. Wahrscheinlich hoffte er, daß Stefan nie zurückkäme.

Und Stefan kam nicht zurück.

Jedenfalls vergingen der Montag, der Dienstag und der Mittwoch, ohne daß wir etwas über Stefans Verbleib erfuhren. Seine Mutter wußte auch nichts, aber sie sagte gelassen: »Er kommt nach seinem Vater. Der hat öfter so was gemacht. Einmal ist er Ostermontag vor die Haustür gegangen und Heiligabend zurückgekommen – er hatte unten einen Freund getroffen, der gerade auf Expedition ins Feuerland fuhr und ihn dabeihaben wollte. Stefan kommt auch wieder. Er ist Brot gewöhnt.«

Brot schien es auch woanders zu geben, denn Stefan kam nicht. Hingegen kamen in der Stadt die wildesten Gerüchte auf. Darin ist unsere kleine Stadt überhaupt ganz groß, vielleicht, weil selten etwas Aufregendes passiert.

Man schwankte zwischen der Annahme, daß Stefan tatsächlich verrückt geworden oder einem Verbrechen zum Opfer gefallen sei. Über solchen Quatsch konnte ich bloß feixen. Manche behaupteten sogar, daß er in den Westen abgehauen sei, aber das glaubte nicht mal Männe, unser FDJ-Sekretär, der Stefan sonst die unmöglichsten Sachen zutraut. Was ihn nicht davon abhielt, *mich* heftig zu kritisieren. Ich hätte mich *vor* seinem Verschwinden mit ihm auseinandersetzen müssen. Nur wie, wenn ein Mensch mit entrücktem Blick an einem vorbeischwebt und zudem eine startklare MZ auf dem Hof stehen hat? Da entscheidet nicht der Standpunkt, sondern die Schnelligkeit. Oder?

Als ich Donnerstag früh Zigaretten holte, erkundigte sich Marianne beiläufig, ob es stimme, daß Stefan mit einer ungarischen Touristin durchgebrannt sei. Mir verschlug es fast die Sprache – an ein Mädchen hatte ich in diesem Zusammenhang noch gar nicht gedacht, nicht mal an eins aus Sachsen –, aber als ich Marianne versicherte, ich hielte das für ausgeschlossen, tat ich es mehr aus Freundschaft als aus innerster Überzeugung. Zwar wußte ich, wie sehr er in Marianne verknallt war, doch hatte sie ihn nicht abfahren lassen – bildlich gesprochen?

»Nein«, sagte ich, »nein, Marianne, das kann nicht sein. So was täte Stefan nie, da sei ganz beruhigt.«

»Meintwegen«, sagte Marianne kühl, »könnte er mit einem brasilianischen Ballett abhauen...« Aber erstens wußte sie, daß Stefan Nichttänzer war, und zweitens zitterte ihre Stimme so verdächtig, daß ich mir beschämt die Frage verkniff, ob sie nicht doch mal mit mir ausgehen wollte. Spätestens jetzt merkte ich, daß sie in Stefan genauso verknallt war wie er in sie. Er ist eben ein Glückspilz, dachte ich resignierend. Dennoch raffte ich mich zu der Erklärung auf, daß ich sie über weitere Neuigkeiten auf dem laufenden halten wollte.

»Brauchst du nicht«, meinte sie, »von mir aus kann er bleiben, wo der Pfeffer wächst.«

Aber da war er bestimmt nicht.

Gegen Mittag kam der Abschnittsbevollmächtigte Grünwald in die Werkstatt und fragte hoffend, ob Stefan tatsächlich verschwunden sei. Zwar habe noch niemand Vermißtenanzeige erstattet, aber schließlich sei er als Abschnittsbevollmächtigter verpflichtet, allen Unerklärlichkeiten nachzugehen.

Ich konnte mir schon denken, weshalb auch ihn die Sache beschäftigte. Sein größter Fall war bisher ein Diebstahl im Selbstbedienungsladen, das ist für einen Volkspolizisten mit elfjähriger Dienstzeit ein bißchen mager.

Vorsichtig sagte ich: »Gott, verschwunden... Verschwunden kann man nicht direkt sagen...«, als Schurich plötzlich zur Bildsäule erstarrte und das Gesicht des Abschnittsbevollmächtigten jäh alle Hoffnung verlor. Der Meister drückte sich die Nase an der Glaswand seines Verschlages platt, und Mario brach einen soliden 8-Millimeter-Bohrer ab.

Denn mitten in der Werkstatt stand Stefan.

Noch immer ging jenes Leuchten von ihm aus, noch immer hatte er jenen fernen, entrückten Blick vom Montag. Außerdem hatte er einen funkelnagelneuen Lederkoffer in der Hand, der überhaupt nicht zu seinem verschlissenen Arbeitsanzug und dem staubigen Gesicht paßte. Er kam mir abgemagert vor, auch standen seine Ohren noch weiter vom Kopf als sonst, dennoch fürchtete ich nicht, daß er wieder entschweben könnte. Schon, weil der Koffer in seiner Hand ziemlich schwer zu sein schien.

»Komm her, Ali«, sagte Stefan. Ich gehorchte stumm und trat zu ihm. Die anderen, obgleich nicht dazu aufgefordert, taten dasselbe. Wir alle starrten den Koffer an, und in den Augen des Abschnittsbevollmächtigten glomm wieder eine leise Hoffnung auf.

Stefan knallte den Koffer in unsere Mitte. Dann nestelte er eine Kette vom Hals, an der ein Schlüssel hing. Wortlos öffnete er die Schlösser und klappte den Kofferdeckel auf.

Man hätte eine Stecknadel zu Boden fallen hören, was in einer Autoreparaturwerkstatt etwas heißen will. Dem Abschnittsbevollmächtigten, Meister Storch, Schurich, Mario und mir blieb im Kollektiv die Luft weg, was bei fünf so verschiedenen Individuen noch mehr heißen will.

Der Koffer war voller Geld.

Es lag in frischgedruckten, gebündelten Scheinen vor unseren flimmernden Augen. Mehr Geld, viel mehr Geld, als ich in meinem ganzen Leben auf einem Haufen gesehen hatte. Oder überhaupt. Wieviel mochte es sein?

»Eine halbe Million«, sagte Stefan, als ob er meinen Gedanken erraten hätte. »Eine runde halbe Million und ein bißchen was drüber. Da staunt ihr, was?«

Wenigstens war er noch imstande, dumme Fragen zu stellen. Genau wie Mario, der vor Schreck seinen Stimmbruch vergaß und mit hoher Kinderstimme fragte: »Ha – hast du etwa eine Bank überfallen?«

Da erholte sich auch Grünwald, und nie habe ich einen hoffnungsvolleren Polizisten gesehen. Schurich schien die Herkunft des Geldes egal zu sein, allein die Existenz des vollen Koffers zwang ihn fast in die Knie. Um so höher war es Meister Storch anzurechnen, daß er mit der ehrlichen Biederkeit des selbständigen Handwerkers sagte: »Quatsch. So was macht Stefan nicht. Nicht, Stefan?«

Stefan klappte den Deckel wieder zu und sagte mit ganz normaler Stimme: »Natürlich nicht. Ich hab's gewonnen. Im Lotto. Das ist doch ganz einfach.«

So konnte nur Stefan reden. Ganz einfach! Ich kenne eine Menge Leute, die Lotto spielen, doch außer einem gelegentlichen Zweier und dem Bewußtsein, am Bau diverser Sportanlagen und Kulturstätten mitgeholfen zu haben, hat noch keiner was gewonnen. Außerdem wußte ich, daß Stefan vorige Woche den ersten Lottoschein seines Lebens erworben hatte. Weil man ihm auf der Post nicht herausgeben konnte. »Na schön«, hatte er gesagt, »dann tippe ich mal. Ich könnte auch gerade etwas Kleingeld gebrauchen.«

Da lag es. Eine halbe Million. Als Stefans persönliches Eigentum. Oder sagt man bei solchen Summen schon Privateigentum? Aber vom Zahlenlotto ist bei Karl Marx nirgends die Rede. Ich müßte höchstens Männe, unseren FDJ-Sekretär, fragen. Der weiß alles.

Mario schniefte aufgeregt und versuchte, den Deckel noch einmal zu lüften.

»Pfoten weg«, grollte Stefan.

»Jawohl, Pfoten weg«, sprach Meister Storch, und plötzlich war auch in seiner Stimme ein neuer Klang. »Ich weiß überhaupt nicht, Mario, was du hier herumstehst. Verteilen wird's der Stefan bestimmt nicht – nicht, Stefan?«

»Kaum«, sagte Stefan.

Mario trollte sich widerwillig zur Bohrmaschine. »Paßt auf«, sagte der Alte, »daß er sich vor Aufregung kein Loch in die Kniescheibe bohrt!« Damit meinte er Schurich und mich. Als wir wie angenagelt stehenblieben, folgte Grünwald Mario an die Bohrmaschine. Die Volkspolizei, dein Freund und Helfer. Was das Geld betraf, schien er das Rennen aufgegeben zu haben. Glück ist nicht strafbar.

Meister Storch räusperte sich und sagte wie ein Vater: »Das ist ein hübsches Vermögen, Stefan. Und ich wollte dir eigentlich schon lange anbieten, mein Teilhaber zu werden...«

Stefan guckte ihn mitleidig an, während Grünwald an der Bohrmaschine die Ohren spitzte. Als Storch sein Angebot wiederholte und begeistert auszumalen begann, was man damit aus unserer Bude machen könnte, rief Grünwald in das Sirren des Bohrers hinein: »Ich mache Sie aufmerksam, Herr Storch, daß ein Lottogewinn laut Gesetz nicht zum Erwerb von Produktionsmitteln angelegt werden darf!«

»Als stiller Teilhaber?« flüsterte Storch drängend. »Man würde schon einen Weg finden...«

Doch da begann Stefan mit lauter Stimme das alte Handwerkerlied »Meister, gib uns die Papiere...« zu singen. Und er stieß mich in die Seite, damit ich mitsänge. Aber wer kann singen, wenn ihm die Spucke wegbleibt?

Schurich versuchte es, aber er ist sowieso unmusikalisch. Stefan brach das Lied ab und sagte, auf sich und mich zeigend: »Wir kündigen, Meister. Komm, Ali!«

Er nahm den Koffer auf und schritt dem Ausgang zu. Ich blieb wie angenagelt stehen. An der Tür drehte sich Stefan noch einmal um und rief ungeduldig: »Mach schon, Ali! Sonst schaffen wir's nie, die Kohlen unter die Leute zu bringen!«

Das hätte ich ahnen können. Nie hat es eine Schererei gegeben, in die er mich nicht hineingezogen hätte.

»Das dürft ihr nicht!« schrie der Meister empört.

»Und ob«, sagte Stefan fröhlich. »Los, Ali!«

Aber ich war schon in die Grube gekrochen und fummelte mit zitternden Fingern im Werkzeugkasten herum. Nicht, daß mir unsere Bude mehr wert gewesen wäre als eine halbe Million und Meister Storch wichtiger als Stefan, doch obgleich ich über keine sehr üppige Phantasie verfüge, dämmerte mir schon damals, was sich mit Stefans jähem Reichtum für uns und die Welt anbahnte. Und mir grauste es.

Der Meister war Stefan hinterhergestürzt und beschwor ihn, die Kündigung zurückzunehmen. In diesem Augenblick war ihm die halbe Million wahrscheinlich schnuppe; für eine private Autowerkstatt ist ein Geselle wie Stefan nicht mit Gold aufzuwiegen, höchstens von den Kunden, und wer hätte das besser gewußt als Meister Storch? Stefan ließ ihn stehen und kam in die Grube. »Ali«, sagte er herzlich, »guck dir die Kohlen an und stell dir vor, wie wir leben werden. Wie die Götter in Frankreich. Erst heirate ich Marianne, dann suchen wir ein prima Mädchen für dich, dann kaufen wir uns ein Auto oder zwei und bauen uns ein Haus mit Swimmingpool...«

»Kapitalist!« schrie der Alte. Er stürzte auf Grünwald zu und forderte ihn auf, gegen Stefan einzugreifen. Er lasse sich von keinem Kapitalisten die Arbeitsmoral in der Werkstatt versauen. Aber Stefan beachtete weder ihn noch das zweifelnde Gesicht Grünwalds, der nicht genau zu wissen schien, auf der Grundlage welcher Gesetze er in diesem Fall vorgehen könnte. Stefan fuhr fort, mir die Zukunft in leuchtenden Farben zu schildern. Ich stopfte mir sicherheitshalber Putzwolle in die Ohren – seiner Phantasie ist so leicht keiner gewachsen. Immerhin hörte ich Marios wilden Aufschrei; er hatte sich endlich in den Daumen gebohrt und schlenkerte seine blutende Pfote. Glücklicherweise stand Schurich gerade am Sanitätskasten und trank zur Beruhigung Baldrian, da konnte er Mario gleich verbinden. Ich raffte alle meine Kraft zusammen und sagte: »Wie ich dich kenne, Stefan, läßt du dir von dem Geld 'ne Rakete bauen und fliegst damit zur Venus. Da mach' ich nicht mit, Stefan, da hätt' ich Schiß. Ja, wenn du zehntausend gewonnen hättest, da tät' ich dir helfen, sie zu verjubeln; denn das wär' ein Spaß, aber dies ist Ernst. Hau lieber ab, Stefan...«

»Ja«, sagte der Alte, »hau ab, eh' ich dich wegen Hausfriedensbruchs anzeige. So was müßte überhaupt verboten werden«, fügte er in wachsender Verbitterung hinzu, »denn so kriegen wir den Sozialismus nie aufgebaut. Wo willst du hin, Altgeselle?«

Schurich verschwand mit fliegenden Schritten aus der Werkstatt, und Mario verriet unter Tränen, daß Schurich auch im Lotto setzen wollte. Die Tippscheine müßten bis zwei Uhr abgegeben sein. Als der Meister das vernahm, ließ er von Stefan ab und murmelte, er habe rasch mal was in der Stadt zu erledigen. Schon verschwand auch er, gefolgt von Grünwald, der auf die Uhr sah und wahrscheinlich feststellte, daß sein Dienst für heute zu Ende war. Mario behauptete, er müsse in die Poliklinik, aber ich wette, daß er noch vor Schurich, dem Alten und dem Abschnittsbevollmächtigten den Lottoschalter erreichen würde.

Von alledem hatte Stefan nichts mitgekriegt. Selbst von meiner Weigerung nicht. Er spann das Garn seiner Phantasie zu armdicken Tauen und schien zu glauben, die Welt mit allen ihren Freuden koste genau eine halbe Million.

Und die hatten wir ja.

Ich erschrak, als ich mich bei diesem Gedanken ertappte. Wir? Hatte er mich doch schon eingewickelt?

»Stefan«, sagte ich flehend, »mach, was du willst, aber laß mich zufrieden. Ich werde schon ganz unruhig, wenn ich hundert Mark in der Tasche habe, genau wie du, und angenommen, ich wollte dir helfen, die halbe Million auf'n Kopp zu haun, da würde ich ganz und gar durchdrehen...« Rechtzeitig verkniff ich mir, noch einmal zu sagen »wie du«, doch er schien es herauszuhören und sagte mit zugekniffenen Augen: »Ich rede nicht gern davon, Ali, das weißt du, aber ich muß dich daran erinnern, daß ich dir das Leben gerettet habe. Also darfst du mich jetzt auch nicht im Stich lassen, klar?«

In gekränkter Würde erhob er sich, nahm seinen Koffer auf und ging. Sicher glaubte er, mich wieder da zu haben, wohin er mich mit diesem Argument immer brachte: daß ich klein beigab und ihm auf Gedeih oder Verderb folgte. Aber ich blieb in der Grube hocken und dachte wütend: Diesmal nicht! Und wenn er dir zehnmal das Leben gerettet hat! Dabei weiß ich nicht einmal genau, ob das überhaupt geschehen ist...

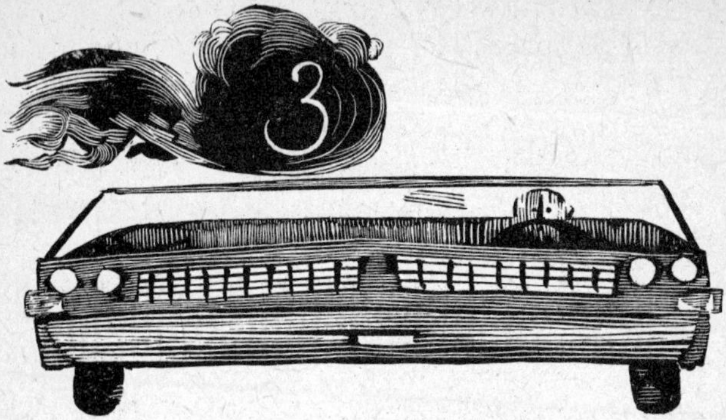

Er hat es allerdings schon so oft behauptet, daß ich nur noch ganz selten daran zu zweifeln wage. Es liegt so lange zurück, wie ich denken kann – nein, sogar ein paar Wochen oder Monate länger. Wir kennen uns nämlich schon über zwanzig Jahre, und das ist eine Menge Zeit, wenn man erst fünfundzwanzig Jahre alt ist.

Kennengelernt haben wir uns unter brennenden Weihnachtsbäumen. Sie schwebten vom nächtlichen Himmel herab und sahen so bunt und hübsch aus, daß ich vor Freude laut in die Hände geklatscht habe. Geklatscht haben soll, heißt das; ich selber erinnere mich nicht mehr daran, im Gegensatz zu Stefan, der es noch ganz genau wissen will. Danach hätten wir uns zu diesem Zeitpunkt auf der Straße befunden, wo seine und meine Mutter ein Kinderwagenrennen zum nächsten Luftschutzkeller ausgetragen hatten. Im Scheinwerferlicht wären angeblich viele kleine Flugzeuge zu sehen gewesen, auf die ich mit meinem Spielzeuggewehr geschossen hatte, aber bloß aus Spaß und ohne Erfolg, während Stefan versuchte, mir das Gewehr zu entreißen. Da heulten aber schon die Sirenen und pfiffen die ersten Bomben in unsere Stadt, deren einzige kriegswichtige Industrie in einer Marmeladenfabrik bestand. Das haben die Amerikaner wahrscheinlich nicht gewußt, sonst hätten sie vielleicht bloß zwei Flugzeuge statt der tausend über den großen Teich zu uns geschickt. Die Marmeladenfabrik trafen sie trotzdem nicht, wohl aber das Haus, in dessen Keller Stefans und meine Mutter mit ihm und mir Unterschlupf gefunden hatten. Als die Bombe einschlug, fiel meine Mutter vor Schreck in Ohnmacht; sie war auch noch nicht wieder munter, als man sie durch den Notausgang in den Nachbarkeller schleppte. Mich hatte man in Krach und Qualm übersehen und hätte mich wohl gänzlich vergessen, wenn Stefan nicht so scharf auf mein Spielzeuggewehr gewesen wäre. Angeblich hat er sich von der Hand seiner Mutter losgerissen und ist in unseren Keller zurückgekommen, als mir längst die Lust zum Schießen vergangen war und ich Rotz und Wasser heulte. Geheult haben soll! Da hätte er mein Gewehr geschnappt und mich zum Notausgang geschleppt, ehe das Haus über dem Keller zusammenbrach. Sagt er. Bei jeder Gelegenheit, die sich dazu bietet. Ich kann die Geschichte kaum noch anhören, und ich bin ein geduldiger Mensch. Aber wenn sie stimmt, ist er tatsächlich mein Lebensretter.

Nach dem Krieg gingen wir zusammen zur Schule, rauchten gemeinsam die erste Zigarette – es war eine

»Lucky Strike« –, lernten in derselben Bude Autoschlosser und brachten es in der Volksarmee zu Gefreiten der Reserve. Stefan sollte sogar auf eine Offiziersschule, doch als er hörte, daß ein General nicht Motorrad fahren darf, verzichtete er darauf. Heute behauptet er, daß er meinetwegen kein so hohes Tier werden wollte – er hätte es nicht übers Herz gebracht, mich strammstehen zu lassen. Jedenfalls kehrten wir wieder in unsere Stadt zurück und stellten alles mögliche und manches Unmögliche miteinander an, bis uns die Lederjacken nicht mehr paßten. Aber das ist noch nicht sehr lange her.

Hingegen verging eine volle Stunde, bis der Alte und Schurich von der Post zurückkamen. Sie waren mächtig angetütert – gleich neben *der* Post liegt *die* »Post« – und beglückwünschten sich gegenseitig zu dem Einfall, ihr Taschengeld sofort in Lottowetten angelegt zu haben. Stefans unverschämtes Glück hatte sich natürlich so rasch in der Stadt herumgesprochen, daß sie die letzten siebenundachtzig Scheine erwischt hatten.

Gemessen an dem, was sie mit ihrem Gewinn anzustellen trachteten, erwies sich Stefans blühende Phantasie als kindliche Einfalt. Sie kamen auf Verrücktheiten, wegen der ich mir am liebsten wieder Putzwolle in die Ohren gestopft hätte. Bloß gut, daß Mario noch nicht zurück war; jetzt hätte sein mißratenes Gemüt garantiert den Rest gekriegt.

»Junge, Junge«, jauchzte der Alte, »wird das ein Leben! Und eigentlich isses prima, daß man die Kohlen nicht ins Geschäft stecken darf. Da verscheuer' ich die Bude an Vater Staat – ach was, ich schenk' sie ihm als Produktionsgenossenschaft! Und du, Ali, kannst meinswegen Vorsitzender werden!«

Trotz seiner Besoffenheit und aller Hoffnung auf den eigenen Gewinn wurde Schurich grün vor Neid und murmelte, da hätte er dann ja auch ein Wörtchen mitzureden. Sonst, wenn das Gespräch auf die Genossenschaft kommt, tut er immer noch ablehnender als der Alte.

Meister Storch lachte gutmütig und meinte, von ihm aus könne auch Schurich Vorsitzender werden. In einem weiteren Anfall von Großzügigkeit gebot er für heute Feierabend und zog Arm in Arm mit Schurich zum »Goldenen Amboß«, um für sich und die hübscheste Tänzerin vom Leipziger Operettenballett Zukunftspläne zu schmieden. Noch kannte er sie nicht, aber mit einer halben Million in der Tasche würde er ihr schon willkommen sein. Meinte er.

Ich fragte mich erschüttert, ob das stimmte. Wenn ja, dachte ich, dann stimmt es auch, daß Geld den Charakter verdirbt. Und wenn es schon bei denen so ist, die keins haben – wie erst bei dem, der eine halbe Million mit sich herumschleppt?

Ich schloß die Werkstatt zu und machte mich auf, um Stefan zu suchen. In der Stadt brodelte es wie in einem Suppentopf. Jetzt hätte ein vollbesetztes Raumschiff zum Mond starten können – es wäre garantiert so unbemerkt geblieben wie das Gewitter, das über dem Windberg und der Burgruine aufzog.

Ich erwähnte ja schon, daß in unserer Stadt selten etwas Aufregendes passiert. Ein perfektes Einbahn-Straßensystem verhindert nahezu alle Verkehrsunfälle. Lawinen und Überschwemmungen schließen sich von selber aus – Wölkenau ist gleichermaßen weit vom Meer wie von den Bergen entfernt. Das letzte Feuer liegt über elf Jahre zurück, und dabei war bloß ein hölzerner Aussichtsturm verbrannt. Das größte Ereignis der letzten Zeit war die Entdeckung einer Quelle. Sie entsprang frisch und klar beim Grundmauerbau für das neue Kulturhaus der Werktätigen und war wochenlang in aller Munde – teils direkt, weil jeder davon kosten wollte, teils indirekt, also gesprächsweise –, bis sich herausstellte, daß der Maurerlehrling Jupp Heidenbluth nur ein Hauptrohr der städtischen Wasserleitung angebohrt hatte. Aber inzwischen ist das schöne, neue Kulturhaus schon wieder renovierbedürftig.

Auch Marianne sah ziemlich blaß um die Nase aus. Natürlich wußte sie schon, was los war. Stefan hatte es ihr selbst gesagt, und zwar so: Sie solle fix den Kiosk schließen, nach Hause gehen, ihre Geburtsurkunde 'raussuchen und sich für das schönste Hochzeitskleid der Welt Maß nehmen lassen; Montag würde geheiratet, weil wir ja Dienstag schon losfahren wollten.

»Wieso ›wir‹?« fragte ich beklommen.

»Das frage ich mich auch«, sagte Marianne in mühevoller Eisigkeit, »obgleich man über solchen Quatsch gar nicht nachdenken sollte. Du kannst ja mitfahren...«

»Ans Schwarze Meer oder so«, sagte Marianne, »jedenfalls hat er davon gefaselt, der Spinner.«

»Er ist kein Spinner«, murmelte ich.

»Dann stimmt es wirklich mit der halben Million?« erkundigte sie sich erschrocken.

»Ja«, seufzte ich.

Marianne wurde noch eine Spur blasser. Dann aber rief sie wütend: »Die kann er sich einpökeln lassen! Sag ihm das!«

Er täte es ja doch nicht. Und vergebens versuchte ich, seinen formlosen Heiratsantrag mit herzlichen Worten zu unterstützen. Garantiert war sie bloß sauer, daß er ihre Antwort nicht abgewartet hatte. Doch als ich vorsichtig sagte, daß eine halbe Million was Feines und sie ja auch schon vorher in ihn verknallt gewesen sei, wurde sie knallrot und tat, als wäre ich plötzlich Luft für sie. Weshalb ich schweren Herzens weiterzog, um erst mal Stefan zu finden und ihm zu sagen, daß ein Mädchen wie Marianne nicht einfach für eine halbe Million einzukaufen ist. Was er eigentlich selber wissen müßte. Dennoch zweifelte ich nicht, daß sie ihn am Montag heiraten würde. Na ja, dachte ich, da hat er wenigstens jemand, der auf ihn aufpaßt. Die auf ihn aufpaßt. Aber wenigstens hätte er ihr ein paar Blumen mitbringen sollen!

Je näher ich der Straße kam, in der er wohnte, desto stärker wurde das Gewühl der Leute. Als ich sein Haus erreichte, blieb ich hilflos in der Menschenmenge stekken.

Als ersten Bekannten entdeckte ich den Dichter Kugler, einen fetten, jungen Menschen, der mit uns zur Schule gegangen ist und jetzt Hochzeiten, Kindtaufen und Sterbefälle in Reime setzt. Mitunter schlachtet er auch hohe Feiertage aus und verkauft die entsprechenden Verse an unser Heimatblatt. Sonst tut er nichts, obgleich er Drogist gelernt hat, und wegen seines freien Lebens und Schaffens wird er von allen normalen Menschen mit einem Gemisch von Bewunderung und Widerwillen betrachtet. Stefan und ich können ihn auch nicht leiden, weshalb ich mich wunderte, mit welchem Eifer er sich durch das Gedränge kämpfte. Ihm folgten Stefans Verwandte, die sonst keinen guten Faden an ihm lassen. Eine der Cousinen war sogar noch beim Friseur gewesen und hatte sich ihr Haar turmhoch aufrichten lassen. Es hatte aber schon ziemlich gelitten und würde Stefan kaum in Begeisterung versetzen.

Ein Zufall hatte den evangelischen Pastor Neukirch und Männe, unsern FDJ-Sekretär, Seite an Seite in die Menge gepreßt. Leider verstand ich nicht, worüber sie redeten; nach ihren aufgeregten Gesichtern zu urteilen, stritten sie sich ideologisch, wie sie es manchmal auf öffentlichen Foren tun und woran beide immer viel Spaß haben. Als Männe mich sah, winkte er mir heftig zu und rief: »Warte, Ali! Wir werden im Kollektiv...«

Mehr verstand ich nicht, weil neben mir Herr von Wölkenau einen Schrei ausstieß, denn ich hatte ihm auf die Zehen getreten. Herr von Wölkenau ist eigentlich sogar Baron oder Graf oder so was, aber er läßt sich bloß Herr von Wölkenau nennen, was viele Leute auch schon affig genug finden, denn so heißt schließlich unsere Stadt, und er ist nur Fremdenführer. Allerdings gehört ihm die alte Burgruine auf dem Windberg, mit der er vor ausländischen Touristen mächtig herumbranzt und die er seit langen Jahren vergeblich der Stadt aufzuschwätzen versucht. Seine Vorfahren sollen Raubritter gewesen sein!

Da war auch Mario, unser Stift, der nicht in die Poliklinik gegangen, sondern mit dem Fahrrad nach Frankenhausen gefahren war, um Lottoscheine zu holen. Er hatte einen ganzen Rucksack voll mitgebracht und verkaufte sie nun zu einem Groschen pro Stück. Seine Augen glänzten. Auch glänzten die Augen unseres Abschnittsbevollmächtigten Grünwald, der ihn gleich im Gedränge erwischen mußte.

»Bist du total verrückt geworden, Mario?« fragte ich. Da hatte er die Frechheit, mir zehn der begehrten Scheinchen zum Vorzugspreis von fünf Pfennig anzubieten. Als ich ihm eine kleben wollte, hielt Männe meine Hand fest, und Pastor Neukirch fragte mahnend, ob ich nicht Makarenko gelesen hätte.

»Eben deshalb«, sagte ich erbost. Aber da hatte Grünwald unsern mißratenen Stift schon bei den Ohren und kassierte das unrechtmäßig erworbene Geld als Ordnungsstrafe.

Hinter dem schnaufenden Dichter Kugler erreichte ich die Haustür. Stefans Muter hatte die Kette vorgelegt und beteuerte, daß Stefan nicht zu Hause sei. »Aber er wird schon kommen«, fügte sie hinzu, »sein Vater ist auch immer wieder nach Hause gekommen...« Der Schreck schien sie ein bißchen verwirrt zu haben, denn plötzlich fing sie an zu heulen und schloß die Tür zu.

»Wo mag er sein?« fragte mich Männe.

»Keine Ahnung«, sagte ich.

Die Menge wogte unschlüssig vor der Haustür auf und ab. »Welch ein Gewimmel!« rief Kugler, der Dichter. »Das ist das Leben!« Dann zog er ein Fläschchen Pfefferminzlikör aus der Tasche und trank es in einem Zuge zur Hälfte aus. Pastor Neukirch und Männe, die immer noch Brust an Brust gedrängt waren, wechselten widerwillig einen Blick ablehnenden Einverständnisses. Beide lehnten auch dankend Kuglers Angebot ab, aus der Flasche zu trinken. Hingegen tat das Herr von Wölkenau, der immer bemüht ist, den Verdacht aristokratischen Hochmuts zu zerstreuen und seine Volksverbundenheit nachzuweisen.

»Ich vermute«, seufzte Männe, »daß Stefan schon irgend etwas ganz Verrücktes ausheckt. Und du, Ali, als Leitungsmitglied und sein bester Freund, hast ihn im Stich gelassen!«

Was sollte ich dazu sagen? Zumal Pastor Neukirch mich ebenso anklagend ansah wie Männe, und selbst er ohne christliche Nachsicht? Ich hob die Schultern und murmelte, daß ich im Umgang mit Halbmillionären keine Erfahrung hätte. Außerdem wäre Stefan sowieso bloß mit Geduld und Spucke beizukommen.

»Das meine ich ja«, sagte Männe. Es schien ihn gar nicht zu genieren, daß der Pastor ernsthaft nickte.

Da drang ein volltönendes, lautes Hupsignal durch die Gasse. Die Menge erstarrte. Männe sagte erschrocken: »O Gott!«, aber auch Pastor Neukirch war zu verdattert, um über diesen ideologischen Ausrutscher eines FDJ-Funktionärs Befriedigung zu zeigen. Mir sträubten sich die Haare, denn ich wußte sofort, was geschehen war, und Stefans Anblick bestätigte gleich meinen Verdacht.

Er saß – selig grienend – am Steuer eines Autos, das seit zwei Jahren als Phantom durch unsere Gegend spukte. Es war das gewaltigste Auto, das ich je gesehen hatte, ein gigantischer amerikanischer Straßenkreuzer, der wohl von einem Rückkehrer mitgebracht worden war und seitdem siebenundzwanzigmal seinen Besitzer gewechselt hatte. Die Pferdestärken unter seiner Haube waren durchaus angetan, einen Autoschlosser in Ehrfurcht erschauern zu lassen. Sie mochten ausreichen, ein mittleres Luftschiff durch die Wolken zu tragen oder drei ausgewachsene Bulldozer in den Schatten zu stellen. Die äußere Form erinnerte zur Hälfte an ein vorsintflutliches Ungeheuer, zur Hälfte an ein utopisches Unterseeboot oder Raumfahrzeug; teils grauste es einem beim Betrachten, teils empfand man eine unerklärliche Beklemmung, obgleich das Ganze in leuchtenden Farben gehalten und mit einigen Zentnern Chrom verziert war. Aber das alles waren wohl die geringsten Gründe, weswegen dieses Monstrum immer so rasch von einer Hand zur anderen gelangt war. Es hatte sich einfach als zu gewaltig für unsere Gegend erwiesen, was heißen will, daß es sogar in der Bezirkshauptstadt nur wenige Straßen gab, durch die man es ohne besondere Gefahren bugsieren konnte, geschweige denn in Wölkenau mit seinen engen, verwinkelten Gassen.

Und selbst Stefan, einer der besten Autofahrer, die ich kenne, wagte es nur im zweiten Gang zwischen den Rinnsteinen hindurchzuquetschen. Natürlich war die Menge entsetzt zurückgewichen, so daß er tatsächlich das Haus erreichte. Wider jedermanns Erwartung und Befürchtung vermochte er die entfesselte Urkraft zu bremsen und das Ungeheuer auf Rädern zum Stehen zu bringen. Mit blassem Stolz und roten Ohren betätigte er verschiedene Knöpfe am Armaturenbrett, worauf gleichzeitig das Verdeck zurückschnurrte, die Tür aufglitt, der Fahrersitz eine Drehung um neunzig Grad vollzog und Stefan auf den Fußweg spuckte. Außerdem spuckte ein vollmechanisiertes Zigarettenetui eine brennende Zigarette in die Lederpolster, womit Stefan nicht gerechnet zu haben schien. Aber er fischte sie erfreut heraus, nahm einen tiefen Zug und sagte mit mühevoller Gelassenheit: »Da staunt ihr, was?« Glücklicherweise brach in diesem Augenblick das Gewitter über Wölkenau und uns herein. Unter Blitz und Donner und Platzregen löste sich die Menge auf. Nur Dichter Kugler blieb stehen und genoß den Aufruhr der Elemente. Nein, er war besoffen! Als auch ich mich heimlich verdrücken wollte, packte mich Stefan am Arm und sagte halb bittend, halb drohend: »Wenn alle andern schon verrückt spielen – nimm du dir 'n Beispiel an mir und bleib vernünftig!«

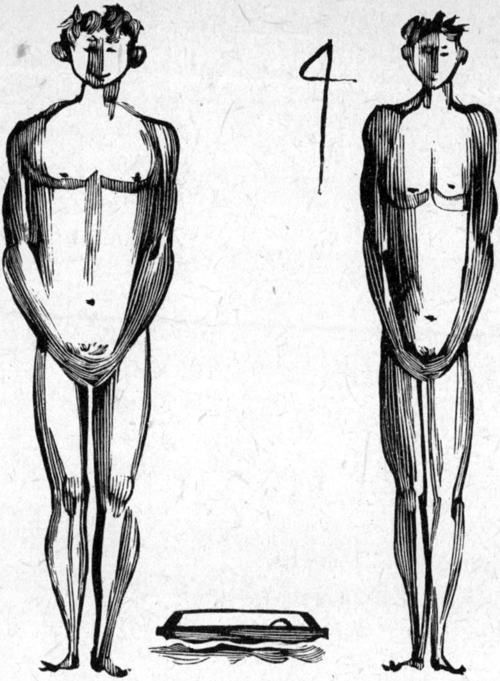

Wirklich schien es, als wäre Stefan nach den ersten drei Verrücktheiten wieder zu klarem Verstand gelangt. Er hatte sogar daran gedacht, seiner Mutter den Pelzmantel zu kaufen, den ihr sein Vater vor dreißig Jahren versprochen hatte. Und während es mir nicht glückte, ihn wegen der Kündigung zu agitieren, verstand er es, mir den Erwerb des amerikanischen Straßenkreuzers schmackhaft zu machen. Unter dem Vorwand, seine Mutter mit ihrem Pelz und dem Spiegel allein lassen zu müssen, lockte er mich ins Innere seiner ersten Kapitalsanlage.

»Ich habe ihn spottbillig bekommen«, behauptete er, »denn der bisherige Besitzer hat schreckliche Angst gehabt, aufs Gaspedal zu treten. Er hat vorher einen Trabant gefahren, das erklärt alles. Aber schnall dich lieber an, Ali...«

Meinetwegen. Obgleich ich wußte, daß ich in einem Auto saß, wurde ich lange Zeit die Furcht nicht los, daß es plötzlich doch ins Weltall starten könnte. Dabei tastete sich Stefan geradezu durch die Straßen unserer Stadt, die wegen des Unwetters zum Glück wie ausgestorben waren. Als wir jedoch die Autobahn erreichten und Stefan mit angehaltenem Atem flüsterte: »Jetzt geht's los!«, schwanden mir fast die Sinne. Der Radarschirm einer Stopp-Kontrolle hätte uns kaum erfaßt und garantiert nicht als schlichte Verkehrsteilnehmer identifiziert, dabei irrte ich mich noch in der Geschwindigkeitsangabe – die Tachonadel zeigte das Tempo nicht in Kilometern, sondern in Meilen an! Da brauchte ich mich nicht zu wundern, als plötzlich die befremdliche Ortsangabe »Eisenach – 1000 m« auf uns zuraste und gleich darauf die Drohung folgte: »Ende der Autobahn!« Wir waren wohl doch nicht zu schnell gefahren, höchstens zu tief geflogen.

»Zurück fährst du«, sagte Stefan, nachdem er den Schlitten gebremst und gewendet hatte. Mit Zittern und Zagen klemmte ich mich hinter das Lenkrad, und während ich mich gleichzeitig bemühte, das Gaspedal als rohes Ei zu behandeln und nicht an alle Autokatastrophen der Welt auf einmal zu denken – so etwas irritiert beim Fahren ungeheuer –, schwafelte Stefan munter von seinem und Mariannes großen Tag und allen kommenden Freuden des Lebens.

»Hat sie denn schon ja gesagt?« fragte ich vorsichtig. »Ich meine, zu eurer Verlobung?«

Er stutzte einen Moment, doch just in diesem Augenblick mußte ich einen Fünftonner-LKW umschiffen, wobei ich fast die gelbe Telefonsäule auf dem Grünstreifen mitgenommen hätte. Nein, an dieses Auto würde ich mich nie gewöhnen. Als ich mich von den Strapazen des Manövers erholt hatte, war Stefan schon bei der Inneneinrichtung seines Hauses. Nein – unseres Hauses. Denn ich sollte gleich mit einziehen.

»Stefan«, sagte ich flehend, »ich schwöre dir, daß ich bis ans Ende der Welt dein Freund bleibe und ganz genau weiß, daß du mir das Leben gerettet hast, aber laß mich aus dem Spiel bei deinem Reichtum! Ich bin auch nur 'n Mensch, und wenn ich mich erst dran gewöhne...«

»Daran«, sagte Stefan, »gewöhnt man sich schnell. Nimm dir einfach aus'm Koffer, was du brauchst, und wenn's zu Ende geht, spiel' ich wieder im Lotto. Das ist doch kinderleicht, überhaupt, wenn ich's erst mit'm System versuche. Geld haben«, fügte er versonnen hinzu, »ist nämlich prima, da kannst du sagen, was du willst.«

Ich sagte gar nichts. Warum sollte ich ihm seine halbe Million verekeln? Gelungen wäre es mir sowieso nicht. Außerdem sah ich auf dem Kraftstoffanzeiger, wieviel Sprit sein Mammutauto verbrauchte. Da würde er sein Geld bitter nötig haben.

Bei dem Versuch, dem automatischen Zigarettenetui ein brennendes Stäbchen zu entlocken, drückte ich versehentlich auf den falschen Knopf. Fast wären wir nun doch in die Luft geflogen, denn der Knopfdruck ließ das Verdeck wieder in die Höhe gleiten und bot dem Fahrtwind eine solide Angriffsfläche. Ich hing mein ganzes Gewicht ins Lenkrad und verwünschte meine Nikotinsucht. Stefan feixte bloß und sagte: »Wenn du auf'n nächsten Knopp gedrückt hättest, wäre was viel Verrückteres passiert.«

»Was denn?« fragte ich mißtrauisch, während das Dach surrend im Kofferraum verschwand.

»Das zeige ich dir später«, meinte Stefan. Sicherheitshalber hoffte ich, er würde es vergessen. Dennoch bat ich ihn, daß er sich wieder ans Steuer setzte.

Er tat es um so lieber, als uns gerade ein knallroter VW mit wildem Hupen überholte. So was kann Stefan schon nicht leiden, wenn er auf dem Motorrad sitzt, überhaupt, wenn unsere Brüder und Schwestern aus Dortmund oder Kassel dann mitleidig auf uns herabsehen. Bei solchen Gelegenheiten hat er schon manchem Generaldirektor im dicken Mercedes beigebracht, wie das Hinterrad einer MZ aussieht. Und dann hält er irgendwo an, um sich an dem verkniffenen Gesicht des Betreffenden zu weiden. Macht ja auch Spaß, so was.

Den VW ließ er geradezu stehen, aber dessen Insasse zuckte nur gleichgültig die Achseln, als wir an ihm vorbeirauschten. Wahrscheinlich, weil er Stefans gigantisches Auto als amerikanischen Typ erkannte. Als Instrument des Klassenkampfes auf der Autobahn ist eine MZ anscheinend wirkungsvoller.

Bei der Abfahrt bog er nicht in Richtung Wölkenau ab, sondern in einen Waldweg ein. Die Bäume drückten sich ängstlich zur Seite. Kreischend flatterten Vögel auf. Ein Hase sprang in wilden Fluchten davon.

»Wo willst du hin?« fragte ich bang.

»Das wirst du gleich sehen«, sagte Stefan fröhlich.

Ich sah bloß den Teufelssee. Er ist sehr groß, sehr tief und sehr kalt. Aber nicht deshalb erschrak ich, als Stefan Vollgas gab und der Wagen über Baumstümpfe und Schlaglöcher darauf zusprang. Auch die Versenkung des Autos hätte mich wenig berührt – wenn er die Nase voll hatte, sollte er es ruhig ertränken. Doch sein Geld! Das Köfferchen! Er mußte es total vergessen haben.

Ich sprang über die Rückenlehne und packte entschlossen die halbe Million. Stefan lachte hellauf und ließ den

Wagen über die niedrige Böschung ins Wasser springen. Dabei drückte er den Knopf, der angeblich das viel Verrücktere auslösen sollte...

Angeblich? Nein, tatsächlich. Nämlich eine Schiffsschraube. Sein Wunderauto erwies sich zu allem Überfluß als Amphibienfahrzeug und glitt fauchend auf den See hinaus.

»Ahoi!« rief Stefan triumphierend.

»Ahoi«, sagte ich beklommen. Dieses Superauto wurde mir immer unheimlicher. Bestimmt war auch eine versteckte Kanone in ihm verborgen, die bei einer falschen Bewegung plötzlich losballern könnte. Wumm! Da passierte es schon! Doch nein – mit diesem Knall hatte nur der Motor ausgesetzt.

Stefan versuchte, neu zu starten. Als es ihm zwei-, dreimal nicht gelang, gebrauchte er einen ensprechenden Autoschlosserausdruck und suchte den Schock. Er fand aber bloß den auslösenden Mechanismus für die Liegesitze, worauf sich das Innere des Wagens in eine Art Schlafzimmer verwandelte. So eins, wie es nicht mal unser Alter hatte.

»Toll«, murmelte Stefan andächtig. Doch dann kletterte er kurz entschlossen hinaus und balancierte über den rechten Kotflügel zum Bug.

»Mach mal die Kühlerhaube auf!« rief er mir zu.

»Wie denn?« erkundigte ich mich vorsichtshalber.

»Das mußt du doch sehen«, knurrte Stefan.

Ich sah noch eine Menge Knöpfe und Hebel unter dem Armaturenbrett, doch ob ich nicht versehentlich die versteckte Kanone abschoß? Oder eine andere Teufelei?

»Mach schon!«

Es geschehen noch Zeichen und Wunder: Obgleich ich bereit war, bei der kleinsten Katastrophe ins Wasser zu springen, erwischte ich zufällig die richtige Automatik.

Die gewaltige Kühlerhaube hob sich lautlos in die Höhe, worauf Stefan in den Motorraum einsteigen und nach der Quelle des Versagens forschen konnte. Ich folgte ihm, weil vier Augen mehr sehen als zwei.

Die unseren sahen ein mittleres Kraftwerk mit unzähligen Dienstleistungsbetrieben für die tausend Extras. Als wir uns zum eigentlichen Motor durchgekämpft hatten, konnten wir weder an ihm noch an den Vergasern, Kerzen oder Zündanlagen einen Defekt entdecken. Normalerweise hätten wir festgestellt: »Alles in Ordnung. Wahrscheinlich hat der Kunde bloß vergessen, die Karre aufzutanken.«

Die Karre aufzutanken?

Wir wagten nicht, einander in die Augen zu blicken. So etwas konnte einem Sonntagsfahrer passieren, nicht aber zwei uralten Autoschlossern. Stumm und beschämt krochen wir an Deck zurück und marschierten auf den Kotflügeln zum Innenraum. Tatsächlich – der Kraftstoffanzeiger stand auf Null. Und das einzige, woran die phantasiereichen Konstrukteure dieses Monstrums nicht gedacht hatten, war ein Reservetank. Wie ihn sogar ein »Trabant« hat! Und der fährt notfalls auch ohne Sprit.

Inzwischen war eine frische Brise aufgekommen. Sie hatte die aufgeschlagene Motorhaube als Segel benutzt und uns weit auf den Teufelssee hinausgetrieben. Ein paar Möwen, die das Auto für einen Passagierdampfer hielten, umflatterten uns kreischend. Dabei hatten wir selber nichts zu essen. Vielleicht war ein Kühlschrank an Bord?

»Wirf den Anker, Stefan«, sagte ich in düsterem Scherz. »Und setz die Funkanlage in Bewegung – dreimal kurz, dreimal lang, dreimal kurz. Oder lassen wir gleich die Rettungsboote zu Wasser?«

»Halt die Schnauze«, brummte Stefan. Er hatte schon

wieder ganz rote Ohren, weshalb ich seiner Bitte entsprach. Offen gestanden war mir auch gar nicht nach Scherzen zumute, denn es dämmerte allmählich, was im Sommer ziemlich spät geschieht. Das heißt, der letzte Dampfer der Weißen Flotte hatte seine Seerundfahrt schon beendet und würde erst morgen vormittag hier vorbeikommen.

Stefan streifte das Hemd über den Kopf, zog die Hosen aus und sprang mit einem Kopfsprung ins Wasser. Ich tat dasselbe, wenn auch ohne Hoffnung, denn es schien mir unmöglich, den Kreuzer schwimmend ans Land zu schieben. Zumal der Wind stärker geworden war und uns immer weiter hinaustrieb. Auf den riesengroßen Teufelssee.

»Quatsch«, blubberte Stefan, als ich mich gegen das Heck stemmen wollte, »doch nicht zurück! Ans andere Ufer, also mit dem Wind!«

Von den drei Kilometern des Sees hatten wir ungefähr anderthalb zurückgelegt. Bis etwa zum zweiten kamen wir, als sich der Wind schlafen legte. Nun gute Nacht, dachte ich. Fern schlug eine Kirchturmuhr – elfmal! Kaum fühlte ich noch meine Beine, so kühl war das Wasser. Aber Stefan schob so verbissen, daß ich nicht wagte, die Möglichkeit des Übernachtens zu erörtern. Auch hatte ich den Eindruck, daß die Karosse langsam tiefer ins Wasser einsank.

»Mensch«, japste Stefan, »das Ding säuft ab!«

Tatsächlich stand der Innenraum fußhoch unter Wasser. Während ich jedoch überlegte, ob meine Kräfte ausreichen würden, das Ufer zu erreichen – ich zweifelte daran und bedachte, daß man in solcher Stockfinsternis leicht im Kreise herumschwimmt –, kletterte Stefan rasch an Bord und fummelte an all den Knöpfen, Schaltern und Hebeln herum, über deren Funktion wir uns noch nicht klargeworden waren. Glaubte er wirklich, im Kofferraum wäre vielleicht ein Rettungsboot untergebracht?

Ich bezwang meine Furcht vor dem Untergang und rief zähneklappernd: »Beeil dich, Stefan! Gleich geht's auf Tauchstation! Was suchst du überhaupt?«

»'ne Lenzpumpe«, knurrte Stefan.

Aber zunächst fand er bloß den Hauptschalter für die Beleuchtungsanlage. Jäh flammten die Scheinwerfer und Rücklichter, die Seiten- und Innenlampen auf. Von weitem mußte unser Wrack einen phantastischen Anblick bieten. Und wie würden erst die Fische staunen, wenn wir absoffen. Illuminiert bis zuletzt; typisch amerikanisch.

Da jauchzte Stefan begeistert auf. Zudem ertönte ein Knattern, das wie Musik in meinen Ohren klang. Ich glaubte, er habe die Lenzpumpe gefunden. Erleichtert jumpte auch ich an Bord – und hielt die Luft an. Stefan sagte entzückt: »Mensch guck mal! Ist das 'ne Wucht?«

Es war der Bildschirm eines Fernsehgerätes, den bisher eine Jalousie verborgen gehalten hatte. Auf der Mattscheibe war eine wunderhübsche Sängerin zu sehen, die uns mitleidig anguckte und tröstend sang: »Ein Schiff wird kommen...«

Stefan hatte sich unwillkürlich in die Polster sinken lassen und guckte hingerissen in die Röhre. Dabei stand das Wasser schon kniehoch im Auto und stieg rascher und rascher. Da nahm ich entschlossen seinen Geldkoffer vom Rücksitz, öffnete ihn, schüttete die dicken Banknotenbündel in die Polster und begann wie ein Irrer zu schöpfen. Das Wasser. Aus dem Auto. In den See.

Zum Glück folgte der wunderhübschen Sängerin nur noch die »Aktuelle Kamera« und die Vorschau auf das morgige Programm. Ich wagte gar nicht daran zu denken, was geschehen wäre, wenn der Deutsche Fernsehfunk die

Aufzeichnung eines Fußballspiels übertragen hätte. Da hätte ich garantiert auch zugeguckt und gar nichts gemerkt, wenn wir gesunken wären.

Immerhin war jetzt die größte Gefahr beseitigt.

»Rauchen wir eine«, sagte Stefan.

Das vollautomatische Etui spuckte auch nur noch eine Zigarette aus. Was mir den Superwagen nicht sympathischer machte. Der fehlende Reservetank, die vergessene Lenzpumpe und der mangelhafte Zigarettenvorrat – allmählich verlor ich den technischen Respekt vor dem tollen Amerikaner.

Nach Mitternacht kam wieder etwas Wind auf. Wir setzten die Kühlerhaube als Segel und betätigten uns abwechselnd als Steuermann – indem sich jeder zehn Minuten an die hintere Stoßstange hing und die Richtung zu bestimmen versuchte. So trieben wir langsam auf das nordöstliche Ufer zu, vorausgesetzt, daß die Sterne stimmten. Oder daß wir seit der Militärzeit nicht vergessen hatten, wie man sich danach orientiert.

Wie sollte es mich nicht verdrießen, daß Stefan aus Langeweile sein Geld zählte und triumphierend rief: »Es ist immer noch mehr als 'ne halbe Million!«

Und ich hing gerade wieder an der Stoßstange und steuerte nach Nordosten! Hoffentlich nach Nordosten.

»Was sagst du dazu?« fragte Stefan.

Was sollte ich dazu sagen? Überhaupt in dieser Situation? Immerhin saß er mit dem Hintern im Trocknen, während mir das Wasser bis zum Halse stand. Da fällt es einem schwer, dem andern etwas nachzufühlen. So keuchte ich bloß: »Ich glaube, *du* bist wieder dran!«

»Ja«, sagte Stefan, »in vier Minuten und elf Sekunden. Ist es immer noch so kalt da drin?«

»Viel kälter«, ächzte ich. »Ich bin schon eine halbe Wasserleiche.«

»Hab Vertrauen«, sagte Stefan, »alles wird gut.«

Das sagt er immer, wenn es schlimm um uns steht. Manchmal kann einem sein Optimismus den Nerv töten. Die vier Minuten und elf Sekunden kamen mir wie Jahre vor. Als ich endlich an Bord klettern durfte, war ich entschlossen, um keinen Preis mehr ins Wasser zu steigen und auch später nie wieder im Teufelssee zu baden.

Bums – und schon lag ich wieder drin!

»Land!« schrie Stefan begeistert. »Wir haben's geschafft, Ali!«

Tatsächlich waren wir mit dem Bug gegen einen Landungssteg gestoßen. Was ich beim Auftauchen noch einmal mit dem Kopf tat. Stefan sprang, ich kroch ans Ufer, das still und düster vor uns lag. Na, wennschon. Hauptsache, wir waren gerettet.

»Hier«, erklärte Stefan feierlich, »werde ich einen Gedenkstein errichten lassen. Warum soll es so was immer bloß für traurige Ereignisse geben. Wenn wir ersoffen wären. Einen aus Marmor, verstehst du?«

Sehr schlecht, weil mir das Wasser in die Ohren gelaufen war. Und weil meine Zähne so heftig klapperten. »Mach lieber Feuer«, japste ich. Den Gedenkstein würde er ja doch wieder vergessen.

Als das Feuer brannte, hingen wir unsere nassen Klamotten zum Trocknen auf und hüpften splitternackt um die Flammen herum. Stefan hatte das Autoradio auf Hochtouren gebracht und sang laut und falsch alle Schlager mit. Hoffentlich hört und sieht uns niemand, dachte ich. Da knackte es schon im Gebüsch, und eine argwöhnische Stimme fragte: »Was machen Sie denn da, Kollegen?«

Zum Glück war es eine männliche Stimme. Ich versuchte, eine gesetzte Haltung einzunehmen – was gar nicht einfach ist, wenn man nicht mal eine Unterhose anhat –, und sagte bescheiden: »Wir wärmen uns, Kollege. Weil uns friert.«

Aus dem Gebüsch traten zwei hünenhafte Männer, die ich normalerweise für Seeräuber gehalten hätte. Stefan glaubte, unsere Lage genauer erklären zu müssen, weshalb er auf sie zutrat, ihnen herzlich die Hand hinstreckte und sagte: »Wir sind nämlich schiffbrüchig, meine Herren. Beziehungsweise hat uns unser Auto im Stich gelassen. Mitten auf dem See...«

Sie starrten uns so fassungslos an, daß Stefan gekränkt fragte: »Mißtrauen Sie uns, Kollegen? Da schwimmt es, unser Auto.«

Er zeigte lässig auf das Amphibion, das die beiden Männer wohl noch nicht entdeckt hatten. Im Licht der Flammen sah es ungefähr so aus, wie ich mir das Seeungeheuer von Loch Ness vorstellte. Den beiden Hünen schien es ähnlich zu gehen; schon, weil nach einer kurzen Sendepause das Radio wieder loszuröhren begann – so laut, als sänge das vermeintliche Ungeheuer selbst:

»Die Nacht
ist nicht allein zum Schlafen da,
die Nacht
ist da, daß was geschieht...«

»Allmächtiger«, murmelte einer der Männer. Der andere aber sagte drohend: »Dieser Strand gehört der Fischereigenossenschaft ›Guter Fang‹. Unbefugten ist das Betreten verboten!«

»Gewiß mit Recht«, sagte ich hastig. »Wir werden auch gleich wieder in See stechen – falls Sie uns mit ein paar Litern Sprit aushelfen könnten...?«

»Natürlich gegen Barzahlung!« rief Stefan. Sicher dachte er, ihr Mißtrauen rührte nur daher, daß sie uns nicht für zahlungsfähig hielten. Er riß einen brennenden

Ast aus der Glut, rannte damit zum Auto, nahm ein Bündel Hundertmarkscheine aus den Polstern und kam damit zurückgerannt. »Das gehört Ihnen«, sagte er großmütig, »wenn Sie uns aus der Patsche helfen! Nehmen Sie es, Kollegen, nehmen Sie es nur – wir haben jede Menge davon!«

Er meinte es gut. Aber ich brauchte die zu Bildsäulen erstarrten Fischereigenossenschafter nicht einmal anzusehen, um zu wissen, daß ihr Argwohn ins unermeßliche wachsen würde.

In ihre verwirrten Blicke trat Entschlossenheit. Dann stürzte der eine auf mich, der andere auf Stefan zu. Stefan schien entschlossen, ihnen Widerstand entgegenzusetzen, doch ich rief ihm zu: »Laß es sein, Stefan! Es wird sich alles aufklären!«

Sie hatten uns auch schon am Schlafittchen. Nach Stefans blödsinnigem Benehmen, dem verdächtigen Auto und der halben Million in losen Scheinen würden sie uns freilich kein Wort glauben. Das viele Geld betrachteten sie mit echter Abscheu. Mindestens hielten sie uns für Bankräuber oder Falschmünzer, wie sollten sie wissen, wie richtige Bankräuber und Falschmünzer aussehen?

Fischer haben derbe Hände. Aber während ich gefaßt duldete, daß sie mir den eigenen Hosenriemen als Fessel um die Gelenke schlangen, versuchte Stefan nun doch, sich zu befreien. Er gebärdete sich so wild, daß ihn die Fischer in ein altes Netz wickeln mußten. Da half ihm kein Zappeln mehr. Als ich sah, wie mühelos ihn der Schmächtigere der beiden auf die Schulter hob, war ich heilfroh, so vernünftig gewesen zu sein. Denn wäre zu ihrer sichtlichen Abscheu vor uns noch ein rechtschaffener Zorn gekommen, hätten sie uns garantiert verdroschen.

»Loslassen!« blökte Stefan. »Das ist Freiheitsberaubung!«

Sein Träger stapfte wortlos dem Dorfe zu. Ich folgte mit weichen Knien. Hinter mir her marschierte der andere Fischer, den mein ruhiges Verhalten nur noch argwöhnischer gestimmt hatte. Deshalb erlaubte er auch nicht, daß ich unsere Klamotten holte.

»Vorwärts«, grollte er, »oder ich pfeif' mei'm Hund Harras!«

Aber lieber schämte ich mich meiner Nacktheit, als daß ich es darauf hätte ankommen lassen. Ich hoffte bloß, daß in der Genossenschaft noch alles schlief und niemand aus dem Fenster guckte. Der Tag graute nämlich schon. Und Stefan schrie höhnisch, auf den Namen der Genossenschaft anspielend: »Da habt ihr wirklich einen ›guten Fang‹ gemacht, Genossen!«

»Halt 's Maul, Schurke«, grollte sein Träger, während er Schritt für Schritt auf das Dorf zuging.

»Ja, Stefan, sei still«, sagte ich flehend. Immerhin war er in ein Netz gewickelt; mich bedeckte bloß eine Gänsehaut.

Als ich meinen Bewacher bat, mir wenigstens den wieder gefüllten Geldkoffer zu pumpen, schüttelte er empört den Kopf und sagte: »Das könnte dir so passen. Um damit abzuhauen, was?«

»Nein«, jammerte ich, »um meine Blöße zu bedecken!«

Denn in Fischerdörfern stehen die Leute viel früher auf als in Wölkenau. Aus allen Schornsteinen stieg Rauch in den Morgenhimmel. Die Fenster standen offen; Frauen hingen buntkarierte Federbetten heraus und rieben sich die Augen, als sie uns sahen. Stefan wurde wirklich still und tat überhaupt, als wäre er ein Fisch. Ein Fisch mit abstehenden, glühend roten Ohren.

Und auch ich schämte mich schrecklich.

Prinzipiell ist es eine feine Sache, in einem Land zu leben, das in der Weltkriminalistik kaum verzeichnet sein soll. Mitunter kann sich das aber als höchst fatal erweisen. Hätte sonst der Ortspolizist des Fischerdorfes auf Urlaub fahren können, ohne einen Vertreter zu hinterlassen?

»Dieser Fall«, sagte der Vorsitzende der Genossenschaft – zu ihm hatte man uns gebracht –, »gehört sowieso vor eine höhere Instanz. Ich werde mal das Kreisamt anrufen...«

Er verlangte den Chef persönlich und wurde auch gleich mit ihm verbunden. In seiner Freude, ihn erwischt zu haben, sagte er mit entsprechender Fröhlichkeit:

„Grüß dich, Walter! Hier ist die Genossenschaft ›Guter Fang‹. Uns sind nämlich zwei Schwerverbrecher ins Netz gegangen...«

»Petri Heil«, sagte der Chef des Kreisamtes – ebenso fröhlich, wie mir schien. »Zwei Hechte etwa? Im Karpfenteich? Dann gratuliere ich, Egon!«

Klick – schon hatte er aufgelegt. Der Vorsitzende versuchte es noch einmal, doch als er anfing, von dem Wunderauto und der halben Million zu reden, sagte sein Gesprächspartner ungeduldig: »Entschuldige, Egon, das mußt du mir ein andermal erzählen. Ich habe heute abend einen Vortrag über die sinkende Kriminalität zu halten. Darauf muß ich mich jetzt vorbereiten. Mach's gut, alter Junge.«

Stefan war schon wieder imstande, schadenfroh zu grienen. Als der ratlose Vorsitzende meinte, er würde es mal beim Bezirk versuchen, sagte Stefan warnend: »Lieber nicht, Kollege. Am Ende glauben die es Ihnen noch.«

Kein Gedanke. Selbst das Fräulein in der Zentrale kicherte bloß und verband den Vorsitzenden mit der Küche. Wie immer, denn die gehörte zu den Kunden der Genossenschaft. Da begann auch ich mich ein bißchen zu amüsieren und stimmte vorsichtig in Stefans Gelächter ein.

Das Lachen verging uns rasch.

Als einer der Fischer auf den Gedanken kam, uns unter Bewachung nach Wölkenau zu transportieren.

Und als wir sahen, wie das geschehen sollte.

Wie es auch tatsächlich geschah...

Ein müder Schimmel zog den Leiterwagen mit dem handgemalten Schild »Guter Fang«. Stefan hatte man sicherheitshalber in eine Tonne gesteckt, aus der nur sein Kopf rausguckte; ich durfte auf einer flachen Fischkiste sitzen. Zu beiden Seiten des klapprigen Wagens marschierten zwei ernste, stolze, hünenhafte Fischer in Ölzeug, die alle wie Seeräuber aussahen. Den Zug beschlossen zwei Ochsen, hinter denen Stefans Auto noch monströser aussah als sonst.

Zwar hatte man mir eine Decke gegeben, in die ich mich hüllen konnte, aber sie war reichlich kurz, weshalb ich nicht mal beim Einzug in Wölkenau riskieren konnte, sie mir über den Kopf zu ziehen.

So hatte ich mich nicht geschämt, als ich splitternackt durch das Dorf marschieren mußte. Da hätte uns ja auch Marianne nicht sehen können. Aber hier!

Als wir uns dem Markt näherten – gefolgt von einer Horde begeisterter Schulkinder, dem Dichter Kugler und einer ständig wachsenden Menge von Hausfrauen, Rentnern, Ladenverkäufern, Urlaubern und Touristen –, warf ich einen verzweifelten Blick auf Stefan. Gleich mußte er Netz und Tonne zersprengen und einen Fluchtversuch unternehmen, um Marianne nicht so unter die Augen zu kommen. Da kann ein Mädchen in einen Jungen so verknallt sein, wie sie will – an solchem Anblick muß die größte Liebe sterben.

Doch Stefan war eingeschlafen. Er schnarchte sogar.

»Seid leise«, flüsterte ich den Kindern zu. Sie hörten es bloß nicht. Ihr Spektakel hätte einen Toten zum Leben erwecken können. Zum Glück ist Stefan nicht so empfindlich.

Marianne sah nicht auf, als wir an ihrem Kiosk vorbeiratterten. Sie tat, als ordne sie die Auslage. Aber sie war ganz blaß, und ihre Finger zitterten; also hatte sie uns längst gesehen. Der Dichter Kugler versuchte, sich aus der Menge zu lösen und zu ihr zu gelangen. Sicher wollte er sie extra auf Stefans jämmerlichen Anblick hinweisen. Der Schuft, dachte ich. Aus dem wird nie ein richtiger

Dichter; ihm fehlt das edle Herz.

Der Abschnittsbevollmächtigte Grünwald kam uns schon entgegen. Natürlich waren finstere Gerüchte vor uns hergeeilt, denn als er erfuhr, daß nichts weiter geschehen war, wirkte er direkt erleichtert.

Die Fischer schienen ein bißchen enttäuscht, daß sie uns die Freiheit schenken und Stefan das Geld zurückgeben mußten. Doch als Stefan jedem tausend Mark als Entschädigung schenken wollte, lehnten sie entrüstet ab. Sie ketteten die Ochsen von Stefans Auto los, banden sie an den Leiterwagen und nahmen garantiert einen anständigen Rest Argwohn mit nach Hause.

Stefan – längst wieder obenauf – kaufte im Konsum einen Sack voll Bonbons und verteilte ihn an die jubelnden Kinder. Dann reckte er sich, haute mir auf die Schulter und sagte glücklich: »Na, Ali – war das nicht 'n Heidenspaß?«

Es hätte keinen Sinn gehabt, ihm zu widersprechen. Den herben Schock, daß Marianne ihn gesehen hatte, wollte ich ihm aus Freundschaft nicht verpassen. Am Ende wäre er gleich wieder ins Auto gesprungen und einem neuen Malheur entgegengerast.

Und ich mußte zur Arbeit.

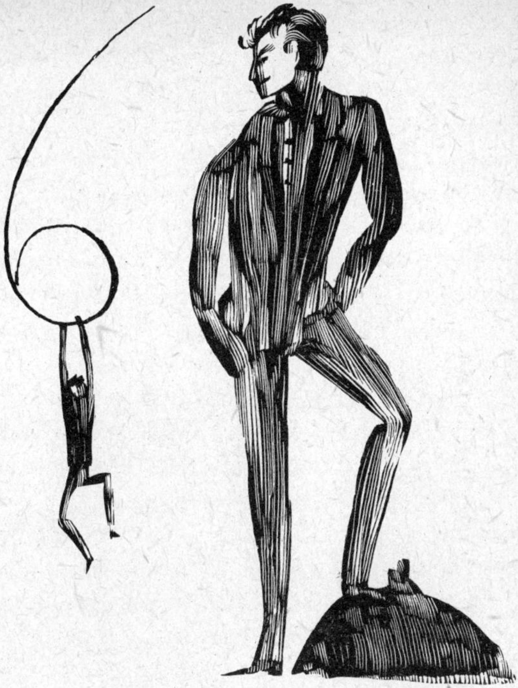

»Nein«, sagte Männe entschlossen, »du wirst ihn auf seiner Reise begleiten. Und dann sehen wir weiter – nicht, Jugendfreunde?«

Die übrigen fünf Leitungsmitglieder nickten entschlossen. Mir blieb die Spucke weg. Hatte Stefan sie auch schon korrumpiert?

»Du spinnst ja«, sagte Männe, »anstatt dich zu freuen. Aber wenn du absolut nicht willst...«

»Absolut nicht!«

»...dann erteilen wir dir einfach einen Verbandsauftrag«, sprach Männe. »Nicht, Jugendfreunde?«

Wieder nickten die übrigen fünf Leitungsmitglieder.

Offenbar hatten sie sich schon in meiner Abwesenheit geeinigt. Was meine Empörung nur noch steigerte. Einen Verbandsauftrag! Zwar kannte ich das Statut nicht auswendig, doch behauptete ich, daß mich keiner seiner Paragraphen dazu zwingen könnte.

»Paragraphen!« rief Männe. »Er beruft sich auf Paragraphen, wo es um das Schicksal eines Menschen geht!«

»Eines Millionärs«, sagte ich verzweifelt, »jedenfalls eines halben Millionärs. Erteilt *ihm* lieber den Verbandsauftrag, seine Kündigung zurückzunehmen. Unser Alter kann seine Bude zumachen, wenn Stefan nicht wiederkommt. Wenn ich auch noch gehe...«

Männe probierte einen Blick an mir aus, den er garantiert für durchdringend hielt. Dann sagte er langsam: »Hör mal, Ali – dir liegt wohl ein Privatunternehmer stärker am Herzen als einer unserer Jugendfreunde?«

»Quatsch«, sagte ich wütend. »Aber spätestens gestern habe ich kapiert, daß ich wieder der Leidtragende des ganzen Unsinns sein würde. Wie immer. Also soll er mir gestohlen bleiben, bis er seine Kohlen verjubelt hat.«

Männe schaltete seine Miene auf undurchdringlich, was bewies, daß er seiner Sache gar nicht sehr sicher war. Desto leidenschaftlicher sagte er: »Vergiß nicht, Ali – er hat dir seinerzeit das Leben gerettet! Widersprich nicht, das weiß die ganze Stadt. Und nun willst du ihn seinem Schicksal überlassen? Einem Schicksal, das bei seinem Naturell selbst für uns Dialektiker unergründlich ist? Dies aber ahnen wir: Solange er noch einen Pfennig von seiner halben Million in der Tasche hat, ist er als Mensch und Jugendfreund gefährdet! An Leib und ... und überhaupt!«

Ich konnte nicht einmal feixen, weil Männe um ein Haar »Seele« gesagt hätte. Im stillen mußte ich ihm sogar recht geben, denn bangte ich nicht selbst um Stefans Zukunft? Auch wußte ich, daß es Unsinn wäre, ihn auf Anhieb zur Vernunft bringen zu wollen – etwa, daß er die halbe Million als Staatsanleihe anlegt und bloß die Zinsen verjubelt. Bekanntlich ist ihm nur mit Geduld und Spucke beizukommen und nach dem Dilemma mit Marianne vielleicht nicht einmal damit...

Mir schauderte, als ich daran dachte. Ich hatte es ja kommen sehen. Gleich nach unserer gestrigen Blamage war er zu ihr gerannt, um ihren Geburtsschein für die Heiratsanmeldung zu holen und ihr das Geld fürs Brautkleid zu geben; zehntausend Mark oder so. Doch als er die Scheine auf die Ladentafel knallte, fegte Marianne sie wütend herunter und schrie, er solle verschwinden! Sie heirate keinen Vollidioten, und wenn er *zehn* Millionen hätte! Das wäre ja gelacht!

Aber dabei schoß ihr das Wasser nur so aus den Augen, und die Stimme versagte ihr eigentlich schon beim »Vollidioten«. Und als sie die Jalousie herunterkrachen ließ – mitten in der Hauptgeschäftszeit! –, begann ich fast zu hoffen, es käme doch noch alles in Ordnung. Mädchen sind komisch in solchen Sachen; vielleicht hätte er rasch einen Blumenstrauß holen oder sagen sollen, er könne nicht ohne sie leben. Statt dessen lachte er bloß, hämmerte mit der Faust gegen die Kioskscheibe und rief, wenn sie nicht aufmache, heirate er einfach eine andere – bei seinem Geld kriege er jede! Da wußte ich, daß alles aus war. Und als er die Kiosktür aus den Angeln hob, um ihr die Geburtsurkunde mit Gewalt zu entreißen – ich bin fast sicher, daß Marianne sie sogar mitgebracht hatte –, haute sie ihm vor allen Leuten eine herunter. Denn natürlich guckten schon wieder eine Menge Leute zu. Da wurde Stefan ganz blaß, sagte kein Wort mehr, drehte sich um und marschierte davon. Wie ihm ums Herz war, erkannte ich daran, daß er seinen Koffer vor dem Kiosk stehengelassen hatte. Marianne packte ihn und warf ihn Stefan hinterher; er bekam ihn in die Kniekehlen und wäre um ein Haar zu Boden gegangen.

Und das ganze Leid der Menschheit war in seiner Stimme, als er flüsterte: »Dir werde ich's zeigen... Jawohl... Paß auf...«

»Siehst du«, sagte Männe, der das auch schon alles wußte, »und wie wir ihn kennen, wird er es nicht nur Marianne zeigen wollen, sondern der ganzen Welt. Deshalb reden wir mit dir!«

»Könnt ihr nicht lieber mit Marianne reden?« erkundigte ich mich hoffend. »Schließlich gehört auch sie unserm stolzen Millionenverband an. Und wenn man ihr den Auftrag erteilte, Stefan zu heiraten...«

»Ausgeschlossen«, sagte Männe hastig. »Die Freie Deutsche Jugend ist keine Heiratsvermittlung, nicht, Jugendfreunde?«

Die übrigen Leitungsmitglieder schüttelten ernst die Köpfe. Aber ich hätte wetten mögen, daß die Einmütigkeit ihrer Ablehnung durchaus menschliche Gründe hatte. Bekanntlich waren alle Jungs unserer Stadt in Marianne verknallt. Ich nützte den Moment der Verwirrung aus und rief: »Dann dürfte sie auch kein Kindergarten sein! Wie ich kein Kindermädchen bin, sondern Autoschlosser. Und wenn ich zur Gewerkschaft gehe...«

»Mit den Kollegen von der Gewerkschaft habe ich bereits gesprochen«, sagte Männe triumphierend. »Sie verstehen unsere Sorge um Stefan und billigen unseren Beschluß. Sogar euer Alter ist damit einverstanden – lieber entbehrt er Stefan *und* dich ein paar Wochen oder Monate, ehe er Stefan für immer verliert. So lange will er bloß in eine niedrigere Steuergruppe.«

Der alte Fuchs. Daß er mir auch in den Rücken fallen

würde, hätte ich nie geglaubt. Mein Widerstand war gebrochen; ich murmelte nur noch, daß ich für nichts garantieren könne. Daß man mir nachher also nicht mit Kritik und Selbstkritik kommen dürfe; ich sei auch nur ein Mensch.

Vorsichtshalber überhörte Männe meine Worte. Was bedeutete, daß ich doch wieder die Prügel einstecken würde, wenn etwas schiefging. Aber noch drückte er mir herzlich die Hand und sagte mit bewegter Stimme: »Wir vertrauen dir, Ali. Erweise dich unseres Vertrauens würdig. Freundschaft!«

Mit hängendem Kopf verließ ich die Leitungssitzung. Jetzt saß ich drin in der Patsche. Ich hoffte nur, daß Stefan keine Lust mehr auf die Reise hatte. Was sollte ihm eine Hochzeitsreise ohne Braut?

»Ich habe schon eine neue!« rief er mir in wilder Genugtuung entgegen.

»Wo denn?« fragte ich erschrocken. In seinem Zimmer saß nämlich nur Herr von Wölkenau, der Fremdenführer, und schnürte ein längliches Paket auf.

»Hier«, sagte Stefan, indem er auf die Annoncenseite der neuen »Wochenpost« schlug. »Hier stehen jede Menge drin, zum Aussuchen. Wenn du willst, suchen wir dir auch eine aus. Dann wird es lustiger unterwegs. Und Marianne ärgert sich doppelt!«

Ein paar Annoncen hatte er schon angekreuzt. Ich überflog sie verdattert und fand glücklicherweise die Geistesgegenwart, zu sagen: »Da lassen wir uns lieber erst Fotos schicken. Und dann gucken wir uns die Schönsten persönlich an. Das macht man immer so, um nicht auf irgendeinen Schmu reinzufallen.«

»Sehr richtig«, sagte Herr von Wölkenau. »Erst was man sieht, öffnet einem die Augen für wahre Werte. Bitte sehr!«

Er hatte sein Paket ausgepackt und hielt uns dessen Inhalt vor die Nasen: ein Ölgemälde!

»Da ist sie«, sagte er feierlich, »die Burg meiner Väter. So hat sie vor Zeiten ausgesehen! Und so soll sie wieder erstehen – als stolzes Wahrzeichen unserer Stadt und als ihr würdiger Besitz!«

Bei den letzten Worten hatte er seinen Arm um Stefans Schulter gelegt und starrte gleich ihm ergriffen auf das Bild. Es mochte an die zweihundert, dreihundert Jahre alt sein und war schon mächtig vom Zahn der Zeit benagt; dennoch erkannte ich den Windberg, den der Maler viel höher gemalt hatte, als er in Wirklichkeit war. Die Ruine, die ihn heute krönt, hatte sich damals als trutzige Festung dargestellt, aber sicher hatte der Maler auch darin übertrieben. Jedenfalls erhob sie sich bis zu den Wolken und warf ihren Schatten über die halbe Stadt.

»Gigantisch«, sagte Stefan.

»O ja«, meinte Herr von Wölkenau. In seiner Stimme zitterte jene Wehmut, die er sonst nur vor ausländischen Touristen gebrauchte. »Und Herr Maurermeister Bock hat mir schon vor vierzig Jahren angeboten, sie zu restaurieren. Leider war ich damals gerade der Weltwirtschaftskrise zum Opfer gefallen. Aber er ist immer noch bereit, sie wieder herzurichten!«

»Wie schön«, sagte Stefan. Seine Ohren glühten vor Aufregung, und als ob er fürchtete, ich könnte ihm zuvorkommen, streckte er Herrn von Wölkenau die Hand entgegen und rief: »Ich kaufe sie, die Burg!«

»Zu den ausgemachten Bedingungen?« erkundigte sich der Rittersproß.

»Jawohl!« sprach Stefan. Und selbstvergessen fügte er hinzu: »Da wird sie staunen, die Marianne...«

Daran zweifelte ich nicht. Hingegen bezweifelte ich, daß der Rat der Stadt diesem Wahnsinnshandel seine

Zustimmung geben würde. Unser Alter hatte schon Schwierigkeiten, vier gewöhnliche Laubenparzellen zu kaufen, und er wollte sich bloß eine Villa bauen lassen. Außerdem – hatten wir nicht schon in der Schule gelernt, daß der Feudaladel durch die Bodenreform entmachtet und enteignet worden war? Natürlich! Im Falle der Burgruine hatte man sicher nur deshalb kein Aufhebens darum gemacht, weil kein vernünftiger Mensch befürchtete, daß Herr von Wölkenau jemals Besitzansprüche geltend machen würde. Und weil der Trümmerhaufen auf dem Windberg nicht mal die Kommunale Wohnungsverwaltung interessiert hatte. Aber daß der Rittersproß ihn einfach verscheuern durfte, schien mir dennoch ausgeschlossen.

So erholte ich mich rasch von dem Schreck und war sogar froh, daß Stefan über diesen Quatsch die Heiratsannoncen vergessen hatte.

Da trat Kugler, der Dichter, aus der Küche in Stefans Zimmer. Er schwenkte einige Bogen Papier und sagte begeistert: »Hier ist der Entwurf deines Briefes, Stefan. Stell ihn dir auf handgeschöpftem Bütten vor! Außerdem solltest du eine eigene Anzeige veröffentlichen, da wird die Auswahl noch größer. Ich habe gleich eine entworfen...«

Stefan las sie und fand sie prima. Herr von Wölkenau guckte ihm über die Schulter und schien ebenfalls beeindruckt. Dennoch vergaß er nicht die eigene Sache; er schlug vor, sofort Notar Siegler aufzusuchen und den Kauf perfekt zu machen. Der Dichter Kugler und ich sollten als Zeugen mitkommen.

»Da müßte ich mir erst 'n sauberes Oberhemd kaufen«, sagte Kugler zögernd, »und das kostet zwanzig Mark...«

Stefan gab ihm hundert und flüsterte mir triumphierend ins Ohr: »Ich kriege sie für ein Butterbrot, die Burg. Fast geschenkt. Und sie ist achthundert Jahre alt!«

»Und wenn du sie nicht kriegst?« fragte ich vorsichtig.

»Warum denn nicht?« sagte Stefan. »Ich kann sie doch bar bezahlen!«

Obgleich auf dem Markt genügend Platz war, parkte Stefan direkt vor Mariannes Kiosk und sagte beim Aussteigen sehr laut und protzig zu Notar Siegler: »Kann sein, Doktor, daß ich Ihnen noch weitere Obliegenheiten anvertraue.«

»Sollte mich freuen, Herr Stefan, sollte mich freuen«, versicherte Notar Siegler, indem er Stefan sogar beim Aussteigen half. Dichter Kugler wußte nicht recht, ob er heimlich Marianne zuplinkern sollte, doch sie guckte sowieso über uns und das Auto hinweg auf den Schornstein der Marmeladenfabrik. Dabei gab es dort gar nichts zu sehen.

Dem Katasteramts-Angestellten Fidibus fiel fast die Kaffeetasse aus der Hand, als Notar Siegler unser Anliegen erläuterte und mit dem Kaufvertrag einige ehrwürdige, vergilbte Dokumente vorlegte, die Herr von Wölkenau zuvor im Heimatmuseum ausgeborgt hatte. Ich hatte sie vergeblich zu entziffern versucht, und auch Kollege Fidibus starrte die krausen Schriftzeichen an, als wären sie chinesisch.

Notar Siegler schleuderte ihm beiläufig einige Paragraphen an den Kopf und behauptete, nach der gegebenen Rechtslage bedürfte es nur einer einfachen Überschreibung der Liegenschaft auf den Namen seines Klienten.

»Gewiß, gewiß«, murmelte Fidibus ratlos. Auf seiner hohen Stirn bildeten sich kleine Schweißperlen, und als er nach einem Formular griff, sah ich, daß seine Finger zitterten.

»Name des Käufers?« fragte er.

Stefan nannte ihn.

»Name des Verkäufers?«

»Heinrich Graf von Wölkenau«, sagte dieser schlicht. »Korrekterweise sogar Ganz Edler Heinrich Graf von Wölkenau und Schreckenstein, aber schreiben Sie einfach ›Graf‹!«

Dem Katasteramts-Angestellten Fidibus stockte die Feder. Mit versagender Stimme flüsterte er: »Ja... Ja, natürlich... Und bei dem betreffenden Grundstück handelt es sich tatsächlich...?«

»Um die Burg meiner Väter«, sprach der edle Heinrich, »den Stammsitz unseres Geschlechts, Majoratseigentum und so weiter...«

Fidibus ließ den Federhalter fallen, floh zum entferntesten Aktenschrank, der sich in seinem Zimmer befand. Dort hörten wir ihn in Papieren wühlen, auch wölkte Staub auf, der im Sonnenlicht tanzte. Nach einer langen

Weile kam Fidibus zurück und sagte hustend und hilflos, er könne die Unterlagen nicht finden. Ob der Herr Graf nicht die registrierte Katasternummer wisse?

Der Herr Graf schüttelte den Kopf und meinte, sie wäre ihm nicht erinnerlich. Vielleicht gäbe es gar keine, weil die Burg viel älter sei als das Stadtarchiv, ja, als die ganze Stadt. Aber die mitgebrachten Dokumente trügen die Unterschrift eines deutschen Kaisers, sagte er mit erhobener Stimme, und Notar Siegler fügte hinzu, an der Echtheit der kaiserlichen Unterschrift gäbe es keinen Zweifel. Er stünde nicht an, im Auftrage seines werten Klienten einen Historiker als Sachverständigen hinzuzuziehen.

Fidibus griff nach diesem Gedanken wie ein Ertrinkender nach dem Strohhalm. Natürlich war ihm bloß darum zu tun, Zeit zu gewinnen. Noch ehe wir sein Zimmer verlassen hatten, griff er zum Telefon und flüsterte der Vermittlung zu: »Den Bürgermeister bitte... Nein, keinen Vertreter... persönlich... dringend...«

Na, dachte ich beruhigt, da ist dann gleich Endstation. Ich kannte unseren Bürgermeister als einen Mann, den der Name eines verlotterten Grafen und eine kaiserliche Unterschrift ebensowenig kratzen würden wie Stefans halbe Million. Auch Notar Siegler wirkte etwas skeptisch, als er Stefan und Herrn von Wölkenau erklärte: »Ich fürchte, meine Herren, wir müssen uns auf einen kleinen Rechtsstreit gefaßt machen... Der Fall scheint komplizierter, als er formaljuristisch aussieht... Aber wir werden sehen... und siegen...«

»Das werden wir«, sagte Stefan entschlossen. In seinem unerschütterlichen Optimismus schlug er vor, sofort zu Maurermeister Bock zu fahren und einen Kostenvoranschlag für die Bauarbeiten in Auftrag zu geben.

Das sagte er wieder sehr laut, damit es Marianne hören

konnte. Sie aber strafte ihn und uns alle mit Verachtung.

Hingegen war Maurermeister Bock die Liebenswürdigkeit in Person und begleitete uns sofort auf den Windberg, um das Baugelände zu besichtigen. Als wir oben ankamen, drückte er zuerst Herrn von Wölkenau, dann Stefan die Hand und verriet ihnen, daß er diesen Bau mit seinem Herzblut zu errichten gedenke.

»Haben Sie denn auch Zement? Steine? Holz?« fragte Stefan.

»Das läßt sich beschaffen«, behauptete Bock zuversichtlich. »Allerdings wird es nicht billig sein, zumal für einen privaten Bau. Aber Sie haben's ja.«

Der Dichter Kugler schaute über die Stadt und rief begeistert, allein die Aussicht wäre das Geld wert. Ich sah mir still die dicken, grauen Mauern an und fand den Anblick noch jammervoller als sonst. Nein, die Burg konnte selbst in ritterlicher Glanzzeit kein imposantes Bild geboten haben. Eine gewisse Bescheidenheit mußte schon den verblichenen Vorfahren unseres Fremdenführers eigen gewesen sein, denn nach den Ausmaßen der Ruine hätte kaum die Villa unseres Alten hineingepaßt.

»Die Burg war nur der bescheidene Anfang unseres Geschlechts«, erklärte Herr von Wölkenau, »später sind wir ins Stadtschloß übersiedelt, das bei der Versteigerung zwei Millionen Goldmark eingebracht hat.«

Das hatte ich ganz vergessen, weil es schon seit zwanzig Jahren als FDGB-Erholungsheim dient. Ob sich Herr von Wölkenau deswegen eine Träne aus dem Auge wischte? Nein, ihm war wohl bloß was reingeflogen, denn nun begann er mit seiner gewöhnlichen Fremdenführer-Alltagsstimme den üblichen Vortrag: »Burg Wölkenau wurde im elften Jahrhundert erbaut...«

Stefan schien auch ein bißchen enttäuscht und sagte:

»Komisch – ich hatte sie eigentlich viel größer in Erinnerung. Aber sonst ist sie ganz hübsch, nicht?«

Ich nickte zögernd, um seinen Widerspruchsgeist nicht zu wecken, auch drängte sich Meister Bock zwischen Stefan und mich und beteuerte: »Die Grund- und Außenmauern sind noch tipptopp. Die lasse ich, wie sie sind. Es ist überhaupt nicht so schlimm, wie ich gedacht habe; die beiden ersten Räume könnte ich in vier Wochen zum Einziehen vorrichten. Der Rest dauert etwas länger, wenn's solide werden soll. Hauptsache, Sie kriegen die Baugenehmigung...«

Ich dachte: die kriegt er nie! Wahrscheinlich macht der Bürgermeister jetzt schon den Fidibus zur Schnecke, daß der ihn überhaupt mit solchem Quatsch belästigt hat.

Irren ist menschlich. Denn in diesem Augenblick keuchte Fidibus per Fahrrad den Windberg herauf und rief schon von weitem: »Kollegen! Herr Graf! Der Kauf ist katasteramtlich bestätigt!«

In mir brach eine Welt zusammen. Nicht nur, daß eine behördliche Sache so rasch hatte geschehen können. Nicht nur, daß sich auch das Einholen der Baugenehmigung als reine Formsache erwies und noch am selben Nachmittag erledigt war. Nein, der Bürgermeister selbst bat Stefan zu sich, beglückwünschte ihn zu seinem Erwerb und erklärte, er hätte einen Lottogewinn nicht nützlicher verwenden können.

Und unser Bürgermeister ist Genosse!

Ich rannte zu Männe, der auch Genosse ist, und stellte ihn in flammender Empörung zur Rede. Wie so was möglich sei? Und wie sich das mit unseren großen Zielen beim Aufbau des Sozialismus vereinbaren lasse?

Männe blickte mich mitleidig an und meinte herzlich, mit dem Aufbau des Sozialismus habe das gar nichts zu tun.

»Wie wahr!« rief ich. »Aber ...«

Aber wir lebten in einer Übergangsepoche. Da müsse man mitunter Erscheinungen Rechnung tragen, die einem prinzipiell nicht paßten. So teile er als Mensch und FDJ-Sekretär durchaus meine Entrüstung, als Stadtverordneter habe er jedoch dem Handel selber zustimmen müssen.

»Und die Bodenreform?« rief ich erbittert. »Habt ihr als Stadtverordnete die Bodenreform vergessen?«

»Nein«, seufzte Männe. »Aber die Bodenreform hat Herrn von Wölkenau vergessen. Besser gesagt: Sie hat ihn nicht berührt. Sein Reichtum ist doch schon zwanzig Jahre vorher in die Binsen gegangen. Er hat ihn in Monte Carlo verspielt. Und schon damals wollte keiner seiner Gläubiger den Trümmerhaufen auf dem Windberg haben. So hat er ihn behalten. Auch nach der Bodenreform, denn der Grundstückswert wurde außerordentlich gering eingeschätzt. Du würdest lachen, wenn du wüßtest, um welchen geringen Preis dein Freund Stefan Burgherr geworden ist.«

»Für ein Butterbrot«, murmelte ich. »Doch wie steht es mit dem Denkmalsschutz?«

»Du lieber Himmel, Ali – als ob du nicht selber weißt, daß sie die jammervollste Ruine weit und breit ist! Eher ist sie ein Schandfleck für die Stadt. Und dieser Umstand«, fuhr Männe fort, indem er unwillkürlich leiser sprach, »hat wohl den Ausschlag gegeben, daß Stefan so rasch die Baugenehmigung bekommen hat. Blockfreund Schnabel vom Nationalen Aufbauwerk hat sich persönlich dafür eingesetzt. Er sagte, eines Tages hätten wir uns sowieso entschließen müssen, dem Windberg ein hübscheres Aussehen zu geben – schon wegen des Wettbewerbs um die ›schöne Stadt‹. Als er uns vorrechnete, was das gekostet hätte, hatte Stefan gewonnen.«

»Ja«, sagte ich, »an bitterer Erfahrung. Wenn *er*

kapiert, was das kostet. Weißt du, Männe, was das ist? Das ist...«

»Kommunalpolitik«, unterbrach mich Männe hastig, »denn mit den frei bleibenden Mitteln können wir endlich den neuen Sportplatz bauen. Nach dem gerade Stefan in jeder Versammlung schreit! Also verkneif dir das häßliche Wort, was du sagen wolltest. Paß lieber auf, daß Stefan auch sein restliches Geld so nützlich anlegt.«

Den Teufel werde ich tun, dachte ich wütend. Jetzt helfe ich ihm nach Leibeskräften, es zu verjuxen.

Weil wir nämlich in einer Übergangsepoche leben!

»Wie die Götter in Frankreich«, sagte Stefan begeistert, als uns ein livrierter Page das Appartement zeigte. Natürlich drückte ihm Stefan einen Hundertmarkschein in die offene Hand und wiederholte: »Hier leben wir wie die Götter in Frankreich – nicht, Ali?«

Auch mich überwältigte die Pracht, weshalb ich murmelte: »Wahrhaftig, du hast recht...«

»...mein Leipzig lob' ich mir«, stammelte der Page, »es ist ein Klein-Paris und bildet seine Leute!«

Dabei hatte er uns im Fahrstuhl wie Luft behandelt und getan, als führe er uns aus reiner Gnade und Barmherzigkeit auf unsere Gemächer. Sie waren garantiert die feinsten im ganzen Hotel und hatten für jeden ein eigenes Bad und einen eigenen Lokus, dazu je ein schneeweißes Telefon und einen Fernsehapparat.

»Haben die Herren noch Wünsche?« fragte der Page.

»Jede Menge«, sagte Stefan großartig, bloß fiel ihm im Moment kein einziger ein. Wir hatten gegessen und getrunken und waren eigentlich schrecklich müde, denn unterwegs war uns wieder einmal der Sprit ausgegangen und niemand vorbeigekommen, der uns hätte aushelfen können. So mußten wir sieben Kilometer laufen, um eine Tankstelle zu finden, und weitere sieben, um mit dem vollen Kanister zum Auto zurückzukommen. Offenbar schluckte es doppelt soviel, wie sein letzter Besitzer behauptet hatte. Aber Stefan meinte nur, da würden wir einfach einen größeren Tank einbauen. Oder nächstens den Kofferraum mit Reservekanistern vollstopfen.

Auf dem Parkplatz vor dem Hotel fiel sein Schlitten gar nicht weiter auf. Da standen eine Menge ähnlicher Straßengiganten, wenn auch mit ausländischen Nummernschildern. So hatte auch kein Mensch von uns Notiz genommen. Großstadt ist Großstadt, überhaupt Leipzig. Hier wollten wir aber bloß zwei Tage bleiben, um dann über Berlin ans Schwarze Meer zu fliegen. Natürlich nicht mit Stefans Auto, sondern mit einer TU 104.

Als der Page mit einer tiefen Verbeugung verschwunden war, stürzten wir uns in die Badewannen. Stefan begann laut zu singen, doch als ich sagte, das wäre in einem so feinen Hotel vielleicht nicht üblich, ließ er es gleich wieder sein. Dann meldete er ein Ferngespräch nach Wölkenau an, um Maurermeister Bock anzutragen, er solle ihm auf seiner Burg auch so ein schwarzgekacheltes Bad einbauen. Bock versprach es; allerdings wäre er nicht sicher, schwarze Kacheln zu kriegen. Vielleicht täten es auch grüne oder weiße?

»Schwarze«, sagte Stefan unerbittlich.

Die würden aber teuer werden. Ansonsten ginge die Arbeit an der Burg flott voran. Wir würden staunen, wenn wir nach Wölkenau zurückkehrten.

Einstweilen bestaunten wir bloß die ledergebundene Mappe auf den Nachttischen des Appartements. Sie enthielt alle Angaben über den Kundendienst unseres Hotels. Es gab nichts, was der verehrte Gast nicht besorgen oder erledigen lassen konnte, ohne selber einen Finger zu rühren. Trotz unserer Müdigkeit wollte Stefan unbedingt die Probe aufs Exempel machen und der Vermittlung den Auftrag geben, uns einen spanischen Dolmetscher aufs Zimmer zu schicken.

»Wozu denn einen spanischen Dolmetscher?« fragte ich.

»Ach so«, sagte Stefan verwirrt, »ja, wozu eigentlich? Könnten wir wenigstens eine Stenotypistin gebrauchen?«

Wir einigten uns auf den Zimmerkellner mit zwei doppelten Kognaks. Und dann genierten wir uns mächtig, weil der einen Frack anhatte und wir schon im Schlafanzug waren. Aber er war sehr freundlich zu uns und tat kein bißchen von oben herab. Natürlich gab Stefan auch ihm einen Hundertmarkschein als Trinkgeld, worauf er sagte, wenn wir weitere Wünsche hätten, stünde er uns jederzeit zur Verfügung.

»Prost«, sagte Stefan, »auf unser feines Leben!«

»Prost«, sagte ich. Und ich fügte vorsichtig hinzu: »Wenn du weiter so mit Hundertmarkscheinen herumschmeißt, wird es nicht sehr lange dauern.«

»Dann spiele ich einfach wieder im Lotto«, sagte er. Doch er stand noch einmal auf, schüttete das Geld aufs Bett und zählte es.

»Na bitte«, sagte er erleichtert, »es ist immer noch über eine halbe Million! Das hältst du nicht für möglich – es nimmt und nimmt nicht ab. Alles Bisherige haben wir für ein paar Kröten gekriegt, die drüber waren. Toll, was? Da können wir uns ruhig noch zwei Schnäpschen kommen lassen!«

Ich könnte wetten, daß er sie hauptsächlich wegen des Zimmerkellners bestellte. Weil es ihm Spaß machte, den feinen Pinkel im Frack schwitzen zu sehen. Was besagen will, daß es nicht bei diesen zwei Schnäpsen blieb. Wäre ja auch schade gewesen, das großartige Appartement bloß zum Schlafen zu benützen. Die teure Miete schläft man gar nicht ab, nicht mal, wenn man alle Lampen brennen und das Radio spielen läßt.

Darum badeten wir zwischendurch auch noch ein paarmal, bis Stefan in der Wanne einpennte. Alwin half mir, ihn herauszuziehen und ins Bett zu packen. Alwin war der Zimmerkellner; wir hatten bei der fünften Runde mit ihm Brüderschaft getrunken. Was ihn nicht hinderte, das Datum der Rechnung mit auf den Preis zu schlagen. Jedenfalls kam es mir so vor, als ich die schwindelerregende Summe sah.

»Ich bitte dich«, sagte Alwin gekränkt, »schließlich war es französischer Kognak! Der Beste vom Besten! Den bezahlen Ausländer in Valuta! »Aber als ich den Koffer unter Stefans Bett hervorzog, erfüllte ihn auch unser Geld wieder mit Ehrfurcht. Dennoch gab ich ihm bloß neunzig Pfennig Trinkgeld. In der Service-Mappe stand sogar: »Unser Personal bezieht auskömmliche Gehälter und ist gehalten, Trinkgelder zurückzuweisen.« Es war allerdings ganz klein gedruckt. Und meine neunzig Pfennig betrachtete Alwin höchstens als Beleidigung.

Nie hätte ich gedacht, daß man von französischem Kognak so einen Brummschädel kriegen kann. So einen – beziehungsweise zwei – hatten wir bisher nur, als Zeiss Jena Meister geworden war. Und da hatten wir schlichten

Adlershofer Wodka getrunken. Aber Schmerz bleibt Schmerz.

Wir hingen noch am späten Nachmittag unter den kalten Duschen unserer Badezimmer und schworen einander, nie wieder französischen Kognak zu trinken, und sei er noch so teuer. Hingegen bestellten wir Spalttabletten und sauren Hering.

Die Spalttabletten wurden auf einem silbernen Tablett gereicht. Der saure Hering war nicht mit Zwiebeln und Gurken, sondern mit Ananasscheiben garniert.

»Die wolln uns wohl veräppeln?« knurrte Stefan. »Hering mit Kompott – was für ein Blödsinn! Komm, wir kaufen uns welchen im Konsum.«

Der war viel billiger und schmeckte, wie saurer Hering schmecken muß. Wir verzehrten ihn gleich auf der Straße und tranken jeder drei Selter hinterher. Dann bummelten wir durch Leipzig und fühlten uns allmählich wieder besser. Schon, weil uns hier kein Mensch anstarrte und keine Kinder nachliefen wie in Wölkenau. Hier wußte ja niemand, daß Stefan im Lotto gewonnen hatte. Obgleich er seinen Koffer immer bei sich trug.

»Willst du das Geld nicht lieber zur Bank bringen?« fragte ich.

»Nee«, sagte Stefan. »Da macht's mir keinen Spaß. Ich will's bei mir haben, damit ich's immer gleich zur Hand habe.«

»Und wenn du's verlierst?«

»Ach was«, sagte Stefan. »Ich passe schon auf. Und notfalls bist du ja auch noch da.«

Der einzige Erfolg meiner Bemühungen war, daß er mir den Koffer in die Hand drückte. Er hatte ein ganz schönes Gewicht, denn Stefan pflegte auch das Kleingeld, das er überall herausbekam, hineinzustopfen. So hörte man bei jedem Schritt den aufreizenden Klang des Geldes. Nicht minder aufreizend funkelten die verchromten Kofferbeschläge in der Nachmittagssonne. Wenigstens würde ich ihm ein unauffälligeres Behältnis aufschwatzen müssen. Einen alten Campingbeutel vielleicht, in dem kein vernünftiger Mensch eine halbe Million vermutet.

Ich ertappte mich dabei, daß ich die vielen Passanten auf der Straße argwöhnisch beobachtete. Leipzig ist bekanntlich eine Weltstadt, da mußte man sowieso vorsichtig sein. Und jedesmal, wenn mich in dem Gedränge jemand anrempelte, lief mir eine Gänsehaut über den Rücken.

Stefan genoß den Betrieb. Er schien seinen Kater vollständig überwunden zu haben, während mir noch immer der Schädel brummte. Nur gut, daß unsere Reise erst morgen losgehen sollte.

Wir holten aber schon die Papiere vom Reisebüro. Und nun begann ich mich wirklich auf die weite, schöne Fahrt zu freuen. Man gab uns einen Prospekt, auf dessen bunten Bildern richtige Palmen zu sehen waren, auch gewaltige Berge mit schneebedeckten Gipfeln und eine Wüste mit Kamelen.

»Und Ihre Gattin?« fragte der Angestellte. »Haben Sie wenigstens ihre Personalausweisnummer mitgebracht? Die muß ich nämlich in die Sammelliste eintragen.«

Stefan schluckte, und einen Moment befürchtete ich, er würde dem Mann am Schalter die ganze traurige Geschichte erzählen. Doch er murmelte nur: »Ach so, meine Gattin... Sie hatte ich ganz vergessen... Sie kann nämlich nicht mit... Sie hat nämlich – was hat sie eigentlich, Ali?«

»Ziegenpeter«, sagte ich hastig, denn Stefan ist einer der erbärmlichsten Lügner der Welt. Immer muß ich für ihn lügen. Diesmal schien auch ich rote Ohren gekriegt zu haben, denn der Mann am Schalter sagte ziemlich kühl: »Das tut mir sehr leid, doch die Reise ist bestellt.«

»Soll ich mir eine Frau aus den Rippen schneiden?« rief Stefan erbittert. »Die Hauptsache ist schließlich, ich bezahle die drei Plätze, oder?«

Er klappte den Koffer auf, und der Mann am Schalter stammelte verwirrt: »Natürlich... Selbstverständlich... Ich wünsche der verehrten Gattin gute Besserung.«

Wir nahmen die Papiere und verzogen uns rasch. Der Großstadttrubel verschluckte uns, noch ehe er die Volkspolizei verständigen konnte. Garantiert war er bloß vor Schreck nicht gleich daraufgekommen. Und weder Stefan noch ich hatten Lust, erst wieder ein langes Verhör über uns ergehen zu lassen. Statt dessen besichtigten wir das Völkerschlachtdenkmal, Auerbachs Keller und die Pleiße, die aber einen enttäuschenden Anblick bietet. Dann rüsteten wir uns für die Reise aus und behielten die garantiert tropenfesten Hüte gleich auf, weshalb uns nun auch die Leute in Leipzig nachguckten. Oder geschah das wegen des Feldstechers, von dem Stefan so begeistert war, daß er vor dem Hauptbahnhof im dicksten Gewühl stehenblieb und unser feines Hotel von weitem betrachtete? Ich schleppte die übrigen Erwerbungen zu einer Taxe und verstaute die Taucherausrüstungen, das Kofferradio, ein Luftgewehr, ein Schlauchboot und tausend kleinere Gegenstände im Kofferraum. Schleierhaft war mir, zu welchem Zweck Stefan den Turniersattel gekauft hatte, denn reiten konnte er ebensowenig wie ich. Wahrscheinlich hatte ihm der Sattel einfach als Gegenstand gefallen.

»Komm schon, Stefan!« rief ich. Was den Taxifahrer sichtlich enttäuschte; er verriet mir, uns für Zikmund und Hanzelka gehalten zu haben.

Als wir in das Hotel zurückkamen und beim Portier

unsere Schlüssel abholten, sagte dieser gerade zu einer Dame: »Bedaure sehr – Monsieur Renard ist bereits abgereist.«

»Oh«, sagte die Dame. Aber *wie* sie das sagte!

Stefan und ich starrten sie an. Nicht nur, weil sie wunderhübsch aussah und wunderschön nach Veilchen duftete oder wegen der Erklärung des Portiers ganz traurig geworden war.

»Die kenne ich«, flüsterte Stefan aufgeregt.

»Ich auch«, wisperte ich.

Aber woher?

Als sie uns zufällig ansah, nahmen wir unwillkürlich stramme Haltung an und grüßten sie. Sie schien sich nicht im geringsten darüber zu wundern; sie nickte uns melancholisch lächelnd zu.

»Die kenne ich«, wiederholte Stefan. Und als sie mit sanfter, trauriger Stimme den Portier fragte: »Hat Monsieur Renard nichts für mich hinterlassen?«, wußte ich plötzlich, woher wir sie kannten: aus dem Fernsehen! Während unserer nächtlichen Teufelsseefahrt war sie auf dem Bildschirm aufgetaucht und hatte tröstend gesungen: »Ein Schiff wird kommen...« Weshalb wir um ein Haar abgesoffen wären.

Aber das wußte der Portier doch nicht. Deshalb sagte er also ziemlich brüsk zu ihr: »Nein, nichts.« Um sich dann einfach von ihr abzuwenden und Stefan und mich fast so liebenswürdig zu begrüßen, als wären wir Valutagäste.

Mir war es schrecklich peinlich, und die wunderhübsche, traurige Dame tat mir herzlich leid. Stefan war hingerissen und vergaß, dem Portier die Nummer unseres Appartements zu nennen. Was freilich auch nicht nötig war. Er legte uns die Schlüssel hin und sagte achtungsvoll: »Die Herren hatten Appartement eins, nicht wahr?«

»Ja«, sagte ich.

Stefan, dem Glückspilz, wurde das Erlebnis zuteil, einen langen Blick der wunderhübschen Dame zu erhaschen. Das heißt, eigentlich war sie noch keine richtige Dame, sondern ein Mädchen, aber was für eins! Stefan kriegte gleich wieder glühende Ohren, und als sie sich noch einmal dem Portier zuwandte und sagte: »Falls Monsieur Renard sich doch noch meldet, – ich singe immer noch in der Trixi-Bar . . . .«, da wußte ich, daß wir die Palmen und Berge, das Meer und die Kamele einstweilen nicht sehen würden.

Sie beschenkte auch mich mit einem wunderhübschen blauen Blick und schwebte zum Ausgang. Und Stefan sagte entschlossen zum Portier: »Kann Ihr Service auch Karten für die Trixi-Bar besorgen?«

Der Portier lächelte unmerklich und sagte: »Ich hatte es bereits notiert, meine Herren!«

Stefan sauste noch einmal los, um jedem von uns einen Abendanzug zu kaufen. Und Lackschuhe. Damit wir uns in der Trixi-Bar sehen lassen konnten.

Vier Pagen bemächtigten sich der Reiseausrüstung und schleppten sie hinauf. Dabei wären zwei damit fertig geworden. Garantiert hatten sich Stefans Hundertmarkscheine schon im Hotel herumgesprochen.

An der Portierloge stand ein englischer Lord oder so was; er staunte ganz schön, als ihm niemand die Koffer abnahm. »A moment, please«, sagte der Portier zu ihm. Um mir die Fahrstuhltür zu öffnen. Ich konnte ihm aber bloß eine Karo anbieten, weil Stefan das Geld bei sich hatte. »Merci«, sagte der Portier kühl. Auch die Pagen waren sauer, als sie nichts bekamen. Das rührte mich kaum. Ich entließ sie huldvoll und probierte in der Badewanne eins der Tauchgeräte aus. Es funktionierte prima. Hoffentlich läßt uns die Sängerin nachher abfahren, dachte ich. Daß sich Monsieur Renard doch noch gemeldet hat. Das Tauchen in einer Badewanne ist bloß ein halber Spaß, auch wenn sie riesengroß und schwarz verkachelt ist.

Stefan kam außer Atem zurück. Die Abendanzüge hatte er. Sie paßten ganz gut, jedenfalls, als wir die Jacken tauschten. Nur die Lackschuhe drückten etwas. Egal, meinte Stefan. Zum Abendanzug *müsse* man Lackschuhe tragen. Wir könnten der Dame nicht in Sandalen unter die Augen treten. Unter ihre wunderschönen, himmelblauen Augen.

»Hast du gesehen, wie sie mich angeguckt hat?« fragte er träumerisch.

»Ja«, sagte ich. »Mich aber auch.«

»Klar, weil du neben mir gestanden hast. Ob wir sie nicht ein bißchen weiten könnten?«

»Wie bitte?«

»Die Lackschuhe meine ich«, erklärte Stefan. »Unsere Nummer hatten sie nämlich nicht im Laden. Na, du brauchst ja nicht zu tanzen. Würde sie vielleicht auch unhöflich finden. Da sind Künstler komisch. Los, beeil dich. Sonst schnappt sie uns ein anderer vor der Nase weg.«

»Stefan«, sagte ich vorsichtig, »ich weiß, daß du ein Glückspilz bist, aber wenn ich an Marianne denke...«

»Marianne kann mir gestohlen bleiben«, sagte er, »ich heirate die Sängerin. Da wird sie sich vielleicht ärgern.«

Er ist also doch noch in Marianne verknallt, dachte ich.

Was ihn nicht hinderte, plötzlich zu brüllen: »Mensch, weißt du was? Wir nehmen sie einfach mit!«

»Wen?« fragte ich gequält. »Und wohin?«

»Die Sängerin! Ans Schwarze Meer! Auf die dritte Karte! Mensch, stell dir *das* Mädchen unter Palmen vor...!«

Ich würgte mir einen Knoten in die Krawatte und sagte nichts mehr. Ich würde genug damit zu tun haben, ihn nachher zu trösten. Sie würde ihm was husten. Falls er überhaupt den Mut aufbrächte, ihr mit diesem albernen Einfall zu kommen.

»Komm schon, Ali! Da kannst du sie noch vor dem Auftritt fragen!«

Ich?

»Wer sonst?«

»Du natürlich!«

»Weißt du was«, sagte Stefan, »wir knobeln einfach. Ruck-zuck-buff...«

Ich verlor. Wie immer. Und die Lackschuhe drückten wie verrückt. Mißmutig humpelte ich hinter ihm her zum Fahrstuhl und überlegte krampfhaft, wie die Dame hieß. Umsonst. Es fiel mir nicht ein. Und sicher war sie schrecklich berühmt, wie alle Sängerinnen.

Stefan schubste mich in den Fahrstuhl. Mit der linken Hand. In der rechten trug er den Koffer, der mit seinen Lackschuhen um die Wette glänzte.

»Stefan«, sagte ich, »du kannst doch nicht mit dem Koffer in der Hand in eine Nachtbar gehn...«

»Warum denn nicht?« fragte er verwundert.

»Damit lassen sie dich gar nicht 'rein«, sagte ich. Ich hoffte stark, daß ich recht behalten würde.

»Damit«, meinte Stefan hoheitsvoll, »komme ich überall 'rein. Soviel solltest du inzwischen kapiert haben, Ali. Wenn nur die verdammten Schuhe nicht so drückten...«

Auch der Portier sah aus, als drückte ihn ein Schuh. »Ich bin untröstlich, meine Herrn«, sagte er. »Die Trixi-Bar hat heute geschlossen.«

Gott sei Dank, dachte ich.

»Ich bin untröstlich«, wiederholte der Portier.

»Dann gehen wir morgen«, sagte Stefan.

»Ich lasse Ihnen den besten Tisch reservieren«, versprach der Portier. Und kassierte prompt einen Hundertmarkschein.

Ade, ihr Palmen und Kamele. Jetzt war die letzte Hoffnung dahin. Morgen nachmittag um drei sollte die Reise losgehen. Und die Trixi-Bar öffnete erst abends um neun. Die schöne Reise...

»Wir können jederzeit 'ne neue buchen«, sagte Stefan, als wir wieder zum Fahrstuhl hinkten. »Und das machen wir auch, Ali. Hab Vertrauen – alles wird gut!«

Gut, daß wir wenigstens die Lackschuhe ausziehen konnten. Ich hatte schon eine Blase am Hacken. Stefan übrigens auch. An jedem eine. Das tröstete mich etwas.

»Probier doch mal dein Tauchgerät aus«, sagte ich. Vielleicht, dachte ich, gefällt es ihm so gut, daß er es sich noch einmal überlegt.

Aber er wollte lieber mit dem Fernglas auf die Straße gucken. Garantiert hoffte er, seine wunderhübsche Sängerin im Menschengewimmel zu entdecken. Was ich selbst bei seinem Glück für ausgeschlossen hielt.

Ich warf mich auf das Daunenbett. Und langweilte mich. Stefan wußte nach einer Weile nicht mehr, was er machen sollte. Im Fernsehen war eine Komödie zu sehen, über die nur die Schauspieler lachen konnten.

»Soll ich Alwin anrufen?« fragte Stefan. »Daß er mit uns Skat spielt?«

Leider hatte Alwin im Restaurant Dienst, und der heutige Zimmerkellner konnte bloß pokern. Es behauptete, das sei das feinste aller Spiele, und versprach, es uns beizubringen. Allerdings könne er erst früh um vier, wenn er Feierabend habe. Respektive Feiermorgen, fügte er scherzhaft hinzu.

Als er kam, waren wir schon eingeschlafen. Besser gesagt: erst. Das ist gar nicht so einfach, wenn man den Tag über bloß herumgammelt und Völkerschlachtdenkmäler oder so was besichtigt.

Pokern ist wirklich ein feines Spiel. In einer halben Stunde hatten wir Hansjoachim – so hieß dieser arme Mensch – eine Menge Geld abgewonnen. Was einem Anfänger beim Skat selten passiert, und da handelt es sich nur um Pfennige. Hier blätterte Hansjoachim einen Schein nach dem andern auf den Tisch. Natürlich gewann Stefan den Löwenanteil und stopfte alles Geld gleich in seinen Koffer. Vielleicht irritierte das Hansjoachim so sehr, daß er immer nervöser wurde und immer mehr verlor und Stefan zum Schluß um hundert Mark anpumpte, um weiterspielen zu können. Ich ging nur mit, wenn ich mindestens einen Drilling in der Hand hatte, was beim Pokern ungefähr soviel wert ist wie ein Grand mit dreien beim Skat. Allmählich stapelte sich das Geld auch vor meinem Platz. Hansjoachim tat mir direkt leid, weil er seine Gutmütigkeit so teuer bezahlen mußte. Man hätte ihm vorher sagen sollen, daß Stefan ein Glückspilz ist.

Als Hansjoachim mit zitternden Fingern ein neues Blatt verteilte, leuchteten Stefans Augen auf. Er guckte nicht mal auf die Liste mit den Werten, die Hansjoachim netterweise aufgeschrieben hatte. Natürlich merkte auch Hansjoachim, daß Stefan ein tolles Blatt erwischt haben mußte; es sah auch aus, als wolle er seine eigene Karte wegwerfen und das Spiel beenden; dann aber legte er doch einen Zehnmarkschein in den Pott und murmelte resignierend: »Zehn ...«

»Zehn *und* zehn!« rief Stefan.

Hansjoachim zögerte lange und schien wieder geneigt zu kapitulieren. Dann aber griff er flink in die Brusttasche, holte einen Hunderter heraus und sagte: »Die zehn – und neunzig!«

Mir wurde angst und bange; dagegen, dachte ich, ist Skat ja die reinste Kinderei! Sefan jedoch fischte drei Hunderter aus dem Koffer, knallte sie in den Pott und rief triumphierend: »Die neunzig – und zweihundertzehn drüber!«

Jetzt *mußte* Hansjoachim aussteigen. Doch hatte ich mich vorhin schon gewundert, daß er noch einen Hunderter hatte, so haute es mich jetzt fast um: Er zog ein dickes Bündel mit Scheinen aus der Tasche und warf sie lässig in den Pott!

»Tausend«, sagte er, ohne mit der Wimper zu zucken. Stefan erinnerte sich offenbar nicht mehr daran, daß Hansjoachim ihn vorhin angepumpt hatte. Weil er angeblich abgebrannt war. Er – Stefan – hob den Koffer vom Boden auf und setzte ihn sich auf den Schoß.

»Stefan«, sagte ich, »bist du verrückt? Willst du den armen Hund ins Gefängnis bringen? Garantiert ist das nicht sein Geld...«

Aber da wurde Hansjoachim stocksauer und brüllte mich an, ich solle gefälligst die Fresse halten. Er habe schon um ganz andere Summen gespielt und mit ganz anderen Leuten als mit solchen blutigen Anfängern wie uns. Stefan solle endlich spielen! Und wenn ich die Hosen voll hätte, solle ich mich zum Teufel scheren!

Die unfeinen Worte paßten gar nicht zu seinem feinen Frack, doch nahm ich sie ihm nicht übel. Natürlich hatte er damit gerechnet, gegen uns zu gewinnen, und nun war er bitter enttäuscht, daß er so mächtig reinrasselte. Jetzt bluffte er garantiert. Mit nichts in der Pfote.

Ich flüsterte Stefan ins Ohr: »Sei ein Mensch, Stefan. Laß ihn am Leben. Wenn du jetzt noch mal drübergehst, ist er mausetot. Und das *kann* nicht sein Geld sein. Er wird es heute nacht kassiert haben und soll's morgen früh zur Bank bringen...«

»Also, was ist?« zischte Hansjoachim. »Gehst du mit, oder schenkst du mir den Pott?«

Stefan griente. Bei seiner Karte hatte er auch allen Grund dazu. Vier Asse! Das ist beinahe das Höchste, was es beim Pokern gibt. Als ich sie sah, flehte ich: »Bitte, Stefan... Laß dir zeigen, was er hat... Treibe ihn nicht zum Selbstmord...!«

»Schnauze«, blaffte Hansjoachim. Der arme Kerl schien völlig die Nerven verloren zu haben. Doch da flüsterte Stefan mir zu: »Ich geb's ihm nachher wieder. Ehrenwort.«

Aufatmend wankte ich an meinen Platz zurück. Dann war es gut. Und Hansjoachim würde sich beim nächsten Mal hüten, so verrückt zu spielen.

»Tausend und fünftausend«, sagte Stefan mit eiserner Miene, indem er den Jahresverdienst eines ordentlichen Autoschlossers in den Pott warf. »Na, jetzt schenkst du mir's, nicht?«

»Nein«, murmelte Hansjoachim, »und wenn ich kaputtgehe gegen dein Full house...«

Er zog ein Scheckbuch aus der Tasche und schrieb eine Zahl, die kein werktätiger Kellner mit gutem Gewissen auf einen Scheck schreiben durfte. Selbst Stefan kriegte vor Aufregung einen Schluckauf. Doch nun hatte er das grausame Spiel wohl selber satt; er wollte Hansjoachim sogar hindern, den Scheck noch in den Pott zu werfen. Wahrscheinlich fürchtete er, Hansjoachim könnte noch vor dem glücklichen Ende einem Herzschlag erliegen. Nach dem einem kein moralischer Gewinn mehr nützt.

Aber Hansjoachim warf den Scheck in den Pott, als würfe er sich selber weg, und ächzte: »Alle meine Ersparnisse... Hier hast du sie...«

»Schön«, sagte Stefan gutmütig. Er glich die gewaltige Summe aus und blätterte bedächtig seine vier Asse auf den Tisch des Hauses. Dann griff er zum Pott, um sein eigenes Geld herauszunehmen und Hansjoachim den Einsatz zu schenken. Sicher würde er nicht mal die verpumpten hundert Mark zurückfordern.

»Pfoten weg«, sagte Hansjoachim mit ganz gelassener Stimme. Auch seine Finger zitterten nicht mehr, als er seine Karte aufdeckte: Pik-Neun, Pik-Zehn, Pik-Bube, Pik-Dame, Pik-König!

Stefan guckte irritiert auf die Liste mit den Wertigkeiten. »Nanu«, murmelte er, »was ist denn das?«

»Das ist Royal flush«, erklärte Hansjoachim zuvorkommend, »das höchste Blatt, das du im Poker kriegen kannst. Damit sprengst du sogar Las Vegas in die Luft. Ansonsten«, fügte er tröstend hinzu, »sind vier Asse natürlich auch sehr schön. Manch einer pokert Jahre und kriegt sie nicht. Du mußt ein Glückspilz sein...«

Der Glückspilz und ich sahen wortlos zu, wie er das Geld in die Taschen stopfte. Seinen Scheck zerriß er gleichgültig; vermutlich war er gar nicht gedeckt. Was uns jetzt ebenso egal sein konnte wie vorhin, als Stefan beschlossen hatte, ihm das Geld zu lassen und obendrein einen moralischen Gewinn zu bescheren.

Eine schöne Bescherung.

Hansjoachim klopfte sich ein Stäubchen vom Frackaufschlag, schüttelte uns die Hände und sagte herzlich: »Macht's gut, Freunde. Es war nett, mit euch zu spielen. Aber erzählt es niemand – bei uns ist das Pokern leider verboten. Wenn ihr natürlich Revanche wollt...?«

»Hau bloß ab«, sagte ich.

Am meisten verdroß es mich, daß ich mehr um ihn gebangt hatte als um Stefan. Der jetzt ganz still sein Geld zählte.

Hansjoachim hob gekränkt die Schultern und verschwand. Ohne ein weiteres Wort. Mit vollen Taschen. Natürlich hatte er auch vergessen, die gepumpten hundert Mark zurückzugeben.

Draußen schien die Sonne. Von den Straßen tönte der Lärm der Weltstadt herauf. Leipziger Allerlei. In Wölkenau, dachte ich, wäre uns so was nie passiert.

Stefan klappte den Koffer zu und schob ihn unters Bett.

»Na«, sagte ich, »ist es immer noch über 'ne halbe Million?«

»Nicht ganz«, murmelte Stefan, »bloß noch beinahe...«

Um so höher rechnete ich ihm an, daß er die Fahrkarten und Reiseschecks einem wildfremden, frischgebackenen Ehepaar schenkte. Auf dem Reisebüro hatte man uns nämlich gesagt, es sei zu spät, die Reise zurückzugeben oder umzubuchen. Höchstens, wenn wir selbst jemand fänden, der heute nachmittag ans Schwarze Meer fahren wollte.

»Wir wollten eigentlich bloß in die Sächsische Schweiz«, stammelte die Braut. Und der Bräutigam fragte ungläubig: »Und das kostet wirklich nichts?«

»Nein«, sagte Stefan grienend. »Hochzeitsreisen sind jetzt grundsätzlich umsonst. Allerdings nur bei der ersten

Eheschließung. Im Falle der Scheidung sind die Kosten sogar zurückzuerstatten.«

»Kommt für uns nicht in Frage«, flüsterte die Braut. Und der Bräutigam schüttelte entrüstet den Kopf. »Das sind ja *drei* Reisen?« sagte er dann erstaunt. Und als Stefan, etwas besonnen, erklärte, die dritte sei fürs Kind, wurde die Braut unter ihrem weißen Schleier noch röter und sagte: »Wie schön! Da wird sich unser Mischa aber freuen...«

Wir besichtigten das Gohliser Schlößchen und den Zoo und vergaßen natürlich, nach passenden Lackschuhen zu suchen. Daran dachten wir erst wieder, als wir uns für die Trixi-Bar umgezogen hatten. Zum Essen waren wir auch nicht mehr gekommen, weil Stefan unbedingt noch mit dem Zoodirektor spechen wollte. Der konnte ihm jedoch keinen Affen verkaufen.

»Wozu willst du überhaupt 'n Affen?« erkundigte ich mich, als er auf dem Weg zur Trixi-Bar wieder darauf zurückkam.

»Ich finde sie eben prima«, sagte er, »weil man ihnen stundenlang zugucken kann und keine Langeweile kriegt. Vielleicht kaufe ich mir sogar zwei oder drei; das wird dann erst ein Spaß.«

Die Langeweile war ihm wohl bloß so 'rausgerutscht, deshalb sagte ich nichts weiter dazu. Außerdem drückte mein linker Lackschuh schon wieder. Ich hoffte nur, daß es in der Trixi-Bar keine Damenwahl gab; freiwillig würde ich mich nicht vom Platz erheben.

Einstweilen bestand auch kein Anlaß dazu. Stefan und ich blieben anderthalb Stunden die einzigen Gäste: die Kapelle sollte erst um neun Musik machen. Und dann verging noch eine Stunde, ehe *sie* kam.

Sie war noch hübscher als neulich und entdeckte uns sofort. Leider mußte sie gleich singen. Als erstes Lied sang sie natürlich »Ein Schiff wird kommen ...«, und ich hätte wetten mögen, daß sie bei den Worten »... und das bringt mir den einen« *mich* anguckte, aber Stefan trat mir begeistert auf den Fuß und zischte: »Sieh nur, sieh nur ... Wie sie mich anpeilt ...«

Höchtens, dachte ich, guckt sie uns beide an. Aber auch die anderen Männer, die solo in der Bar waren, schienen sich dieser Hoffnung hinzugeben.

Mittlerweile war es ziemlich voll geworden. Trotz unserer Absicht, keinen Alkohol mehr zu trinken, hatte Stefan eine Flasche sowjetischen Sekt bestellt – mehr zur Dekoration als zum Genuß und weil man in dieser Nachtbar keine Limonade bestellen kann –, aber als wir anstandshalber an den Gläsern nippten, schmeckte er uns doch zu gut, um ihn einfach stehenzulassen.

»Los, proste ihr zu«, sagte Stefan.

Ich traute mich nicht. Immer ich.

»Du mußt«, drängte Stefan, »denn du hast beim Knobeln verloren. Und wenn du zuerst nicht 'n bißchen mit ihr flirtest, kannst du sie nachher nicht einfach anquatschen.«

»Wann – nachher?« fragte ich bang.

»In der Pause«, sagte Stefan. »Wir müssen bloß aufpassen, daß uns keiner zuvorkommt. Proste schon!«

Ich tat es. Mit Zittern und Zagen. Sekt verschüttend. Aber ich tat es. Und erntete ein Lächeln, bei dem mir die Knie weich wurden.

»Genug«, sagte Stefan hastig, »das reicht für den Anfang ...«

Natürlich war er eifersüchtig. Und als sie das nächste Lied sang – auf spanisch oder französisch –, begann ich zu fürchten, daß auch ich mich in sie verknallt hatte.

»Ich quatsche sie nicht an«, sagte ich.

»Doch!«

»Nein!«

»Doch!«

Mir blieb das nächste Nein in der Kehle stecken. Denn da setzte sie sich schlicht an unseren Tisch und fragte einfach: »Woher kennen wir uns eigentlich? Ich überlege schon die ganze Zeit... Und das macht mich ganz nervös beim Singen... Woher kennen wir uns?«

Wir hatten sie gar nicht kommen sehen und waren so verdattert, daß ich beinahe mein Glas umstieß und Stefan unwillkürlich stammelte: »Vom Schiff... das heißt, aus dem Auto... Auf dem Teufelssee...«

Er unterbrach sich verstört, weil ihm jetzt garantiert eingefallen war, daß *sie uns* dort kaum gesehen haben konnte.

Ich raffte all meinen Mut zusammen, versuchte eine Art Lachen und stotterte: »Wir begegneten einander im Hotel... Hingegen wurde diesem Herrn da erinnerlich, Sie im Fernsehen erblicket zu haben. Nicht, Stefan?«

Er nickte mit glühenden Ohren. Doch sie achtete weder auf seine glühenden Ohren noch auf meine verwirrte Rede, sondern fragte erfreut: »Und wie fanden Sie mich?«

»Ich hab' auf'n verkehrten Knopp gedrückt«, würgte Stefan hervor, »weil ich die Lenzpumpe suchte...«

»Wir fanden Sie außerordentlich künstlerisch«, sagte ich rasch, damit er sich nicht noch tiefer in seinen Unsinn verstrickte, »und die Ehre ist auch heute ganz auf unserer Seite...«

Nun guckte sie uns doch ein bißchen verwundert an, dann aber rief sie in jäher Erleuchtung: »Sie sind Ausländer, nicht wahr? Engländer! Nein – Schweden! Oder?«

Zum Glück war ihre Pause zu Ende. Sie versprach uns jedoch aus freien Stücken, in der nächsten wieder an unseren Tisch zu kommen.

In unserer Ratlosigkeit bestellten wir die nächste Flasche Sekt und stritten uns, weshalb sie uns für Ausländer gehalten haben mochte. Ich tippte auf unser feines Hotel, Stefan meinte, wegen der Abendanzüge. Wir waren nämlich die einzigen Gäste in der Bar, die welche anhatten, also auch die einzigen, die die Lackschuhe drückten.

Dachte ich. Stefan hatte sie längst ausgezogen und die Füße unterm Tisch versteckt. Ich merkte es, als er plötzlich aufstand und Zigaretten holen ging. In Strümpfen. Erschrocken blickte ich zu unserer Sängerin. Später verriet sie, daß sie uns in diesem Augenblick für Amerikaner gehalten habe.

Da saßen wir aber schon auf hohen Barhockern und tranken himmlische Getränke. Flips und Cobblers und Cocktails und wie es alles heißt. Das Zeug trank sich herunter wir Milch und Honig und machte nicht betrunken, sondern lustig. Die Lackschuhe drückten auch nicht mehr. Und die anderen Gäste waren alle sehr nett zu uns.

»Eine Lokalrunde!« rief Stefan. »Und wenn meine halbe Million alle ist, spiel' ich einfach wieder im Lotto! Und dann heirate ich...«

Fanny. Sie hieß Fanny und war eine der besten Schlagersängerinnen unserer Republik. Sagte sie selbst. Schon als Junges Talent hätte sie beinahe eine Goldmedaille erwischt, und damals sang sie nur in der Freizeit. Jetzt sang sie nicht nur in den teuersten Nachtbars der Republik, sondern auch auf Schallplatten, jedenfalls auf einer. Im Fernsehen war sie nicht bloß einmal, sondern zweimal aufgetreten. Auch gab es gedruckte Ansichtskarten von ihr, von denen sie zufällig einen Packen in ihrer Handtasche hatte. Darauf sah sie noch hübscher aus als in Wirklichkeit, und Stefan flüsterte mir zu, am liebsten würde er auf die mit ihrer Widmung versehene Karte (»Meinem lieben Stefan. Von Fanny!«) eine Briefmarke kleben und sie Marianne schicken.

»Tu's nicht«, sagte ich, »dann sind sie vielleicht beide sauer.«

Ich war es übrigens auch ein bißchen, denn nun sah es endgültig so aus, als würde Stefan wieder den Vogel abschießen. Bildlich gesprochen. Nach zwei Flaschen Sekt, drei Manhattans, einem Blonden Gift und sechs Martinis hatte er alle Ängstlichkeit verloren und buhlte um Fanny herum, als wäre sie ein Mädchen aus Wölkenau. Und ihr schien das sogar zu gefallen.

Sie hatte schon Feierabend, während die Kapelle noch weiterspielen mußte. Es war schon gegen drei Uhr früh, aber von den Gästen in der Bar dachte noch niemand ans Nachhausegehn. Was mich wunderte, denn sicher konnten sie nicht alle wie wir bis in die Puppen schlafen.

Stefan spendierte noch eine Lokalrunde einschließlich Kapelle und Küche. Dafür kriegte er einen Extratanz auf der gläsernen Tanzfläche. Die anderen Gäste umringten ihn und Fanny und klatschten. Stefan war glücklich, obwohl er nicht tanzen konnte und die Lackschuhe wieder angezogen hatte. Er erschrak nur, als der Pianist am Ende des Tanzes ins Mikrofon hauchte: »Damit verabschieden wir uns von Ihnen, verehrte Gäste... Und nicht nur für heute, sondern für die nächsten drei Monate... Da spielen wir nämlich in Prag...«

Die Gäste murmelten Bedauern. Stefan kam mit Fanny an die Bar zurück und sagte entschlossen, wenn es ihr recht sei, kämen wir mit nach Prag. Ich hatte es beinahe geahnt. Doch Fanny erklärte traurig, sie bliebe hier, denn ihr Gastspiel bei der Kapelle sei abgelaufen. Sie wisse noch nicht, wohin sie jetzt vermittelt würde. Vielleicht auf Tournee durch Europa oder so.

Wohin auch immer – wir würden ihr folgen! rief Stefan begeistert.

»Ist das wahr?« flüsterte Fanny.

»Ehrenwort«, sagte Stefan. »Gib auch du ihr die Hand drauf, Ali, denn du bist mein Freund, und ich habe dir das Leben gerettet!«

»Ehrenwort«, murmelte ich. Mir drehte sich schon alles.

»Wie schön«, sagte Fanny. »Überhaupt, daß ihr keine Ausländer seid. Die versprechen alles und halten nichts. Die meisten haben nicht mal so viel Geld wie ihr. Es stimmt doch wirklich mit der halben Million?«

»Hier ist sie«, sagte Stefan. Und griff nach dem Koffer.

Aber der war verschwunden.

11

War das eine Aufregung!

Stefan rutschte jäh ernüchtert vom Barhocker und brüllte: »Mein Geld! Wo ist mein Geld? Mein schönes Geld?«

Die Musik brach mißtönend in sich zusammen. Nur der Schlagzeuger haute noch einmal auf die Pauke. Wumm. Es klang wie ein Revolverschuß. Einige Gäste kreischten auf und gingen in Deckung. Andere lachten, weil sie das alles für einen Jux hielten. Stefan stürzte auf den Ausgang zu.

»Haltet ihn!« schrie der Mixer. »Ein Zechpreller!«

Er flankte über die Brüstung und rannte Stefan hinterher. Als auch ich folgen wollte, hatte mich schon der Geschäftsführer beim Kragen. »Sie haben natürlich *auch* kein Geld?« fragte er düster.

»Natürlich nicht«, sagte ich, »aber mein Freund...«

Fanny begann heftig zu schluchzen. Der Geschäftsführer lauschte nach dem Tumult im Ausgang und sagte befriedigt: »Gleich haben wir ihn, Ihren sauberen Freund. Ich hatte Vorsorge getroffen – bei *der* Zeche. Fanny, rufen Sie doch bitte die Volkspolizei an...«

Fanny weinte und griff zum Telefon. Ich nahm es ihr nicht übel, hingegen drückten mich plötzlich wieder die Schuhe. Da brachten sie auch schon Stefan zurück. Sein schöner neuer Abendanzug sah ziemlich demoliert aus. Der livrierte Portier, der ihn im Schwitzkasten hatte, mußte früher Freistilringer gewesen sein, und zwar im Schwergewicht. Das Publikum klatschte begeistert Beifall, worauf er Stefan losließ und mit erhobenen Händen nach allen Seiten grüßte. Die Kapelle spielte einen Tusch. Fanny weinte so sehr, daß sie kaum imstande war, die Wählerscheibe des Telefons zu betätigen. Aber dann kriegte sie doch eine Verbindung und hauchte in die Muschel: »Kommen Sie rasch... In die Trixi-Bar...«

Der Mixer überreichte dem Geschäftsführer Stefans Rechnung. Die Summe war offenbar noch gewaltiger, als dieser befürchtet hatte. Erschüttert stammelte er: »Das ist keine Zechprellerei mehr. Das ist Wirtschaftsverbrechen. Menschenskinder, hattet ihr das nötig?«

Stefan würdigte ihn keines Blickes. Ich glaube fast, er hatte das Fatale unserer Situation überhaupt noch nicht erkannt. Er schien sogar begeistert, daß Fanny um uns weinte. Nur deshalb sagte er wohl auch großspurig: »Mit meiner halben Million hätte ich den ganzen Laden hier kaufen können!«

Das Publikum lachte Tränen, und die Kapelle spielte

wieder einen Tusch. Ich überlegte, ob wir sein Wunderauto teuer genug verkaufen könnten, um die Zeche in der Bar und unsere Hotelrechnung zu bezahlen. Nein, sicher würden wir auch die Burg abstoßen müssen. Und in jäher Erleichterung dachte ich: Aber dann ist doch alles wieder so, wie es war!?

Das Tatü-tata vor der Bar gehörte zu keinem Funkwagen, sondern zu drei Löschzügen der Feuerwehr. Fanny hatte die verkehrte Nummer gewählt.

»Absichtlich!« flüsterte Stefan triumphierend, als die Feuerwehrleute hereinstürmten und gewillt schienen, die von unten erleuchtete gläserne Tanzfläche für einen Schwelbrand zu halten. Offenbar hatte noch keiner von ihnen privat die Trixi-Bar besucht. Schon wollten sie zwei C-Rohre darauf richten, als sich der Geschäftsführer unter persönlicher Lebensgefahr vor sie warf und das Schlimmste verhinderte. Dann bat er sie, uns und sich sowie Fanny als Zeugin zur Volkspolizei zu bringen. Vergebens flehte Stefan sie an, zuvor nach dem Räuber seines Vermögens zu suchen. Weder der Geschäftsführer noch der Feuerwehrhauptmann glaubten an das Vermögen, geschweige also an den Räuber.

Zwar ging mit der Fahrt in der Feuerwehr einer meiner Kindheitsträume in Erfüllung, doch hatte ich keine rechte Freude daran. Die Feuerwehrleute betrachteten Stefan und mich mit unverhohlenem Abscheu und schienen zu glauben, daß wir der immer noch schluchzenden Fanny etwas Böses angetan hatten. Allein ihre Disziplin mochte sie daran hindern, uns unterwegs zu verdreschen. Sie waren wohl auch ein bißchen enttäuscht, daß es in der Trixi-Bar *nicht* gebrannt hatte.

Am Bahnhof erreichte sie ein Funkspruch, nach Wiederitzsch zu kommen. Zwar brannte es auch dort nicht, aber wenigstens war ein Hauptwasserrohr geplatzt, dessen Fluten ein Tanklager zu verschlingen drohten. Sie setzten uns kurzerhand vor dem Bahnhof ab und ließen nur einen älteren, gemütlichen Feuerwehrmann zurück, der uns auf dem Fußmarsch zur Volkspolizei führen sollte.

»Gämmer«, sagte er friedlich, während sich die drei Löschzüge mit Tatü-tata entfernten. »Gämmer, Kolläche...«

Aber da sauste Stefan schon auf den Bahnhofseingang zu. Trotz der engen Lackschuhe. Fanny hörte vor Schreck zu weinen auf. Der Geschäftsführer erstarrte zur Bildsäule. Der Feuerwehrmann rief verbiestert: »Bleimse schdähn, Kolläche! Ich bidde Sie, schdähnzubleim. Machense mir doch geene Hudelei...«

Stefan sprach selber zu gut sächsisch, um sich später herausreden zu können, er habe den Feuerwehrmann nicht verstanden. Ehe ich mir die schrecklichen Folgen der Flucht ausmalen konnte, war er in der Bahnhofshalle verschwunden.

Verschwunden?

Nein, da stand er. Am Auskunftsschalter. Hinter einem grauen, zerknitterten Männlein. An dem nur eines nicht grau und zerknittert aussah: der Koffer, den er in der Hand trug. Sein Gewicht ließ das Männlein ganz schief stehen. Die Chrombeschläge funkelten mit dem Lack unserer Schuhe um die Wette. Kein Zweifel – das war Stefans Koffer mit dem Geld!

Noch ehe wir ihn erreichten – vornweg der Feuerwehrmann, dann ich, dann Fanny und zuletzt der Geschäftsführer der Trixi-Bar –, griff Stefan zu. Er packte das graue, zerknitterte Männlein beim Kragen und brüllte frohlockend: »Ich habe ihn! Kommt, Leute – ich habe ihn!«

Das hörten alle Leute in der weiten Halle. Alle – nur

das graue, zerknitterte Männlein nicht. Er schien nicht einmal Stefans Pranke im Genick zu spüren, denn er fragte das Schalterfräulein in schönster Harmlosigkeit: »Wo finde ich, bitte, das Fundbüro?«

»Dafür bin ich nicht zuständig«, erklärte das Fräulein. Damit war für sie der Fall erledigt. Sie griff nach einer französischen Grammatik und begann zu studieren. Morgens um vier!

Das Männlein wandte sich mühevoll um – denn Stefan hielt ihn eisern fest –, schaute ihm treuherzig in die Augen und fragte ihn sanft: »Wissen *Sie* es vielleicht, mein Herr? Ich habe nämlich diesen Koffer da gefunden...«

»Gefunden?« schrie Stefan empört. »Geklaut haben Sie ihn! Her damit!«

Er entriß ihm den Koffer, knallte diesen aufs Schalterbrett und öffnete ihn.

Fanny stieß einen wunderhübschen kleinen Schrei des Entzückens aus. Der Feuerwehrmann schnaufte wie nach einem Dachstuhlbrand. Der Geschäftsführer der Trixi-Bar wischte sich den Schweiß von der Stirn. Ich atmete auf. Das graue, zerknitterte Männlein entwand sich leise Stefans Griff und schickte sich an, unauffällig davonzuschlendern.

»Hiergeblieben!« donnerte Stefan. Und der Feuerwehrmann fügte freudig hinzu: »Im Namen des Gesetzes!«

Das graue, zerknitterte Männlein senkte den grauen, zerknitterten Kopf und fragte mit grauer, zerknitterter Stimme, aber hoffend: »Wegen des Finderlohns?«

Wir staunten. Nur der Geschäftsführer der Trixi-Bar sagte in jäher Erleuchtung: »Moment mal – Sie waren doch *auch* bei uns zu Gast! Und Sie haben *auch* die Zeche geprellt!«

»Höchstens vergessen«, murmelte das Männlein. Seine

Augen füllten sich mit Tränen, als es mit sinkender Hoffnung fortfuhr: »Ich weiß, meine Herren, was Sie alle von mir denken. Und ich verarge es Ihnen nicht, denn alle Indizien sprechen gegen mich. Wie immer. Und wie immer wird man mich verurteilen und ins Loch stecken – unschuldig, meine Herren, wie immer. Denn ich bin der größte Pechvogel aller Zeiten...«

Seine Stimme erstickte im aufrichtigsten Selbstmitleid. Ich brauchte Stefan nicht anzugucken, um zu wissen, wie betroffen er war. Wie sollte auch einem Glückspilz zumute sein, der einem Pechvogel begegnet? In einer Situation, die das Glück des einen wie das Pech des anderen über jeden Zweifel erhob?

»Hauptsache, das Geld ist wieder da«, seufzte Fanny glücklich. Ihre Anteilnahme war wirklich rührend.

Der Geschäftsführer der Trixi-Bar präsentierte die Rechnung. Stefan bezahlte – auch die Flasche Rotwein, die das zerknitterte, graue Männlein getrunken hatte. Denn nun stellte sich heraus, daß diesem sein Portemonnaie verlorengegangen war. Wenn das kein Pech ist!

Sogar der Feuerwehrmann räusperte sich mitleidig und fragte: »Soll ich'n nu mitnähm, den Kollächen, oder bringen Se ihn selbst uff de Wache?«

»Bringen *Sie* mich hin«, flüsterte das Männlein, »ich mag keine Uniformen. Dennoch«, fügte er unter neuen Tränen hinzu, »werde ich sie wieder ertragen müssen – im Kerker, bei Wasser und Brot. Wenn ich Sie vorher noch zu einer Tasse Kaffee einladen dürfte...?«

»Klar«, murmelte Stefan. »Das ist ein prima Gedanke, nicht?«

In Wirklichkeit bangte ihm bloß vor der Aussicht, den Pechvogel eigenhändig abführen zu müssen. Der Feuerwehrmann schien erleichtert, dieser Pflicht entgangen zu sein. Er verabschiedete sich hastig. Der Geschäftsführer tat dasselbe; er könne so früh am Morgen keinen Kaffee vertragen. Von den eiligen Reisenden hatte uns sowieso niemand beachtet, und das Schalterfräulein hatte überhaupt nicht von ihrer französischen Grammatik aufgesehen. Lernen, lernen und nochmals lernen. Wissen ist Macht.

Und nichts ist geeigneter als ein Wartesaal, um dem Schicksal eines wildfremden Menschen sein Herz aufzuschließen.

»Mein werter Name«, begann das graue, zerknitterte Männlein, »tut nichts zur Sache, nennen Sie mich einfach Onkel Finger. Und erschrecken Sie nicht, wenn ich Ihnen verrate, daß ich zwölfmal vorbestraft bin – immer unschuldig, immer auf Grund ähnlicher Umstände wie heute, als ich Ihren schönen Koffer fand und unverzüglich das Fundbüro aufsuchen wollte. Hörten Sie nicht, wie ich das Auskunftsfräulein danach fragte?« erkundigte er sich hoffend.

»Doch, doch«, murmelte Stefan. Ich bemerkte, daß er unwillkürlich Fannys Hand ergriffen hatte. Nur mit halber Aufmerksamkeit folgte ich der Lebensgeschichte Onkel Fingers, die so traurig war, daß ich auch gern Fannys Hand ergriffen hätte. Die andere. Aber leider saß ich nicht neben ihr, sondern neben dem größten Pechvogel aller Zeiten.

»Immer habe ich das Beste gewollt«, klagte er, »und immer hat man das Schlechteste geglaubt. Liebte ich eine Dame, wurde ich des versuchten Heiratsschwindels bezichtigt. Irrte ich mich in der Zimmernummer eines Hotels, hielt man mich für einen Dieb. Kletterte ich aus sportlichem Übermut eine Fassade hoch, verdächtigte man mich krimineller Absichten. Kurz, meine Freunde, ich konnte tun oder lassen, was ich wollte oder nicht wollte – es endete regelmäßig mit meiner Verurteilung.

Und wenn ich heute mit dem Koffer sofort die Bar verließ, um ihn rasch aufs Fundbüro zu bringen, so geschah es allein in der Hoffnung, daß man dort nicht an meiner Lauterkeit zweifeln würde. Dort glaubt man noch an die Ehrlichkeit der Menschen, sonst könnte man ja den Laden zumachen, nicht wahr?«

»Gewiß, gewiß«, sagte Stefan.

Nun hatte er sich auch der anderen Hand Fannys bemächtigt, weshalb es keinen Zweck mehr hatte, daß ich jetzt noch meinen Platz wechselte. Zumal Onkel Finger jetzt *meine* Hände ergriff und bewegt ausrief: »Sehen Sie – Ihr Freund glaubt mir! Wie schön! Nun werde ich mich froheren Herzens in den Kerker werfen lassen!«

Wieder kamen ihm die Tränen, weshalb ich mich fast schämte, daß ich ihm noch immer mißtraute. Zwar klang das alles sehr unglaubwürdig, und wenn Stefan richtig zugehört hätte, wären ihm sicher auch Zweifel gekommen. Doch wie, wenn es wirklich stimmte?

»Wie lange würden Sie denn kriegen?« erkundigte ich mich.

»Zwei Jahre«, seufzte Onkel Finger, »denn leider bin ich einschlägig vorbelastet. Da wollte ich verreisen und hatte – Pechvogel, der ich bin – nicht gemerkt, daß sich im Taxi der Boden meines eigenen Koffers gelöst hatte. Der Inhalt rutschte heraus, was ich auch nicht merkte. Als ich auf dem Bahnsteig ankam, war mein Zug noch nicht da. Ich stellte meinen bodenlosen, leeren Koffer ab, ohne zu sehen...«

»... daß Sie ihn über einen andern Koffer stülpten!« ergänzte ich ahnungsvoll.

»Sie haben es erraten«, bestätigte Onkel Finger. »Und leider sah das ein Kriminalpolizist, der mich beschattete, weil ich angeblich eine goldene Uhr gestohlen haben sollte.«

»Was natürlich nicht stimmte?«

»Natürlich nicht«, sagte Onkel Finger in stiller Empörung, »denn erstens war sie bloß aus Katzengold, und zweitens hatte ich sie rein aus Versehen eingesteckt.«

Wie Stefans Zigarettenetui. Als Stefan es suchte, rückte Onkel Finger jedoch freiwillig damit heraus und flüsterte kleinlaut: »Da haben Sie es, mein Pech. Wozu hätte ich es klauen sollen – jetzt, da Sie mich gleich ins Gefängnis werfen lassen? Und Sie *lassen* mich doch ins Gefängnis werfen, nicht?«

»Nein!« rief Stefan entschlossen. »Sie haben genug durchgemacht, Sie armer Mensch! Das jammert ja einen Hund in der Hütte. Dich auch, Ali, stimmt's?«

Es hätte keinen Sinn gehabt, ihm zu widersprechen. Wenn Stefan glücklich ist, will er alle anderen Leute auch glücklich sehen. Und jetzt war er glücklich, denn Fanny hatte ihren Kopf an seine Schulter gelehnt und blickte ihn aus ihren wunderhübschen Augen an. »Hauptsache«, wiederholte sie träumerisch, »das Geld ist wieder da...«

Als ich hörte, daß Onkel Finger uns begleiten würde, kriegte ich fast einen Herzschlag. Ich bezweifelte keine Sekunde, daß er sich nur wegen des Geldes als Kammerdiener angeboten hatte – in der Absicht, es bei erster Gelegenheit doch noch zu klauen. Welcher Pechvogel wäre nicht scharf darauf, ein Glückspilz zu werden? Aber gerade wegen meiner Zweifel an seiner Ehrlichkeit wagte ich nicht, gegen sein Engagement zu protestieren. Sosehr ich als normaler, fortschrittlicher Mensch gegen Kammerdiener überhaupt bin, sosehr ich als Stefans Freund bangen mußte, daß er auf solche Weise um ein Vermögen kam – als verantwortungsbewußter Staatsbürger fühlte ich ein schlechtes Gewissen, Onkel Finger nicht doch der Volkspolizei übergeben zu haben. Sei es auch nur, um seine Unschuld nachzuweisen. Also oblag mir nun wenigstens die Aufgabe, auf ihn achtzugeben und ihn zu einem anständigen Menschen zu machen. Hatte ich mich aber doch in ihm getäuscht – daß es tatsächlich nur sein Pech oder ein dummer Zufall gewesen war –, wäre es kleinbürgerlich von mir gewesen, ihm wegen seines Vorlebens und seiner Vorstrafen zu mißtrauen. Als ich in meiner Not Männe anrief, stimmte der mir zu und gab mir das schöne Wort »Vertrauen ist gut, Kontrolle ist besser« als Leitfaden auf den Weg.

Auf einen Weg, der sich immer weiter von Leipzig entfernte. Auch entfernte er sich von der Autobahn und den Hauptstraßen, um uns über holprige Chausseen in die entlegensten Städtchen unseres Landes zu führen.

Uns – das waren nicht nur Fanny und Onkel Finger, Stefan und ich. Das waren auch die übrigen Mitglieder der Bühnenschau, zu der man Fanny verpflichtet hatte: Loretta Baldini, die Zahnakrobatin, und Aba Kadabra, der Zauberer. In Wirklichkeit hießen sie Frau Kuchenbäcker und Herr Kuchenbäcker, denn sie waren miteinander verheiratet, aber als Familie Kuchenbäcker wären sie nie ganz große Nummern geworden, meinten beide.

Die Bühnenschau begleitete einen schrecklich langweiligen DEFA-Film, den sich ohne Fanny, Loretta Baldini und Aba Kadabra kein Mensch bis zum Ende angeguckt hätte. Deshalb verlangten fast alle Kinodirektoren, daß zwei Drittel des Schau-Programms *nach* dem Film geboten würden. Das betraf die Kuchenbäckers, zwei der nettesten Menschen, die ich jemals kennengelernt habe.

Als Stefan ihnen das Angebot machte, in seinem Auto mitzufahren – denn natürlich hatte er sich sofort entschlossen, Fanny zu begleiten –, waren sie ganz fassungslos, denn sie hielten Stefan für ein großes Tier aus dem Unterhaltungsgewerbe. Als sie mitkriegten, daß Stefan bloß ein Lottogewinner war, bestanden sie trotzdem darauf, ihre Mahlzeiten selber zu bezahlen. Erst nach langem Kampf brachte Stefan es fertig, ihnen eine Beteiligung an den Fahrkosten auszureden. Der gefräßige Motor seines Straßenkreuzers hätte sie arm gemacht.

Auf den Fahrten saß ich immer hinten bei ihnen, um Onkel Finger besser beobachten zu können. Nachdem Stefan ihm den Geldkoffer anvertraut hatte, fürchtete ich immer, er könne unversehens verschwinden. Zum Glück schien er sich auch in Fanny verliebt zu haben, was bei solchem alten Knopp sehr komisch aussieht. Selbst Stefan wurde kein bißchen eifersüchtig, was bei ihm etwas heißen will.

Ich fand Fanny noch immer wunderhübsch, aber erstens hatte ich längst alle Hoffnungen auf sie begraben, und zweitens machte es mich stutzig, daß sie sich auf jeder Post in jeder Stadt nach einem postlagernden Brief erkundigte. Einmal rief sie sogar in unserem Leipziger Hotel an, ob Monsieur Renard noch nichts von sich hören gelassen habe. Ich kam nie dahinter, was sie mit diesem Herrn verband, doch garantiert zögerte sie seinetwegen, sich mit Stefan zu verloben. Was er immer drängender erflehte, je näher wir Wölkenau kamen.

Jawohl, denn Wölkenau hatten der Zufall und die Gastspieldirektion zur Schlußetappe unserer Tournee bestimmt!

Verschiedene Gründe stimmten mich deswegen besorgt. Das ganze Theater um Stefan und sein Geld würde wieder von vorn losgehen, denn in drei Wochen beruhigt man sich in Wölkenau nicht über solch ein Ereignis. Dann Onkel Finger, der schon unterwegs gewillt schien, allen

Menschen der Welt sein trauriges Schicksal mitzuteilen. Dann Fanny – wenn Marianne kapierte, was zwischen Stefan und ihr los war oder doch losgehen sollte, konnte Stefan ihr für alle Zeiten gestohlen bleiben. Schließlich unsere Beziehung zur Bühnenschau als solche...

Von meiner Sympathie für die Kuchenbäckers möchte ich keinen Zentimeter abstreichen, aber als Zahnakrobatin Loretta Baldini und als Zauberer Aba Kadabra hatten sie ihre großen Zeiten bestimmt schon lange hinter sich. Sie litten um so mehr darunter, als sie immer nach dem Film auftreten mußten – vor ein gereiztes, mißgelauntes Publikum, das seinen ganzen Mißmut über den Film an ihnen ausließ.

So auch heute in Schmückenstedt, einem Nest, das erst voriges Jahr vom größten Dorf zur kleinsten Stadt des Kreises befördert worden war. Aus diesem Grund erfreute es sich noch aller erdenklichen Förderungen, besonders auf kulturellem Gebiet, und wir erfuhren gleich nach unserer Ankunft, daß hier fortwährend englische Weltstars und sowjetische Ensembles, brasilianische Balletts und lebende Dichter auftraten. Sogar Lutz Jahoda hatte schon in Schmückenstedt gesungen.

Da sollte das Mikrofon im neuen Kino allerdings noch nicht kaputt gewesen sein. Wie jetzt, als Fanny an die Rampe trat und umsonst versuchte, gegen das Bergmanns-Orchester anzukämpfen. Es nützte nichts, daß Stefan nach ihrem ersten Lied (»Ein Schiff wird kommen...«) versuchte, wenigstens die Hälfte der begeisterten Laienmusiker in die Kneipe zu locken; sie erklärten entrüstet, daß sie aus kultureller Freude spielten. Als Stefan ihnen in seiner Verzweiflung ein paar Scheine anbot, lachten sie ihn aus und meinten, als Bergleute verdienten sie garantiert mehr als er. Glückauf. Erst als Fanny die Tränen kamen, bliesen die Trompeter leiser.

Und als die Tuba – der Grubenelektriker – rasch das Mikrofon reparierte, kam wenigstens ihr drittes Lied beim Publikum an.

Nicht so der Film. Worum es darin ging, weiß ich nicht mehr, weil ich nach zehn Minuten einschlief. Sonst pflegten die meisten Leute zu schlafen, in Schmückenstedt jedoch empfand man das Leinwandopus als glatte Zumutung, denn seit der Verleihung der Stadtrechte hatte man in Schmückenstedt nur erstklassige Filme gespielt. Unglücklicherweise kam auch ein Bergmann darin vor, der sich so blöd benahm, daß seine ganze Tragik im höhnischen Gelächter der richtigen Bergleute unterging. Und als er zum Schluß doch hundertdreißig Prozent schaffte, rief einer der Kumpel mit mächtiger Stimme: »Keene fuchzich hätt' er so gemacht! So 'ne Portion Spillrichkeet!«

Zunächst errang Loretta Baldini mit ihrer Zahnakrobatik ein wenig mehr Achtung, aber als sie bloß immer Gartenstühle mit dem Gebiß in die Höhe schleuderte und wieder auffing, begannen die ersten zu murren. Sie wußten ja nicht, daß Frau Kuchenbäcker sonst eine sehr nette Frau war und früher einen schweren Eichenholztisch geschafft hatte. Leider tat sie auch, als wäre sie zwanzig Jahre jünger als in Wirklichkeit; sie tänzelte kokett herum und knickste nach jedem geschleuderten Gartenstuhl wie ein Backfisch bei der Jugendweihe. Weil ich sie kannte, fand ich das nicht komisch; sonst hätte ich wahrscheinlich auch gelacht. So tat sie mir nur herzlich leid, und Stefan guckte mit einer Miene zu, als kriegte er selbst Zahnschmerzen von den Gartenstühlen. Fanny gab inzwischen Autogramme und schien bloß wütend, daß sie in so ein miserables Programm geraten war.

Denn auch Herr Kuchenbäcker, jetzt Zauberer Aba Kadabra, hätte mit seinen Tricks keinen Hund mehr hinter dem Ofen hervorgelockt. Er wußte übrigens selber, daß manches Junge Talent im Fernsehen viel besser zaubern konnte als er. Die Zuschauer wußten das auch; aber da sie nicht wußten, daß auch er ein sehr netter Mensch war, riefen sie ihm immer zu, wo er das Kaninchen und die sieben Eier finden konnte. Zuletzt war er so durcheinander, daß überhaupt kein Trick mehr klappte und sein Zauberstock ins Orchester fiel. Dabei nahm er das Gelächter der Leute nicht mal übel. Und erst, als er verstört abtrat, fingen ein paar von den Kumpeln im Orchester aus Mitleid an zu klatschen.

Stefan klatschte auch und raunte mir zu: »Weißt du was? Ich engagiere ihn einfach als Kastellan oder wie das heißt. Und Loretta Baldini als Hofdame! Da können sie mit Onkel Finger Canasta spielen und brauchen sich nicht mehr zu blamieren!«

Nein, dachte ich, sie nicht. Aber er – mit einem Kastellan, einer Hofdame und einem Kammerdiener! Außerdem mußte er seine Burg anbauen lassen.

»Sie kriegen doch sicher bald Rente«, sagte ich.

»Erst in zwei Jahren«, sagte Stefan. »Und ob Onkel Finger überhaupt welche kriegt – bei seinem Pech?«

Darüber hatte ich mir noch keine Gedanken gemacht. Hingegen entdeckte ich, daß Onkel Finger aus dem Kino verschwunden war. Mit Stefans Koffer. Da würde er sich *auch* keine Gedanken über die Rente machen müssen...

Ich stand hastig auf und drängte ins Freie. Aber Onkel Finger stand friedlich neben Fanny und sah zu, wie sie ihre Ansichtskarten mit Autogrammen schmückte und verteilte. Das war ihre liebste Beschäftigung, glaube ich, und Stefan, der mir gefolgt war, murmelte hingerissen: »Wie hübsch sie ist! Wie wunderhübsch! Da kommt nicht mal Marianne mit, nicht, Ali?«

Da hätte er sie doch einfach vergessen können. Ich fand es schon albern, daß er jedesmal, wenn er über Fanny sprach, auf Marianne zurückkam. Außerdem war Fanny bloß anders hübsch als Marianne. Und das Marianne eben nicht berühmt war.

Loretta Baldini und Aba Kadabra hatten keine Karten, auf die sie ihre Autogramme hätten schreiben können. Sie halfen einander, die Gartenstühle und Zaubergeräte einzupacken. Dann suchten sie rasch ein bißchen Futter für das weiße Kaninchen und waren froh, als Stefan sich erbot, das Tier ins Hotel zu schmuggeln. Sie stellten sich immer so ungeschickt dabei an, daß sie vom Portier ertappt wurden und Scherereien kriegten. Vielleicht war es doch gut, wenn sie ihren Beruf aufgaben. Sie würden wohl auch nicht darauf bestehen, Kastellan und Hofdame zu werden. Wenn Stefan sie als Gärtner und Köchin ausgab, würde es zwar auch Gerede geben, aber wenigstens würde er sich nicht lächerlich machen. Am besten sollte er sagen, sie wären entfernte Verwandte von ihm. Meinetwegen könnte er das auch von Onkel Finger behaupten.

Der stand mit wichtigem Gesicht neben Fanny, denn Fanny gab jetzt keine Autogramme mehr, sondern ein Interview. Dem Lokalkorrespondenten der Kreiszeitung, die auch in Wölkenau vertrieben wurde.

»Nach dieser Tournee hoffe ich, wieder im Fernsehen aufzutreten«, zwitscherte Fanny. »Oder im Funk. Oder eine Schallplatte zu machen. Eine habe ich schon gemacht...«

Stefan machte ein langes Gesicht. Ihm genügte schon Fannys bisheriger Ruhm. Und er hatte sich wahrscheinlich nicht überlegt, daß sie nach der Hochzeit weiter in der Weltgeschichte herumreisen und singen wollte.

»Hast du schon gefragt, ob sie will?« fragte ich beiläufig.

»Noch nicht«, sagte Stefan kleinlaut, »aber morgen tue ich's. Marianne soll sich schwarz ärgern...«

Immer wieder Marianne!

Und wie immer, wenn Stefan so von ihr sprach, wurde mir ganz komisch zumute. Doch diesmal schoß mir der Gedanke durch den Kopf: Sollte ich nicht die Daumen drücken, daß es mit ihm und Fanny klappte? Am Ende könnte ich dann selber wieder hoffen?

Der Lokalkorrespondent küßte Fanny die Hand und versprach, ein dickes Lob für sie sowie ihr Bild zu veröffentlichen. Das Publikum verlief sich in der Dunkelheit. Auch Onkel Finger schlenderte davon – wie absichtslos, Stefans Koffer in der Hand.

»Onkel Finger!« rief ich drohend. »Wohin, Onkel Finger?«

Er zuckte zusammen und blieb stehen. Im Licht des Mondes sah er noch grauer und zerknitterter aus als sonst.

»Ich wollte mir bloß ein bißchen die Beine vertreten«, versicherte er treuherzig. Stefan schien es sogar zu glauben und ließ ihm den Koffer. Er wäre auch nie daraufgekommen, woran ich eben gedacht hatte. Nur gut, daß er mich nicht ansah. Er nahm den Kuchenbäckers das Kaninchen ab und sagte fröhlich: »Morgen sind wir alle in Wölkenau.«

Auch das noch.

13

Auf Stefans dringenden Wunsch hatte Fanny ihr allerschönstes Kleid angezogen – das, in welchem sie uns auf dem Teufelssee erschienen war. Bei Tage und in Wirklichkeit wirkte es noch aufregender als nachts auf dem Bildschirm. Es war mit unzähligen bunten Flimmerplättchen besetzt und ließ Fanny in der Morgensonne funkeln wie eine Märchenprinzessin.

Stefan hockte verzückt neben ihr. Wahrscheinlich konnte er kaum erwarten, an ihrer Seite durch Wölkenau zu rattern. Über den Markt. Am Kiosk vorbei. Ich, dachte ich, gehe dann vorsichtshalber auf Tauchstation. Schon, weil neben mir Onkel Finger saß. Er sah zwar nicht mehr grau und zerknittert, sondern grüngelb und kariert aus – Stefan hatte ihm einen Knickerbockeranzug und eine Schiebermütze gekauft –, aber ich hätte mich nicht allein wegen Marianne geschämt, neben ihm durch die Stadt zu fahren. Außerdem spielte er Mundharmonika, und es sah nicht aus, als würde ihm bis zur Stadt die Puste wegbleiben.

Die Kuchenbäckers sahen still und erwartungsvoll ihrer neuen Heimat entgegen. Die Dächer und Türme Wölkenaus erhoben sich gerade aus dem Dunst des neuen Tages, stolz und kühn überragt von der Burg auf dem Windberg. Stefans Burg!

»Wie schön«, flüsterte Frau Kuchenbäcker mit angehaltenem Atem. »Wie schön und wie erhaben! Ein richtiges Schloß! Und das gehört wirklich Ihnen, Herr Stefan?«

Stefan nickte ergriffen. Jetzt schien es ihn selber zu wundern. Mindestens von weitem erinnerte nichts mehr an die jammervolle Ruine auf dem Windberg. Jetzt sah die Burg aus wie auf einem Ölgemälde, bloß bunter. Aber hübsch! Mir schwindelte bloß bei dem Gedanken, was ihm Meister Bock dafür abknöpfen würde. Unser Alter hatte schon wegen des Kostenvoranschlags für seinen Swimming-pool gejammert. Dabei sind Handwerker untereinander viel kulanter als zu gewöhnlichen Kunden. Oder gar zu Beinahe-noch-Millionären!

Auch die funkelnde Fanny war entzückt. Sie legte ihren Kopf an Stefans Schulter und begann »An der Saale hellem Strande« zu singen. Was um so erstaunlicher war, als sie sonst nicht mal in der Badewanne singt wie unsereiner. Weil das Singen für sie kein Spaß ist, sondern Arbeit. Aber nun sang sie, und Onkel Finger begleitete sie begeistert auf der Mundharmonika. Die Kuchenbäckers stimmten schüchtern ein; sie kannten sogar den

Text, während Fanny nach den ersten Worten nur noch »dabdudei« trällerte. Dennoch glühten Stefan vor Seligkeit die Ohren. Ich glaubte, nie ist ihm sein Glück deutlicher geworden als in diesem Augenblick: Mit achtzig Stundenkilometern durch den Morgen sausend, die eigene Burg vor Augen und ein wunderhübsches Mädchen zur Seite!

Wahrscheinlich hatte er vor Freude einen Augenblick die Augen geschlossen. Was in einer kurvenreichen Gegend nicht mal ein Glückspilz wie er tun sollte.

»Paß auf, Stefan!« schrie ich, als wir auf einen Brückenpfeiler zurasten. Stefan riß im letzten Moment das Steuer herum, kam auch glücklich daran vorbei und hätte mit einem normalen Auto garantiert wieder die richtige Fahrbahn erreicht. Doch dieses gewaltige Schiff setzte sein Eigengewicht gegen alle Pferdestärken und schlidderte quer über die Straße in den Graben. Der kleinere Bums bedeutete nur, daß Onkel Finger und ich mit den Köpfen zusammengestoßen waren. Hingegen verriet der größere Bums einen Bruch der Hinterachse. Der Motor verstummte beleidigt.

Sicherheitshalber nahm ich Onkel Finger die Mundharmonika weg. Stefan würde jetzt kaum nach Musik zumute sein. Sein erster Verkehrsunfall! Wie hart mußte er ihn getroffen haben!

Aber er blieb mucksmäuschenstill hinter dem Steuer hocken, und ich glaubte meinen Augen nicht zu trauen, als ich sah, daß er beinahe freudig griente. Denn Fanny hatte ihre Arme um seinen Hals geworfen und ihren Kopf an seiner Brust verborgen. Offenbar erwartete sie, daß etwas noch Schrecklicheres passierte. Doch es sprang nur das weiße Kaninchen vom Schoß Frau Kuchenbäckers auf die Straße und hoppelte verstört der Stadt entgegen.

Die Kuchenbäckers kletterten aus dem Auto und liefen hinterher. So war ihnen glücklicherweise auch nichts geschehen. Onkel Finger schielte nach dem Koffer mit dem Geld, der ihm vor die Füße gerutscht war. Fanny hob endlich ihren Kopf und fragte mit bebender Stimme: »Leben wir noch?«

»Wenn ich Sie kneifen dürfte«, sagte Stefan zärtlich, »würden Sie es spüren...«

Ich verkniff mir eine kränkende Bemerkung und rieb mir die Beule an der Stirn. Wenigstens brauchte ich den Einzug in Wölkenau nicht zu fürchten. Mit der funkelnden Fanny neben Stefan und dem grüngelb karierten Onkel Finger neben mir.

Die Kuchenbäckers verfolgten immer noch ihr Kaninchen, aber ich hatte bei allem Mitleid keine Lust, es einfangen zu helfen. Sie waren nämlich schon bei den ersten Häusern der Stadt angelangt, und Herr Kuchenbäcker trug seinen Zauberfrack, der nicht im Koffer zerdrückt werden sollte. Bei seinen beschwörenden Gesten konnte es leicht passieren, daß ihm eine Papierblume aus dem Kragen wuchs oder ein paar Porzellaneier aus den Ärmeln rutschten.

»Ich laufe zur Werkstatt und besorge einen Abschleppwagen«, rief ich hastig.

»Das ist ein feiner Gedanke«, säuselte Stefan. Garantiert wollte er nur mit Fanny allein bleiben. Aber bestimmt nicht die Rücksicht darauf veranlaßte Onkel Finger, mir zu folgen. Das geschah nur, weil ich sicherheitshalber den Geldkoffer mitgenommen hatte und er mir ebenso mißtraute wie ich ihm.

»Warten Sie doch«, keuchte er, als ich, um nicht an den Kuchenbäckers vorbei zu müssen, auf einem Feldweg der Stadt entgegenlief, »warten Sie, Herr Ali; ich helfe Ihnen auch beim Koffertragen...«

Wie sollte ich ihm begreiflich machen, daß *ich* das Geld *nicht* klauen wollte? Von heute auf morgen bringt man keinem Gauner den Glauben an die Menschheit bei. So ergab ich mich seufzend in die fatale Situation und hoffte bloß, daß mich niemand in Wölkenau mit diesem seltsamen Individuum sehen würde. Erstaunlicherweise sah er schon wieder schrecklich zerknittert aus, was einen grüngelb karierten Knickerbockeranzug nicht gerade seriöser macht.

Durch stille Seitengassen bewegten wir uns auf die Werkstatt zu. In Wölkenau schien wieder Ruhe zu herrschen; offenbar rechnete noch niemand mit unserer Rückkehr.

Auf dem Hof unserer Bude standen so viele kaputte Autos, daß mich gleich wieder das schlechte Gewissen packte. Zumal Mario, der Stift, sich lässig in Zahnarzt Glumms Wagenpolstern flegelte und die »Schlagerlotterie« hörte, statt mit seinen zwei linken Händen wenigstens Bohrer abzubrechen oder Zündkerzen falsch einzuschrauben.

»Na, Mario«, sagte ich drohend, »macht Spaß, das Faulenzen, was?«

Er guckte mich zwar ein bißchen überrascht, aber keineswegs wie ein ertappter Sünder an, wälzte sich hoch und erwiderte: »Das müßtest du doch am besten wissen, Ali. Oder?«

Erst jetzt sah ich, daß er eine Nagelfeile in der Hand hatte. Er scheute sich auch nicht, vor meinen Augen weiter an seinem Daumen zu feilen. Dann entdeckte er Onkel Finger und fragte verblüfft: »Was is 'n das für 'n komischer Vogel?«

Onkel Finger schnüffelte neugierig zwischen den Autos herum. Ich hatte keine Lust, sein trauriges Schicksal ausgerechnet Mario ins Ohr zu blasen. Viel lieber hätte ich dem mißratenen Stift ein paar Takte über Arbeitsmoral erzählt. Aber schon seine ersten Worte hatten mich ahnen lassen, daß ich momentan kein sehr geeigneter Agitator war. Ich schluckte meine Wut herunter und murmelte: »Das ist Onkel Finger. Aber wo ist der Meister?«

Mario griente und sagte: »Beim Rat der Stadt. Halt dich fest, Ali, daß du nicht aus ’n Pantinen kippst: Sosehr er sonst dagegen war, daß die Bude Genossenschaft wird – auf einmal kann’s ihm damit nicht schnell genug gehen! Überhaupt, seit Schurich mit seiner Galle im Krankenhaus ist. Mensch, Ali, war das ein Spaß in den letzten Wochen...«

Nach Marios unzusammenhängender Erzählung mußte es nach unserem Verschwinden drunter und drüber gegangen sein. Zuerst hatte unser Alter umsonst versucht, für Stefan und mich Ersatz zu finden. Dann war er selbst in den Monteurkittel geschlüpft, um wenigstens die privaten Kunden zu befriedigen. Aber selbst die einfachsten Reparaturen wären ihm so langsam von der Hand gegangen, daß er immer ganz fuchtig geworden sei, wenn Mario ihm gute Ratschläge erteilt habe. Bald habe er die Faxen dicke gehabt und erklärt, daß der Sozialismus sowieso nicht auf selbständiger Handwerksbasis zu errichten sei. Nun wolle auch er nicht mehr länger abseits stehen, überhaupt nicht bei den Steuern. Und seit vierzehn Tagen verhandle er zäh und verbissen mit den kommunalen Behörden, während Mario die Kunden auf eine genossenschaftliche Zukunft vertrösten mußte. In der Stadt wäre man freilich ganz schön sauer, auf Stefan und mich ebenso wie auf den Alten und den ganzen privaten Handwerkssektor.

Ich enthielt mich jedes Kommentars, weil ich das alles erst mal verdauen mußte. Und weil ich einen heißen Wagen brauchte, um Stefans Giganten der Landstraße hierher zu schleppen.

Unser Alter staunte Bauklötzer, als er vom Rat der Stadt zurückkam und sah, daß ich inzwischen die Steuersäule eines Lieferwagens der Volkseigenen Marmeladen-Industrie ausgewechselt hatte. Als ich mich wegen meiner Eigenmächtigkeit entschuldigen wollte, drückte er mir gerührt die Hand und versicherte, wenn wir erst Genossenschaft wären, ließe er mir eine Prämie zukommen. Obgleich er sich die ganze Sache noch einmal überschlafen müsse – ich würde jetzt doch wieder bei ihm arbeiten?

»Sicher«, murmelte ich. Und ich wunderte mich, daß er überhaupt nicht nach Stefan fragte.

Der saß, als ich hinausfuhr, noch immer neben Fanny im Auto und schien eher sauer als froh, daß ich so rasch zurückkam. »In einer halben Stunde wäre ich mit ihr verlobt gewesen«, raunte er mir zu, »jetzt kann ich wieder von vorne anfangen... Hast du übrigens Marianne gesehen?«

»Nein«, sagte ich. Ich verschwieg, daß ich heimlich am Kiosk vorbeigefahren war. Und daß mir die andere Verkäuferin erzählt hatte, Marianne habe Urlaub. Was ging das Stefan an – so kurz vor der Verlobung?

»Wo sind denn die Kuchenbäckers?« fragte ich.

»Ach ja«, sagte Stefan betroffen, »wo sind denn die?«

Sie waren noch nicht aus der Stadt zurück. Ob sie immer noch ihrem Kaninchen hinterherjagten? Ich hatte sie auch ganz vergessen. Genau wie Onkel Finger. Nicht vergessen hatte ich den Koffer; er lag im Führersitz des Lieferwagens, den mir der Alte großmütig, aber auf eigene Gefahr zum Abschleppen anvertraut hatte. Als ich Stefan von der bevorstehenden Genossenschaftsgründung erzählte, meinte er ziemlich gleichgültig: »Was soll er auch machen, der Alte, ohne uns?« Dann hielt er Fanny den Spiegel, damit sie sich für den Einzug in Wölkenau hübschmachen konnte.

Natürlich mußten wir mit dem Abschlepptransport durch die Hauptstraße fahren. Es wunderte mich und kränkte Stefan, daß wir heute trotz der funkelnden Fanny viel weniger Aufsehen erregten als neulich mit dem Schimmel und den Fischern. Nur ein paar Schulkinder umjubelten uns – in der Hoffnung auf einen Sack Bonbons, für dessen Kauf Stefan aber keine Zeit hatte. Da waren wir nämlich kurz vor dem Kiosk, und Stefan schlang in jäher Kühnheit seinen Arm um Fannys Schulter. Er wußte ja nicht, daß seine Ohren vergebens glühten und Marianne seinen funkelnden Triumph sowieso nicht sah. An der Straße, die zum Windberg hinaufführte, begann er wie verrückt zu hupen. Ich hielt an, schon, weil ich selber neugierig war, wie seine Burg aus der Nähe aussah. Beim Hinaufwandern wurden wir von zwei Omnibussen voller Menschen überholt, und aus den offenen Fenstern drang die Stimme des Herrn von Wölkenau: »Jetzt, meine Damen und Herren, nähern wir uns einem historischen Bauwerk; einer garantiert mittelalterlichen Burg, von der Sie ab morgen kolorierte Ansichtskarten erwerben können...«

»Donnerwetter«, sagte Stefan begeistert, »genau wie von Ihnen, nicht, Fräulein Fanny?«

Ein Dumper mit Baumaterialien donnerte an uns vorbei bergauf und verschluckte mit seinem Lärm Fannys Antwort. Natürlich hatte es nur von weitem ausgesehen, als wäre die Renovierung bereits abgeschlossen. Lediglich eine Seite der Burg erwies sich als frisch verputzt, während sonst noch alles war, wie es sich über die Jahrhunderte gerettet hatte.

Stefan war ziemlich enttäuscht, als nur ein einziger, einsamer Maurer auf dem Bauplatz zu sehen war. Und der machte Frühstück. Der Dumperfahrer lud scheußliche violette Kacheln ab – die fürs Badezimmer, vermutete ich. Die Leute, die den Omnibussen entstiegen waren, standen in einem dichten Klumpen auf der fertigen Sonnenseite der Burg und hörten Herrn von Wölkenau zu. Zu meinem Erstaunen verschwieg er, daß sie vor der Wiege seines eigenen Geschlechts standen; hingegen unterließ er es nicht, auf Stefan zu zeigen und ihn als den einzigen privaten Burgbesitzer der Deutschen Demokratischen Republik vorzustellen.

Stefan lächelte in einfältigem Besitzerstolz, während ihn die Touristen neugieriger betrachteten als die ganze Burg. Als Herr von Wölkenau auch noch hinzufügte, daß Stefan das Geld zu ihrem Erwerb im Lotto gewonnen habe, kamen einige sogar näher und musterten ihn wie einen Pavian im Zoo. Da wurde es ihm selber etwas peinlich; er nahm Fanny an der Hand und verzog sich mit ihr, gefolgt von mir, ins Innere des Gebäudes.

Der einsame, frühstückende Maurer mußte ein Teufelskerl sein, denn tatsächlich waren drei Räume so gut wie bezugsfertig. Im ersten erkannte ich den sogenannten »Rittersaal«; er hatte, den bescheidenen Anfängen des Wölkenauer Adels zufolge, die Ausmaße einer guten Stube, aber unheimlich dicke Wände. Wegen dieser dicken Wände ließen die drei kleinen Fenster nur karges Licht herein; auch war es ziemlich kühl im Saal, und unsere Stimmen klangen so dumpf, als stünden wir in einer Kirchengruft. Doch Stefan meinte, mit modernen Möbeln drin würde es hier sicher riesig gemütlich.

Dem Zimmer daneben fehlte zwar noch die Tür, aber es war hübsch rosa getüncht und hatte einen weiten Ausblick über die Umgebung. Die rosa Tünche an den Wänden irritierte mich etwas, bis mich Stefan belehrte, es handle sich um die frühere »Kemenate«, eine Art Frauen-

Ruheraum, was er auch bleiben solle. Dabei schaute er zuversichtlich Fanny an, und Fanny erklärte, im Staatlichen Kunsthandel gäbe es entzückende Biedermeier-Garnituren zur Ausstattung solcher Räumlichkeiten.

»Schon gekauft!« rief Stefan begeistert.

Über eine enge Stiege gelangten wir in die obere Etage. Dem Gang fehlte noch die Außenwand zum Hof, so daß man höllisch balancieren mußte, um nicht über einen Mörteleimer zu stolpern und abzustürzen, doch das Turmgemach, in das er führte – und der Turm überhaupt, soweit man bei seiner geringen Höhe davon sprechen konnte –, war tatsächlich hinreißend geraten. Von hier ließ sich die halbe Stadt übersehen, besonders der Markt lag vor einem wie ein Freiluft-Theater. Mit einem guten Fernglas würde man unschwer erkennen, was Marianne im Kiosk gerade für ein Gesicht machte. Vorausgesetzt, sie stünde drin. Aber auch das Haus, in dem sie wohnte, war prima von hier zu sehen.

Und genau dorthin schaute der Dichter Kugler. Mit einem albernen Operngucker. Er lag auf dem Bauch in der Fensternische und hatte uns nicht kommen hören. Neben ihm lagen Bleistift und Papier, aber noch unbenutzt, was mich wenig wunderte. Denn auch mit bloßem Auge konnte ich Marianne sehen, die gerade ihr Zimmer aufräumte. Garantiert ahnte sie nicht, daß man sie beobachtete. Kuglers Glück, daß sie schon fix und fertig angezogen war und nicht in Hemd und Hosen herumsprang; wahrscheinlich hätte ich ihm da in den fetten Hintern getreten. So sagte ich bloß zu Stefan: »Du hast Besuch, Stefan...«

Stefan hat den Dichter Kugler nie leiden mögen. Ich hoffte schon, er würde ihn ohne weiteres 'rausschmeißen, aber offenbar war Stefan froh, daß er endlich mal jemandem die funkelnde Fanny vorführen konnte, sei es auch nur Ferdinand Kugler. Der war bei meinen Worten erschrocken von der Fensterbank heruntergerutscht und glotzte Fanny aus seinen Froschaugen an, als wäre sie wirklich eine Märchenprinzessin.

»Grüß dich, Kugler«, sagte Stefan herablassend. »Wenn ich dich mit Fräulein Fanny bekannt machen darf... Bekannt von Funk, Fernsehen und Schallplatte... Und heute abend singt sie hier, im Kino...«

»Angenehm«, stammelte Kugler, und er entblödete sich nicht, nach Fannys Hand zu grapschen und eine Art Handkuß zu probieren, »sehr angenehm, gnädiges Fräulein... Mein werter Name ist Kugler, Ferdinand Kugler, Schriftsteller und Dichter...«

»Und was machst du hier?« erkundigte ich mich.

Kugler steckte beleidigt den Operngucker ein und hätte mich bestimmt keiner Antwort gewürdigt, wenn jetzt nicht auch Stefan gefragt hätte: »Na eben, Kugler – was machst du hier?«

Kugler blies die Backen auf und sagte: »Du wirst staunen, Stefan – ich schöpfe! An einer Ballade für die Ansichtskarte von deiner Burg! Ursprünglich sollte nur ›Gruß aus Wölkenau‹ 'rauf, aber 'ne Ballade ist natürlich stärker...«

»Klar«, sagte Stefan beeindruckt.

»Wenn du willst«, fuhr Kugler lockend fort, »bringe ich dich mit 'rein. Was meinst du, wie das in Versen klingt: ›Stefan Graf von Wölkenau...‹«

»Der spinnt, Stefan, wie immer«, sagte ich grob, denn Stefan guckte bei Kuglers Worten Fanny an, und Fanny nickte andächtig zu Kuglers Gequatsche, »was für ein Blödsinn, das ...«

»Gar kein Blödsinn!« rief Kugler empört. »Der edle Heinrich hat sich nämlich schon erkundigt, ob er dich adoptieren kann! Kann er, wenn du magst...«

»Graf von Wölkenau«, flüsterte Fanny. »Wie das klingt...!«

Stefans Ohren begannen wieder zu glühen, was ich für ein schlimmes Zeichen hielt. Fannys Entzücken schien ihm den Schwachsinn tatsächlich schmackhaft zu machen, denn statt Kugler einen Vogel zu zeigen, murmelte er: »Mal was anderes, Kugler... Machst du auch noch Verlobungsgedichte?«

Zum Glück tauchte in diesem Augenblick Meister Bock auf. Er schüttelte Stefan herzlich die Hand, bewillkommnete ihn als Bauherrn und zog ihn beiseite, um ein paar geschäftliche Fragen mit ihm zu klären. Das nutzte Kugler aus, um eine heftige Buhle mit Fanny anzufangen. Mir wurde ganz schlecht bei seinem Geschwafel, und ich rechnete es Fanny hoch an, daß sie nicht darauf einstieg und sich bloß erkundigte, ob es mit der Adoption wirklich stimme.

»Gesagt hat er's jedenfalls«, schränkte Kugler seine Behauptung ein, »und warum soll's nicht stimmen?« fügte er hastig hinzu, als Stefan einen Moment zu uns trat und mir den Koffer abnahm. Als er ihn wiederbrachte, schien er etwas leichter geworden zu sein, und Stefans Stimme klang ein bißchen belegt, als er sagte: »Gehn wir, Freunde. Nein, du kannst hierbleiben, Kugler. Damit die Ballade fertig wird. Über die andere Sache reden wir nächstes Mal!«

Ich war ganz froh, daß wir unten Onkel Finger trafen. Er erzählte gerade dem einsamen Maurer seinen traurigen Lebenslauf. Ich nahm ihn beiseite und sagte, er solle lieber auf den Turm steigen und dem fetten Jüngling von seinem Schicksal erzählen. Erstens brauchten wir uns dann nicht der grüngelben Kariertheit Onkel Fingers in der Stadt zu schämen. Zweitens käme Kugler nicht mehr dazu, in Mariannes Fenster zu peilen. Drittens könnten sie sich gegenseitig müde spinnen, statt normale Menschen damit zu behelligen.

Normale Menschen?

»Manfred von Ardenne ist ja auch Baron oder so was«, sagte Stefan nachdenklich. »Und der hat nicht mal 'ne Burg... Oder der Schnitzler... Der heißt doch auch *von* Schnitzler, nicht?«

Wir leben eben in einer Übergangsperiode, dachte ich verzweifelt. Jedenfalls würde das Männe sagen, und der mußte es ja wissen. Aber wenn sich Stefan wirklich zum Ritter schlagen oder zum Grafen adoptieren läßt, dachte ich, hänge ich ihm persönlich ein FDJ-Verfahren an den Hals! Dann werden wir ja sehen!

Einstweilen sah ich freilich nur das weiße Kaninchen den Windberg heraufhoppeln, gefolgt von dem erschöpften Zauberer Aba Kadabra im Frack und der müden Frau Kuchenbäcker, die mir trotz allem herzlich leid tat.

Der künftige Herr Graf gingen höchstpersönlich auf die Jagd und fing das Kaninchen ein. Dann bat er die Kuchenbäckers herzlich, sich's in der Burg bequem zu machen – die Möbel kämen gleich! Oder doch bald!

Fanny klatschte freudig in die Hände. Ich startete seufzend den Lieferwagen der Volkseigenen Marmeladen-Industrie und nahm mir vor, beim nächsten Versuch Onkel Fingers, den Koffer zu klauen, einfach wegzugucken und meinen Verbandsauftrag als erledigt zurückzugeben. Wenn das so weiterging, würde ich am Ende selber noch überschnappen. Angefangen hatte es wohl schon, denn beim Anblick des sanften Windberg-Südhangs hörte ich mich plötzlich sagen: »Wenn man hier 'n Segelflugzeug hätte – das wäre Klasse...«

Und Stefan rief in heller Begeisterung: »Mensch, Ali – das ist ein Gedanke! Komm, wir kaufen uns eins!«

Natürlich gibt es in Wölkenau keine Segelflugzeuge, weshalb Stefan gleich wieder losrauschen wollte, um in Leipzig oder Berlin eins zu kaufen. Aber Fanny meinte, die Inneneinrichtung der Burg ginge vor; außerdem müsse sie ja abends im Kino singen. Onkel Finger sagte behutsam, Stefan solle lieber erst sein Testament machen, ehe er sich den Lüften anvertraue. Der Blick, mit dem er dabei nach dem Koffer schielte, verriet echte Trauer; wahrscheinlich fürchtete er, daß bei der legalen Teilung des Vermögens zuwenig für ihn herausspringen würde. Und prompt erkundigte er sich, ob es auch zweisitzige Segelflugzeuge gäbe – wobei er hoffend nach mir schielte.

»Klar«, sagte ich bissig, »und der zweite Sitz ist für den Kammerdiener des Segelfliegers bestimmt; also für Sie, Onkel Finger.«

Da wurde er wieder ganz grau und zerknittert und begann zu jammern, daß ein Pechvogel wie er schon beim ersten Flug für eine Katastrophe garantierte. Ob er nicht lieber Hofmarschall werden dürfe?

Zum Glück hatte Stefan nicht hingehört; auch hielten wir schon am Möbelkonsum. Da gab es eine Menge hübscher Sachen, doch Fanny schritt mit entzückendem Stirnrunzeln zwischen Eichentischen und Kirschbaumschlafzimmern hindurch und fragte den Geschäftsführer nach einem Herrn Louis Seize. Den kannte der Geschäftsführer leider nicht.

»Das ist ein Möbelfabrikant«, erklärte Fanny herablassend, »ich glaube, er hat in Hellerau oder da herum eine Fabrik für Stilmöbel, so Barock und Rokoko...«

Stefan hörte ihr mit leuchtenden Augen und glühenden Ohren zu und fand plötzlich auch keinen Gefallen mehr an Eichentischen und Kirschbaumschlafzimmern. »Dann fahren wir eben nach Hellerau!« rief er entschlossen, und diesmal mußte *ich* Fanny darauf aufmerksam machen, daß *sie* abends im Kino zu singen hätte.

»Ach ja«, seufzte sie betrübt. Stefan versprach ihr, daß wir gleich am Samstag zum Kollegen Louis Seize fahren würden. Denn unsere Tournee mit der Bühnenschau endete ja am Freitag mit der letzten Vorstellung.

Die erste Vorstellung in Wölkenau war proppenvoll. Natürlich hatte sich bis zum Abend längst in der Stadt herumgesprochen, daß Stefan eine Braut mitgebracht hatte und diese vor dem Film singen würde. Wer das Gerücht aufgebracht hatte, sie wäre eine Ausländerin aus Trinidad, weiß ich nicht, vermutlich Kugler, dem bei seinem Poem an sie auf die Zeile »... die eine glockenhelle

Stimme hat...« kein anderer Reim eingefallen war als »... wie eine Märchenfee aus Trinidad!« Das Ganze verscheuerte er Stefan für hundertzwanzig Mark und tat noch, als müsse ihm Stefan bis in die Steinzeit dafür dankbar sein. Allerdings muß man sagen, daß Stefan tatsächlich hingerissen war, zumal er in der dritten Strophe selber vorkam: »Doch eines Tages kam ein junger Mann in einem wunderschönen Auto an...«

»So war's ja auch«, sagte Stefan begeistert. Und er beschwor Kugler, das Verlobungsgedicht spätestens bis morgen früh fertig zu kriegen. Gegen Nachtzuschlag und ein anständiges Trinkgeld.

»Da muß ich eben einen Fernsehauftrag zurückgeben«, behauptete Kugler, was Stefan auch glaubte. Dabei wußte er wie ich, daß Kugler bisher alle dem Fernsehfunk eingereichten Werke postwendend zurückgekriegt hatte. Diese Dichter, dachte ich verächtlich, lügen wie gedruckt! Ob Schiller auch gelogen hat?

Als Fanny zu singen begann, schaute ich mich vorsichtig im Parkett um und versuchte, Marianne zu entdecken. Stefan tat dasselbe, wenn auch noch vorsichtiger. Als er sie nicht sah, atmete er halb erleichtert, halb enttäuscht auf und widmete sich Fannys Gesang.

Wie es schien, hatte auch sie von den Trinidad-Gerüchten gehört, denn sie sang den Text ihres Auftrittsliedes in ganz gebrochenem Deutsch wie eine richtige Ausländerin. Jetzt bereute Stefan wohl doch, daß Marianne nicht erschienen war, zumal die Tonverstärkungstechnik prima funktionierte und Fannys Stimme klang, als reichte sie über alle Weltmeere: »Oiiin Schiff wird ko-hommen / und das brüngt mür den oiii-nen...«

Und Stefan nickte glücklich. Obgleich er mit seinem Schiff nur über den Teufelssee gekommen war.

Es freute mich für die Kuchenbäckers, daß sich das

Kino beim Film fast gänzlich leerte. Er war einfach zu langweilig, der Film, und im Fernsehen lief die dritte Fortsetzung eines siebenteiligen Krimis. So blieben nur Kugler, Stefans Mutter, Onkel Finger, Meister Storch, der edle Heinrich, Männe und Mario, unser mißratener Stift, der bei der Zauberei Aba Kadabras schrill zu pfeifen begann. Aber das hatte ich kommen sehen und mich hinter seinen Platz geschlichen. Und Männe sah als FDJ-Sekretär und Kommunalpolitiker netterweise weg, als ich Mario stumm das linke Ohr umdrehte. Da klatschte er sogar beim Zahnakt Loretta Baldinis.

Nach der Vorstellung lud Stefan alle verbliebenen Zuschauer, die Platzanweiserinnen und den Filmvorführer ins Café »Freundschaft« ein. Dort trafen wir auch noch unsern Absschnittsbevollmächtigten Grünwald und baten ihn an den Tisch, denn er war außer Dienst. Er setzte sich arglos neben Onkel Finger. Kaum hatte er sich niedergelassen, als Onkel Finger ihm auch schon von seinem traurigen Schicksal zu erzählen begann. Grünwald hörte mit angehaltenem Atem zu – hier stieß er zum erstenmal auf eine Welt, die ihm nach zehn Dienstjahren in Wölkenau unglaublich vorkommen mußte. Ich hoffte nur, daß neben dem menschlichen Mitleid auch ein bißchen Argwohn in ihm aufkeimen würde. Damit ich künftig nicht der einzige wäre, der aufpaßte, daß Onkel Finger keine krummen Dinger mehr drehte. Vertrauen ist gut, Kontrolle ist besser.

Stefan bestellte sowjetischen Sekt fürs ganze Lokal und erklärte nach dem Knallen der Pfropfen: So schön es in der weiten Welt und besonders in Leipzig wäre – Wölkenau bliebe Wölkenau! Jedenfalls freue er sich mächtig, wieder zu Hause zu sein. Alle klatschten Beifall, sogar Fanny, obgleich sie doch von Wölkenau erst sehr, sehr wenig gesehen hatte.

Ich hatte mich neben Männe gesetzt, um ihn in einer ruhigen Minute zu fragen, wie es mit Stefan und mir in Zukunft weitergehen solle. Aber er hatte nur Augen und Ohren für Fanny, zumal, als er erfuhr, daß sie aus der Bewegung »Junge Talente« hervorgegangen sei. Da nannte er sie gleich »liebe Jugendfreundin« und forderte sie auf, demnächst an einem Forum über Kunstfragen teilzunehmen. Fanny versprach auch zu kommen und sich ins Präsidium wählen zu lassen.

»Und ich?« fragte Ferdinand Kugler beleidigt.

»Du bist doch gar nicht in der FDJ«, sagte Männe, »und außerdem quatschst du bloß immer dummes Zeug, was Kunst betrifft.« Damit wandte er sich wieder Fanny zu und wollte wissen, ob sie wirklich für immer in Wölkenau bliebe. Da könne sie doch einen Gesangszirkel gründen und anleiten; die Mädchen in der Marmeladenfabrik würden begeistert sein.

Ich trat ihm unterm Tisch beschwörend ans Schienbein, aber er war so in Fahrt, daß er es gar nicht merkte. Fanny sagte weder ja noch nein zu seinem Angebot, wie immer, wenn man sie direkt was fragte. Aber wie ich Männe kannte, würde er gleich morgen die Mädchen in der Marmeladenfabrik zusammentrommeln und sie für den Zirkel begeistern.

Als eine Platzanweiserin schüchtern fragte, ob Fanny nicht eins ihrer hübschen Lieder singen wolle, riefen alle begeistert: »Ja, das soll sie!« Stefans Mutter bekannte, mit einem Finger Klavier spielen zu können, was sie auch gleich tat, um Fanny zu begleiten. Leider war das Klavier in der »Freundschaft« ziemlich verstimmt, aber nach der schätzungsweise zehnten Flasche Sekt nimmt so was niemand mehr genau, und alle klatschten begeistert den Takt mit. Ich auch.

In diesem Augenblick betrat Marianne das Lokal. Sie

tat, als sähe sie weder uns noch Fanny noch Stefan, als sie mit erhobenem Haupt auf einen freien Tisch zuging und Platz nahm. Aus alter Gewohnheit begannen Stefans Ohren zu glühen, und wahrscheinlich wäre ihm jetzt lieber gewesen, wenn seine Mutter mit zehn Fingern und auf einem richtig gestimmten Klavier hätte spielen können. Schon, weil sich Fanny gegen Ende des Liedes ein paarmal verhedderte und Marianne zu musikalisch und zu nüchtern war, um das nicht mitzukriegen. Dennoch erhob er sich am Schluß und reichte Fanny ein volles Glas Sekt, das sie austrank und über die linke Schulter hinweg an die Wand warf. Klirr – es zersprang. Natürlich waren alle verblüfft, aber Fanny erklärte, das täten sogar englische Offiziere im Foyer der Berliner Staatsoper; sie habe es mit eigenen Augen gesehen.

Der Ober meinte, hier gäbe es so was nicht, und sie müsse das kaputte Glas natürlich bezahlen.

»Das bezahle ich«, murmelte Stefan, »ich bezahle alles...« Und in seiner Verwirrung tat er das Dümmste, was er in dieser ohnehin peinlichen Situation tun konnte: Er flüsterte dem Ober zu, eine Flasche Sekt an Mariannes Tisch zu schaffen!

Ich konnte es nicht verhindern, denn ich kriegte es erst mit, als der Ober die Flasche und ein Glas vor Marianne hinstellte. Sie schien einen Moment sprachlos. Wie überhaupt im Lokal ein betretenes Schweigen herrschte, nachdem Fanny sich so blöde benommen hatte wie ein englischer Offizier im Staatsopernfoyer. Dann aber holte Marianne tief Luft und sagte mit klirrend klarer Stimme: »Bringen Sie das Zeug dem Herrn, der es bestellt hat. Sagen Sie ihm, von mir aus könne er darin baden. Und wenn er meint, ein Liter Sekt reiche ihm dafür nicht, würde ich mich wundern – für mich ist er *so* klein, und zwar mit Stock und Hut...«

Mittels Daumen und Zeigefinger deutete sie an, *wie* klein Stefan in ihren Augen sei. So gesehen hätte die Flasche tatsächlich für ein Vollbad gelangt. Jetzt glühten nicht nur Stefans Ohren, jetzt glühte sein ganzes Gesicht. Nie hatte ihn jemand furchtbarer beleidigt. Seine Mutter begann herzlich zu lachen; sie hielt Mariannes Bemerkung für einen Scherz. Kugler wußte nicht, ob er entrüstet oder amüsiert tun sollte – er wollte es weder mit Stefan noch mit Marianne verderben. Onkel Finger schluchzte, natürlich mehr über sein trauriges Schicksal als über diese dumme Sache. Grünwald schüttelte einmal übers andere den Kopf; auch er schien nicht zu begreifen, was hier vor sich ging. Männe war schweigend beschäftigt, die Scherben aufzuheben; seine Begeisterung für Fanny hatte sich garantiert rasch abgekühlt, und eine Stellungnahme zu Mariannes Worten wollte er offenbar nicht abgeben.

Die Leute vom Lichtspieltheater versuchten Gleichmut zu zeigen; als Kinoexperten waren sie ja auch an Dramatik gewöhnt. Mario kicherte albern, wie immer, wenn er etwas nur zur Hälfte oder überhaupt nicht kapiert.

Ich aber wußte: Jetzt ist alles aus! Da brauchte ich nur Stefan anzugucken. So niedergeschmettert hatte ich ihn noch nie im Leben gesehen. Und als Fanny arglos anfangen wollte, an die schweigende Gesellschaft Autogrammkarten zu verteilen, packte er sie beinahe grob am Handgelenk und marschierte mit ihr zum Ausgang. »Was ist denn los?« fragte Fanny verwundert. »Ist was?«

Im allgemeinen Aufbruch entging mir, was Stefan sagte. Nur Marianne schien es gehört zu haben, denn sie griente triumphierend. Diesmal sah es aber nicht wie ein Lächeln aus.

»Und wer zahlt die Zeche?« fragte der Ober.

Ich. Wer sonst? Natürlich mußte ich Onkel Finger erst

wieder den Koffer aus den Pfoten reißen. »Da haben Sie's«, sagte dieser gekränkt zu Grünwald, »dabei trage ich ihn nur immer aus Gefälligkeit!«

Als alle draußen waren, schlenderte ich an Mariannes Tisch vorbei und sagte versuchsweise: »'n Abend, Marianne...«

»'n Abend.«

»Wie geht's denn so?«

»Prima. Und dir?«

»Auch ganz gut«, murmelte ich.

»Daß du den Quatsch mitmachst, verstehe ich nicht.«

Ich wollte Männe und unsere Leitung nicht bloßstellen, deshalb entschuldigte ich mich nicht mit dem Verbandsauftrag. Außerdem wollte ich ihr bloß sagen, daß Kugler immer mit dem Operngucker in ihr Zimmer peilte.

»Was ich sagen wollte, Marianne...«, begann ich zögernd.

»Ja?«

»Wenn du dich ausziehst«, fuhr ich zögernd fort, »läßt du da das Licht an?«

Sie holte tief Luft, um auch mich zur Schnecke zu machen, als ich ihr rasch ins Wort fiel und sagte, was ich zu sagen hatte. Ihrem zürnenden Schreck entnahm ich, daß sie bislang nie an das Turmzimmer der Burg gedacht hatte, jedenfalls nicht in dieser Beziehung.

»Was für eine Sippschaft«, sagte sie verächtlich. Aber als sie sah, daß ich mit hängenden Schultern vor ihr stand, setzte sie etwas freundlicher hinzu: »Ja ja – nett von dir, daß wenigstens du noch ein bißchen Anstand hast. Setz dich schon. Oder hast du Angst, daß dein Freund Stefan es dir übelnimmt?«

»Keine Spur«, versicherte ich hastig, indem ich an ihrem Tisch Platz nahm und den Geldkoffer unter meinen

Stuhl schob. Natürlich *hätte* Stefan es übelgenommen, aber erstens sah er es nicht, und zweitens konnte es ihm jetzt ganz egal sein – jetzt, wo zwischen ihm und Marianne alles aus war.

Bei diesem Gedanken überlief es mich brühheiß. Wenn wirklich alles aus war, hinderte mich nichts, noch einmal mein eigenes Glück zu versuchen!

Und prompt hörte ich mich mit belegter Stimme sagen: »Wenn du magst, Marianne, gehen wir Sonntag zusammen aus. Magst du?«

Als ich es heraus hatte, lief es mir eiskalt über den Rücken. Marianne guckte mich auch ganz verblüfft an und schien den Kopf schütteln zu wollen, dann aber sagte sie entschlossen: »Gut, Ali. Wo treffen wir uns?«

»Am Markt«, stammelte ich, »an der Normaluhr...«

In meiner heillosen Verwirrung war ich fast dankbar, als in diesem Augenblick Onkel Finger ins Lokal zurückkam und sich erkundigte, ob mir vielleicht schlecht geworden sei. Und ob er vielleicht den Koffer nehmen solle.

Ich war so durcheinander, daß ich den Koffer unter meinem Stuhl hervorholte und ihn Onkel Finger übergab, ohne auch nur eine Sekunde an die möglichen Folgen meiner Kurzschlußhandlung zu denken. Das tat ich erst, als seine sanften, braunen Augen jäh aufleuchteten und er mit zitternder Stimme sagte: »Danke, Herr Ali. Ich danke Ihnen.«

Ich wollte schon aufspringen und ihm den Koffer wieder entreißen, als Grünwald ins Lokal guckte und sagte: »Wo bleiben Sie denn, Onkel Finger? Die anderen sind schon weg. Aber ich habe versprochen, daß ich Sie zur Burg begleite. Damit Sie sich nicht verlaufen«, fügte er verlegen hinzu.

Gott sei Dank, dachte ich. Die Volkspolizei, dein

Freund und Helfer. So rief ich Onkel Finger nur nach: »Verlieren Sie den Koffer nicht – da ist das ganze Geld drin!«

Und Grünwald erklärte freudig: »Ich passe schon auf!«

War es niederträchtige Verstellung, daß Onkel Finger keine Miene verzog? Oder hatte ihn mein vermeintliches Vertrauen so erschüttert, daß er wenigstens für heute nicht mehr daran dachte, Stefans Geld zu klauen?

Doch wer vermag sich über so was Gedanken zu machen, wenn er neben dem schönsten Mädchen der Welt in der »Freundschaft« sitzt und für den Sonntag mit ihr verabredet ist? Als Onkel Finger verschwunden war, hatte ich ihn schon vergessen. Vergessen hatte ich auch, nach dem Zeitpunkt für unser Rendezvous zu fragen, ich traute mich bloß nicht, es nachzuholen, damit sich's Marianne nicht etwa noch einmal überlegte. Da würde ich lieber ab nachmittag um fünf auf sie warten!

Die Befürchtung, mir alles zu verderben, hielt mich auch davon ab, ihr meine Begleitung für den Nachhauseweg anzubieten. Oder ihr den Apfelsaft bezahlen zu wollen, den sie getrunken hatte. Man soll vom Glück nicht gleich zuviel verlangen. Ich war schon selig, als sie beim Abschied aus freien Stücken sagte: »Also bis Sonntag, Ali! Tschüs!«

Sie schüttelte mir die Hand und verschwand mit wehendem Pferdeschwanz in der Dunkelheit. Als ihr geschwinder Schritt verklungen war, machte auch ich mich auf den Heimweg, und die Katzenköpfe des Wölkenauer Straßenpflasters kamen mir wie Wattewölkchen vor. Nein, ich würde es mir nicht bei ihr vermasseln, indem ich gleich versuchte, sie abzuknutschen. Da konnten die Sterne funkeln und der Mond scheinen, wie sie wollten!

Nur gut, daß ich es abgelehnt hatte, auf der Burg zu schlafen. Jetzt wäre ich viel zu aufgeregt gewesen, um Stefan von der Verabredung zu erzählen. Morgen würde ich es tun; hoffentlich hatte Kugler bis dahin das Verlobungsgedicht fertig. Und vielleicht war Fanny doch ein ganz prima Mädchen, mit dem Stefan glücklich werden könnte. Zumal, wenn der ominöse Monsieur Renard nie wieder von sich hören ließ.

Frau Hunger, meine Wirtin, öffnete mir im Nachtgewand und sagte ohne das kleinste Zeichen von Wiedersehensfreude: »Da bist du ja wieder.«

»Ja«, sagte ich, »guten Abend, Frau Hunger.«

Zu meiner Beschämung fiel mir ein, daß ich ihr kein Andenken mitgebracht hatte. Aber nicht deshalb war sie so vergnatzt, daß sie sagte: »Morgen kannst du dir ein anderes Zimmer suchen!«

»Warum denn?« fragte ich. Seit dem Tode meiner Mutter hatte ich bei ihr gewohnt und ihre barsche Freundlichkeit genossen, als wäre sie mindestens meine Tante. Und jetzt kostete es mich fast diplomatische Verrenkungen, herauszukriegen, weshalb sie mich vor die Tür setzen wollte.

Ich staunte nicht wenig, als sie auspackte. Nach den Gerüchten, die während unserer Reise in Wölkenau aufgekommen waren, mußten wir unterwegs wie die Wilden umgegangen sein. Angeblich hatte man uns in Leipzig gesehen und angeblich immer in Situationen, »... die jedem ordentlichen Menschen die Schamröte ins Gesicht treiben müßten!«

Das ist typisch Wölkenau. Was hatte ich für Mühe, Frau Hunger klarzumachen, daß beispielsweise Leipzig eine Stadt ist wie jede andere, bloß größer und aufregender, und daß wir uns auf Ehre und Gewissen nicht mit leichten Mädchen in anrüchigen Lokalen herumgetrieben hätten. Weil's die dort gar nicht gäbe. Zumindest hatten wir sie nicht entdeckt.

»Und die hunderttausend Mark?«

»Welche hunderttausend Mark?«

»Die ihr dort verjuxt habt!« rief Frau Hunger zornig. »Lüge nicht, Ali, ein bißchen ist immer dran an dem, was erzählt wird!«

War es ja auch. Obgleich ich mir nicht erklären konnte, wie auch bloß der Hauch einer Kunde von unserer Pokerpartie bis Wölkenau gelangt sein konnte. So lieferte ich mich Frau Hunger auf Gnade und Barmherzigkeit aus, gab alles zu und erklärte, ich würde mich bessern.

»Dann mußt du wieder arbeiten gehen«, bestimmte Frau Hunger, »sonst schmeiße ich dich wahrhaftig 'raus!«

Ihr konnte ich schon gar nichts von meinem Verbandsauftrag erzählen; sie hätte ihn ebensowenig verstanden wie der Zentralrat. Weil weder sie noch dieser mit der Kommunalpolitik zu tun haben. So murmelte ich lahm, sie möge noch ein bißchen Geduld haben, es käme gewiß bald alles in Ordnung.

Bloß wie?

Am liebsten wäre ich gar nicht wieder zur Burg hinaufgegangen, jedenfalls nicht gleich am frühen Morgen. Jetzt kam es mir ganz schön schwierig vor, Stefan von meiner Verabredung mit Marianne zu erzählen. Wie leicht konnte es ihm nach dem Theater vom vergangenen Abend in die falsche Kehle geraten! Aber ich hatte versprochen, das Frühstück mitzubringen. Frau Hunger hatte es grollend und ohne die sonstigen netten Zugaben zurechtgemacht. Bloß Stullen mit Butter und Wurst. Na ja – was wußte sie vom Burgleben?

Es war die Zeit, um die wir sonst zur Arbeit fuhren. Ich traf eine Menge Bekannte, die meinen verlegenen Gruß kurz angebunden erwiderten oder gar wegguckten. Es mußten wirklich böse Gerüchte über uns verbreitet worden sein, wenn selbst Pastor Neukirch in seiner christlichen Nächstenliebe tat, als sähe er mich nicht. Aber das kratzte mich am wenigsten.

Um Mariannes Kiosk machte ich einen großen Bogen, sicherheitshalber; ich fürchtete, sie könne es sich überlegt haben und mir doch noch einen Korb geben.

In Leipzig, wo uns keiner gekannt hatte, war es mir nicht halb so blöde vorgekommen, an einem gewöhnlichen Alltagsmorgen im Schlenderschritt durch die Straßen zu laufen. Und nicht zu wissen, wie man den lieben, langen Tag verbringen wird.

Hoffentlich war wenigstens Stefan etwas Neues eingefallen. Wölkenau ist nicht Leipzig, wo man zur Not immer noch in den Zoo gehen oder auf das Völkerschlachtdenkmal klettern kann.

Am Fuße des Windbergs blieb ich einen Augenblick stehen und schaute zur Burg empor. Ja, eigentlich sah sie wirklich schon recht hübsch aus, viel hübscher als im Ruinenzustand, und so gesehen mochte Männes kommunalpolitischer Standpunkt einiges für sich haben. Aber ich würde ihm sagen müssen, daß er sich nun auch um die Entfaltung eines frohen Jugendlebens zu kümmern habe. Jawohl – das war ein Gedanke!

Stefan lag auf einer Luftmatratze im Festsaal und schnarchte mit Ferdinand Kugler um die Wette, der ebenfalls auf einer Luftmatratze lag und das Verlobungsgedicht garantiert noch nicht fertig hatte. Auf einer dritten Luftmatratze hatte sich Onkel Finger sein Lager bereitet, den Geldkoffer als Kopfkissen. Als ich zu ihm trat, sah er mich aus seinen sanften, braunen Augen treuherzig an und schien ein Lob dafür zu erwarten, daß er mit dem Koffer nicht abgehauen war. Kunststück, dachte ich, in

Begleitung Grünwalds! Und ich nickte Onkel Finger nur flüchtig zu.

Als ich Stefan wachrüttelte, hatte ich die feste Absicht, sofort mit der Verabredung herauszurücken, Ehrenwort. Aber im letzten Moment – als er sich gähnend aufrappelte – überlegte ich, daß Marianne vielleicht etwas dazwischenkommen könne und ich Stefan umsonst den Tag verderben würde. Und ich beschloß, es ihm erst *nach* dem Rendezvous zu sagen.

»Grüß dich, Stefan«, sagte ich munter.

»Grüß dich«, knurrte er.

»Für den einzigen Burgherrn der Republik siehst du mächtig vergnatzt aus«, sagte ich. »Hat er das Verlobungsgedicht immer noch nicht fertig?«

Ich deutete auf den pennenden Kugler. Wer behauptet, daß schlafende Menschen ein erfreulicher Anblick sind, hat den pennenden Kugler nie gesehen. Stefan verzog auch das Gesicht und murmelte: »Doch, aber es ist absolut schwachsinnig. Erstens hat er sich selber mit 'reingebracht, der Affe, und zweitens war es überhaupt nicht gereimt. Stell dir vor!«

»Zeig's mal – vielleicht geht's doch«, sagte ich widerstrebend.

»Ich hab's gleich zerknüllt und ihm an den Kopf geworfen. Weil er die Frechheit hatte, zu behaupten, ohne Reime wär's viel wertvoller. Zweihundert Mark wollte er dafür haben.«

»Hast du sie ihm gegeben?«

»Keinen Pfennig. Erst soll er's reimen, der Affe.«

Kugler öffnete schlaftrunken die Augen und sagte weinerlich: »Freie Rhythmen sind viel moderner, Stefan. Sie sind das Größte im Moment.«

»Nicht bei mir«, sagte Stefan kurz. »Entweder gereimt oder kein Geld, basta. Und jetzt steh auf und dichte!«

Kugler wälzte sich maulend empor und fragte, ob ich Frühstück mitgebracht hätte. Ich gab ihm die Klappstulle, wo Käse drauf war, und wartete, bis er den Festsaal verlassen hatte. Dann fragte ich Stefan beiläufig: »Hast du sie wenigstens schon gefragt?«

»Wen? Was?«

»Fanny. Ob sie dich heiraten will.«

»Richtig noch nicht«, seufzte Stefan. »Immer, wenn ich davon anfangen will, redet sie gerade von ihrer Singerei. Und als ich gestern abend auf ein paar Minuten zu ihr auf die Bude kommen wollte, meinte sie, es sei noch zu ungemütlich darin, um Besucher zu empfangen. Da sind Künstler komisch. Na, am Sonnabend besorgen wir ja Möbel. Und dann ist auch ihre Tournee zu Ende. Da werden wir sehen...«

Er zwinkerte mir zuversichtlich zu und begann zu frühstücken.

Ich verteilte den Rest der Brote an die Kuchenbäckers und Onkel Finger; den Koffer nahm ich sicherheitshalber wieder an mich.

»Was machen wir denn heute?« fragte ich Stefan.

Stefan zuckte unschlüssig die Achseln. »Darüber hab' ich mir auch schon den Kopf zerbrochen. Hast du den Alten gefragt, wann der Wagen fertig ist?«

»Das wird 'ne Weile dauern«, sagte ich, »weil sie alle Hände voll zu tun haben. Vielleicht«, fügte ich nebenher hinzu, »sollte *ich* wieder in die Werkstatt gehn und ein bißchen helfen...«

»Kein Stück«, sagte Stefan empört. »Damit ich mich hier zu Tode langweile, was? Du brauchst doch bloß dem Schurich zu sagen, daß er 'n anständiges Trinkgeld kriegt. 'n Hunderter. Nee, 'n Fünfziger reicht auch.«

Dieses erste, jähe Anzeichen von Sparsamkeit verblüffte mich. Aber vielleicht lag es bloß daran, daß er

Schurich nicht leiden konnte. Von mir hätte er höchstens zehn Mark bekommen.

»Die Bude soll übrigens Pegeha werden«, erwähnte ich.

»Quatsch«, sagte Stefan. »Nicht, solange der Alte seine Villa nicht fertig hat. Übrigens lasse ich mir auch einen Schwimmingpuhl bauen; da können wir wenigstens baden und Wasserball spielen und so was alles...«

Jetzt trat erst mal Fanny aus ihrer Kemenate. Sie rieb sich die hübschen Äuglein und fragte, wo das Badezimmer sei.

»Das ist noch nicht fertig«, sagte Stefan betreten, »aber Meister Bock hat versprochen, daß bis Sonntag wenigstens das Wasser läuft. Einstweilen müssen wir uns mit dem Brunnen auf dem Hof begnügen...«

Fanny rümpfte ihr Näslein und meinte, da könnte ihr ja die halbe Stadt bei der Morgentoilette zusehen. Wir bauten ihr aus den Luftmatratzen eine Art spanische Wand, hinter der sie für anderthalb Stunden verschwand. Als sie doch einmal zu singen anfing, atmetete Stefan erleichtert auf und meinte zuversichtlich, sie würde sich schon an Wölkenau gewöhnen.

»Hoffentlich«, sagte ich. Ich meinte es ganz ehrlich.

Frau Kuchenbäcker vertrieb uns aus dem Festsaal, um ihn zu säubern. Wir hockten uns auf den Burghof, der in der Vormittagssonne gähnte, und guckten dem einsamen Maurer beim Mörtelmischen zu. Dann machte uns Herr Kuchenbäcker ein paar Zauberkunststücke vor, aber ohne Frack und Zylinder wirkte er nicht sehr überzeugend. Onkel Finger beschäftigte sich damit, die Burgwände nach hohlen Stellen abzuklopfen, wahrscheinlich hoffte er, einem verborgenen Schatz auf die Spur zu kommen.

Ich weiß nicht, wie Burgherren und Burgbewohner

früher ihre Zeit verbracht haben. Schön, auf der Wartburg in Eisenach hatten sie ihre Sängerkriege, aber wo sollten wir die Konkurrenz für Fanny herkriegen?

»Wir werden uns einen Fernseher anschaffen«, sagte Stefan. »Da bringen sie vormittags immer die Wiederholung vom Abend zuvor.«

»Und was machen wir abends?« fragte ich.

»Ach so«, murmelte Stefan. Es sah fast so aus, als habe seine blühende Phantasie in den letzten Tagen ein wenig gelitten. Vielleicht mußte er sich erst an die Burg gewöhnen wie Fanny an Wölkenau.

Sie kam tipptopp zurechtgemacht aus der Luftmatratzenkabine hervor und meinte fröhlich, jetzt wollten wir in die Milchbar gehen.

»In welche Milchbar?« fragte Stefan betroffen.

»Hier gibt es keine«, sagte ich.

Da wurde Fanny ganz melancholisch und meinte, um diese Zeit ginge sie sonst immer in eine Milchbar. Stefan schlug ihr als Ersatz das Heimatmuseum vor, doch dafür zeigte sie kein Interesse. In der Stadt herumzubummeln, hatte sie auch keine Lust; ihr täten so leicht die Füße weh.

Stefan starrte mich verzweifelt an. Mir fiel auch nichts ein, was wir anstellen konnten. Ich versuchte einen Scherz und meinte, ja, wenn wir Pferde hätten... Da könnten wir in der Gegend spazierenreiten...

Ich hatte noch nicht ausgesprochen, als Stefan aufsprang und begeistert rief: »Natürlich! Das ist *die* Idee! Los wir kaufen uns welche!«

»Au fein!« rief Fanny. »Ich möchte einen weißen Schimmel mit einem schwarzen Fleck auf der Stirn! Ja?«

Stefan versprach ihn ihr auf der Stelle. Ich hätte mich ohrfeigen mögen. Als ob es nicht gelangt hätte, ihm den

Floh mit dem Segelflugzeug ins Ohr zu setzen! Jetzt war es natürlich zu spät, ihn vielleicht zu Pfänderspielen bewegen zu wollen. Auch ohne Fannys Zustimmung hätte ihn der Gedanke an die Pferde hingerissen; plötzlich war er wieder der Alte und spann: »Das war es nämlich, was hier gefehlt hat! Ich habe die ganze Zeit überlegt und gedacht: Hier fehlt doch was! Die Burg ist da, die Leute sind da, und dennoch fehlt was! Eigentlich kann man sich eine Burg ohne Pferde überhaupt nicht vorstellen, nicht? Ali, du bist ein Teufelskerl! Ein Glück, daß ich dir seinerzeit das Leben gerettet habe! Mensch, was man mit Pferden alles anstellen kann! Ein Auto ist gar nichts dagegen! Kugler! Kugler!«

Kugler guckte mit wirren Haaren aus dem Turmzimmer.

»Bring was von Pferden mit 'rein!« rief Stefan.

Kugler glotzte verständnislos zu uns herab.

»In deine Ballade! In allen Balladen kommen Pferde vor! Aber beeil dich!«

Stefan war wie aufgezogen. Im gleichen Atemzug bat er Onkel Finger, ein Taxi zu besorgen, den einsamen Maurer, eine Art Stall herzurichten, Herrn Kuchenbäcker, beim Futtersammeln für sein Kaninchen auch ein bißchen Gras für unsere Pferde zu pflücken, und Frau Kuchenbäcker, zum Mittag Eierkuchen zu backen.

Sein Optimismus, bis Mittag zurück sein zu wollen – natürlich *mit* den Pferden! –, bewahrte mich nicht vor dem Zweifel, daß wir überhaupt welche kriegen würden. Zwar gibt es in Wölkenau einen Platz, der »Pferdemarkt« heißt, doch da wird seit langem nur noch mit Obst und Gemüse gehandelt. Vorsichtig erkundigte ich mich, *wo* er die Pferde zu erwerben hoffe.

»Auf'm Dorf! Wo sonst?«

Der Taxifahrer schüttelte auch den Kopf. Er kenne

zwar alle Dörfer in der Umgebung, aber ob es da Pferde zu kaufen gäbe?

»Wenn's wenigstens ein Pony wäre«, sagte Fanny. »Als Kind habe ich mir immer ein Pony gewünscht...«

Schon deshalb hätte Stefan nie aufgegeben, so hoffnungslos unsere ersten Versuche auch ausfielen. Wegen der Erntezeit waren nämlich alle Dörfer wie ausgestorben, und als wir die Leute auf den Feldern fragten, wo es Pferde zu kaufen gäbe, dachten sie, wir wollten sie veralbern, und wurden richtig böse, zumal ein Gewitter in der Luft lag. Dicke Wolken ballten sich über uns zusammen, fern zuckten die ersten Blitze über den Himmel, aber als ich vorschlug, die Sache für heute sein zu lassen und nach Hause zu fahren, rief Stefan: »Nicht ohne den weißen Schimmel mit der schwarzen Blesse! Und je einem Gaul für dich und mich! Das wäre doch gelacht!«

Manchmal läßt einen seine Zuversicht erschauern. Ebenso wie sein Glück, denn als uns ein heftiger Wolkenbruch in eine Konsumgaststätte der LPG »Fortschritt« trieb – wohin sich auch zwei Feldbaubrigaden einschließlich des Vorsitzenden vor dem Regen geflüchtet hatten –, erledigte sich unser Vorhaben beinahe wie von selbst. Kaum hatten wir ein paar Worte darüber zum Wirt fallen lassen, als schon der Vorsitzende an unseren Tisch trat und teilnehmend fragte: »Pferde sucht ihr? Soso... Die sind aber gar nicht leicht zu kriegen. Und ziemlich teuer sind sie heuer auch...«

Stefan riß mir den Koffer aus der Hand und öffnete ihn wortlos. Hastig erklärte ich die Herkunft des Geldes – ich hatte keine Lust, schon wieder festgenommen zu werden, weil wir hier auch in einem anderen Kreis waren und Fanny heute abend auftreten mußte.

Der Vorsitzende zeigte beim Anblick des Geldes keinerlei Gemütsbewegung. Hingegen erklärte er nach raschem Überlegen, daß wir unheimliches Schwein hätten, denn er habe tatsächlich ein paar Pferde abzugeben. Die Genossenschaft sei gerade dabei, die Vollmechanisierung abzuschließen, sie hieße ja auch »Fortschritt«, haha...

Auch die anderen Bauern freuten sich ehrlich über unser Glück. Nur ein junger Bursche, der nach uns klatschnaß in die Gaststube gekommen war, hörte dem Gespräch finster zu und verschwand wortlos wieder im Regen. Wir warteten, bis sich das Gewitter gelegt hatte, um dann zum Pferdestall zu gehen.

Meine Furcht, die werktätigen Bauern wollten uns ein paar alte, klapprige Mähren aufhängen, erwies sich als unbegründet. Von den sechs Pferden im Stall sah eines immer hübscher aus als das andere. Sogar eine zierliche Schimmelstute war dabei, bei deren Anblick Fanny vor Freude in die Hände klatschte und ausrief: »Ich werde es ›Schneeflöckchen‹ nennen!«

Stefan war nicht weniger beeindruckt. Er streckte dem Vorsitzenden die Hand entgegen und sagte: »Schon gekauft. Was kosten sie – alle zusammen?«

»Stefan«, sagte ich entsetzt, »bist du wahnsinnig? Du kannst doch nicht alle sechs...«

»Da werden sie billiger«, fiel mir der Vorsitzende ins Wort, »sowohl in der Anschaffung wie in der Haltung. Tja, was kosten sie?« Er sah die anderen Bauern an. Die wiegten die Köpfe und meinten, es handle sich um ausgesucht schöne Tiere. Tja...

»Also wieviel?« fragte Stefan ungeduldig.

Der Vorsitzende schien gerade den Preis nennen zu wollen, als der nasse junge Bursche mit ein paar anderen jungen Burschen und zwei Mädchen in den Stall kam. Sie zogen den Vorsitzenden beiseite und begannen heftig auf ihn einzureden. Ich entnahm der erregten Debatte, daß die jungen Leute heftig gegen den Verkauf protestierten. Damit würde die ganze Sektion Reitsport lahmgelegt. Das brauchten sie sich nicht gefallen zu lassen!

Der Vorsitzende schien etwas verlegen, aber nicht gewillt, klein beizugeben. Schließlich müsse er als Vorsitzender wissen, sagte er, ob sich die Jugend der Genossenschaft einen so teuren Sport leisten könne oder nicht. Sie solle lieber Fußball spielen oder Langlauf trainieren, das wäre auch sehr schön und entspräche besser der genossenschaftlichen Ökonomie. Früher, vor der Mechanisierung, hätten sie sich wenigstens mit Ackergäulen begnügt, aber nun seien sie mit ihrer verdammten Reiterei zum glatten Luxus gelangt. Er habe sie schon immer gewarnt, oder?

Ich benutzte die Gelegenheit, Stefan zu warnen. Wenn sich schon eine blühende Genossenschaft keine sechs Reitpferde leisten könne – wie wollte *er* es durchhalten? »Sie fressen dir die Haare vom Kopf«, beschwor ich ihn, »und die Leute in Wölkenau werden sagen, daß du jetzt endgültig übergeschnappt bist! Sechs Pferde! Ich wette, daß es nie sechs Pferde auf der Burg gegeben hat... Auf *der* Burg nicht!«

Zum Glück setzten die jungen Leute durch, daß der Vorsitzende nur drei verkaufen dürfe. Andernfalls wollten sie den Fall in die »Junge Welt« bringen oder in die Stadt abwandern – da *könnten* sie reiten!

»Also gut«, sagte der Vorsitzende hastig, obgleich die älteren Bauern murmelten, sie hätten früher auch keine Reitpferde gehabt, nicht mal als Einzelbauern. Aber die Jugend von heute...

Nach der zähneknirschenden prinzipiellen Einigung wurde darüber verhandelt, welche drei Pferde der Jugend von heute entzogen werden sollten. Da unter ihnen selbst ein Streit darüber entbrannte, welche sie unbedingt behalten wollten – jeder das, an dem er am meisten hing –, durften wir uns zuletzt drei aussuchen. Das waren die Schimmelstute Lisa – künftig »Schneeflöckchen« –, der braune Wallach Franz und der schwarze Hengst Satan.

Bei der Auswahl des letzteren schoß dem ohnehin nassen jungen Burschen auch noch das Wasser aus den Augen. Nur deshalb schien er nicht imstande, Stefan mit seinem Blick zu erdolchen. Als er ihn sattelte – Stefan kaufte auch gleich das Sattelzeug für alle drei Pferde –, drohte er vor Kummer zusammenzubrechen. Mich rührte sein Schmerz mehr als Stefans Freude, zumal der für mich bestimmte Wallach Franz einen eigenartigen tückischen Blick hatte.

Natürlich hatten weder Fanny noch Stefan noch ich je auf einem Pferderücken gesessen. Doch trotz seines tückischen Blicks erwies sich der Wallach Franz als kreuzbraves, lammfrommes Tier, so daß ich ohne Umstände in den Sattel gelangte. Gleiches gelang Fanny mit dem Schimmel. Als Stefan jedoch auf den schwarzen Hengst Satan klettern wollte, sprang dieser mit allen vier Beinen zugleich in die Luft und schleuderte Stefan auf den gewaltigen Misthaufen der Genossenschaft. Unter dem bitteren, höhnischen Gelächter der Jungen und Mädchen rappelte er sich auf, ging auf Satan zu und knurrte: »Ich schaffe dich, und wenn du dich kopfstellst!«

Genau das schien Satan vorzuhaben, aber im Resultat seines Saltos tat es dann Stefan. Wiederum auf dem Misthaufen – bei aller Wildheit mußte Satan Sinn für Humor und ein gutmütiges Herz haben; er hätte Stefan ja auch auf die Pflastersteine des Hofes schleudern können.

»Nimm doch ein anderes«, sagte der nasse, junge Bursche hoffend zu Stefan. Aber als der wütend den Kopf schüttelte und abermals einen Abwurf riskieren wollte, entfernte der Jüngling resignierend das spitze Steinchen, das er unter Satans Sattel praktiziert hatte. Da ließ dieser Stefan aufsitzen, ohne noch einmal mit der Wimper zu zucken. Als wir den Jungen und Mädchen versprachen, sie bald einmal zu besuchen, milderte sich die Herbheit ihrer Blicke ein wenig. Und der Vorsitzende sagte aufatmend: »So ist's recht – Stadt und Land, Hand in Hand!«

Und der Koffer war wieder etwas leichter geworden.

Beim ersten Ritt seines Lebens sollte man keine fünfzehn Kilometer im Sattel sitzen, schon gar nicht, wenn ein Gewitter das andere jagt und einen der Regen fast ertränkt. Fanny war schon nach den ersten dreihundert Metern abgestiegen und mit dem Taxi nach Wölkenau gefahren; sie mußte ja abends singen und durfte sich nicht erkälten. Zuerst hatte uns der Ritt trotz des Unwetters mächtigen Spaß gemacht, fast war es wie früher, wenn wir mit Motorrädern durch die Gegend knatterten, bloß langsamer. In Wirklichkeit kommt man mit Pferden nämlich nicht halb so schnell voran, wie man's immer im Kino sieht, und als wir alle Reiterlieder gesungen hatten, die wir kannten, kam uns die Reiterei unter Donner, Blitz und Regen gar nicht mehr so großartig vor. Auch tun einem alle Knochen im Leibe weh, wenn man geschlagene drei Stunden über die Landstraße zockelt, sein Ziel greifbar nahe vor sich sieht – ja, aber für Motorradverhältnisse – und noch eine Ewigkeit reiten muß, um es endlich zu erreichen.

»Bis in die Türkei«, sagte Stefan, »bis in die Türkei sollen sie früher geritten sein! Toll, was?«

Dahin hätten mich keine zehn Pferde gekriegt, dachte ich. Ich war froh, daß wir unter einem neuen Gewitter in die Stadt kamen. Auch dämmerte es bereits, so daß kaum einer sehen konnte, wie zusammengesunken wir in den Sätteln hingen. Im stillen beschloß ich, mich möglichst oft vor dem Reiten zu drücken, aber vielleicht hatte auch Stefan schon die Nase voll. Zugeben würde er es freilich kaum. Wir brauchten ja auch bloß noch den Windberg raufzureiten und nicht bis in die Türkei. Und es regnete nicht mehr.

»Früher hatten sie ja auch nur ihre Kreuzzüge und solchen Quatsch«, sinnierte Stefan. »Da war es ihnen Wurscht, wie lange sie reiten mußten. Na, und auf ihren Burgen kann auch nicht viel losgewesen sein, sonst wären sie ja zu Hause geblieben. – Menschenskind«, rief er ohne eigentlichen Übergang, »nun haben wir doch vergessen, einen Fernseher zu kaufen! Aber gleich morgen tun wir's, nicht? Und am Sonnabend besorgen wir uns in Erfurt das Segelflugzeug!«

Ich griente mir eins, obgleich ich kaum noch sitzen konnte. Unsere Gäule würden garantiert ein ruhiges Leben haben.

Unter dem Torbogen trafen wir Fanny und die Kuchenbäckers, die zu ihrem vorletzten Auftritt ins Kino wollten. Fanny schien ein bißchen sauer, daß Stefan heute nicht mitwollte. Und er traute sich nicht zu sagen, daß er bloß keine zwei Stunden mehr sitzen konnte.

»Vielleicht ist dieser Männe da«, meinte Fanny spitz. Nur war Männe der letzte, auf den Stefan eifersüchtig würde. Sosehr diesen Fanny als Künstlerin und ehemaliges »Junges Talent« auch begeistern mochte – nie würde er versuchen, sie Stefan abspenstig zu machen. Denn wie gerissen Männe auch als Kommunalpolitiker war – als Mensch und FDJ-Sekretär lebte er nach strengsten moralischen Gesetzen.

»Grüß ihn schön«, sagte Stefan herzlich. »Und sei mir nicht böse Fanny. Dafür machen wir morgen ein richtiges Faß auf...«

Unsere Pferde stolperten auf den Burghof. Bestimmt waren sie genauso kaputt wie wir, bloß mehr an den Beinen. Onkel Finger empfing uns mit einer Verbeugung, was er nie getan hatte, wenn wir zu Fuß gekommen waren. Stefan hielt er beim Absteigen sogar den Steigbügel. Was es doch ausmacht, wenn Leute hoch zu Roß daherkommen!

Kugler hatte in einer Ecke des Burghofes ein Lagerfeuer entfacht, weil es ihm im Turm zu kühl geworden war. Fett und faul lag er auf zwei Luftmatratzen und erklärte, das Gedicht noch nicht fertig zu haben. Er hätte ja nicht gewußt, ob es mit den Pferden überhaupt klappen würde, und wenn, wie sie aussähen...

»Guck sie dir an«, sagte Stefan müde. Ich vertrieb Kugler von den Luftmatratzen, auf die Stefan und ich krochen. Zu unserer Erleichterung hatte Herr Kuchenbäcker tatsächlich für Futter gesorgt. Onkel Finger zeigte schreckliche Angst vor Satan, Franz und Lisa, doch brachte er sie gehorsam in ihr Quartier. Der einsame Maurer hatte es im Schutze des Turms errichtet.

Wir hingen unsere nassen Klamotten ans Feuer und genossen die Wärme und die Ruhe. Bis Onkel Finger mit ersticktem Schrei auf den Geldkoffer zustürzte. Aus welchem Dampfwolken quollen. Denn auch der Koffer war völlig durchnäßt und hatte jetzt nahe am Fenster gestanden. Als wir ihn öffneten, war das Geld klatschnaß. Es war schon viel weniger, als ich befürchtet hatte, aber immer noch genug, Onkel Fingers sanfte, braune Augen aufleuchten zu lassen.

»Ich werde es trocknen«, sagte er gepreßt. Und weil er in der vorigen Nacht nicht meinen verwirrten Leichtsinn mißbraucht hatte, damit abzuhauen, schluckte ich mein Mißtrauen herunter und ließ ihn gehen.

Stefan stocherte mit einem Zweig in den Flammen herum und fragte beiläufig: »Ob sie heult, wenn ich Fanny heirate?«

»Wer?« fragte ich, um Zeit zu gewinnen.

»Marianne.«

»Wer weiß. Bei Mädchen weiß man das nie. Außerdem kann es dir doch ganz egal sein.«

»Ist es mir auch. Ich hätte es nur gern gewußt.«

Und ich hätte ihm sagen müssen, daß ich mich Sonntag mit Marianne treffen wollte. Falls es klappte. Aber nicht nur dieser Zweifel verschloß mir den Mund. Ich brachte es einfach nicht über die Lippen, ihm von meinen eigenen Hoffnungen zu erzählen. Vielleicht, weil sie mir selber noch zu vage schienen. Zu meiner eigenen Beruhigung erkundigte ich mich nur, ob er Fanny wirklich liebte.

»Und wie«, sagte er.

Na also!

Ich wurde erst wach, als das Feuer heruntergebrannt war. Stefan schlief, desgleichen Kugler, der sich Onkel Fingers Luftmatratze aus der Burg geholt hatte.

Aber Onkel Finger! Wo war Onkel Finger?

Ich sprang auf und rannte in den Festsaal. Nichts. In

das Turmzimmer. Keine Spur. In die Kemenate. Umsonst. Zu den Pferden – vergeblich.

Nein – da standen nur noch der Wallach Franz und der Hengst Satan. Die Stute Lisa war verschwunden!

In meinem grenzenlosen Zorn hätte ich fast den wunden Hintern vergessen und die Verfolgung Onkel Fingers auf Satans Rücken aufgenommen. Dann aber überlegte ich, daß ich ihn mit dem Motorrad bei jedem Vorsprung einholen würde. Und schon rannte ich den Windberg abwärts, um rasch die Maschine zu holen und die eine Pferdestärke mit meinen sechzehn zu schlagen!

Ich keuchte schon an den ersten Häusern der Stadt vorbei, als mir Hufschlag entgegenpolterte. Und dann galoppierte Onkel Finger an mir vorbei. Als Schimmelreiter, sozusagen. Sein graues, zerknittertes Gesicht, das ich im Licht des Mondes sah, war von grenzenloser Bestürzung gezeichnet. »Onkel Finger!« schrie ich, doch er hörte und sah mich nicht. Er klammerte sich an die Mähne des künftigen Schneeflöckchens und jagte bergauf, als säße ihm der Teufel im Nacken. Und verschwand in der Burg.

Ich starrte verblüfft in die Richtung, aus der er gekommen war. Doch sah ich nicht unsern Abschnittsbevollmächtigten Grünwald, an den ich einen Augenblick gedacht hatte, sondern eine nette ältere Frau, die an der Kreuzung stehengeblieben war.

Sie guckte nach links, nach rechts und geradeaus, schüttelte zweifelnd den Kopf, trat auf mich zu und fragte leise: »Entschuldigung – haben Sie vielleicht einen Reiter gesehen?«

Ich wollte schon sagen: »Na klar, Onkel Finger!«, doch irgend etwas in ihrem Gesichtsausdruck bewog mich zu murmeln: »Nein... Jedenfalls kann ich mich nicht erinnern...«

Normalerweise hätte jeder gemerkt, daß ich log. Die

Frau schien jedoch so verstört, daß sie meine plumpe Lüge glaubte und beinahe noch erleichtert wirkte, weil ich den Schimmelreiter angeblich nicht gesehen hatte.

»Seltsam«, sagte sie. Dann fügte sie hastig und verlegen hinzu: »Halten Sie mich nicht für verrückt, junger Mann... Ich weiß auch nicht, was mit mir los ist, und eigentlich ist es auch zum Lachen, aber mir war tatsächlich, als hätte ich einen Reiter gesehen...«

»Kannten Sie ihn?« fragte ich.

»Ja«, sagte sie zögernd, »das heißt, wenn *Sie* ihn nicht gesehen haben, habe ich bestimmt geträumt... So etwas gibt es ja, nicht? Das darf ich aber keinem erzählen.«

Ihre Verwirrung war mir so peinlich, daß ich um ein Haar doch mit der Wahrheit herausgerückt wäre. Und ich weiß nicht, *was* mich noch immer davon abhielt. Doch ich stammelte bloß: »Vielleicht haben Sie sich doch nicht geirrt... Ich stehe nämlich erst eine Sekunde hier... Und falls ich ihn noch sehe... Am besten, Sie geben mir Ihre Adresse...«

Sie hieß Frau Mangold und wohnte am Stadtrand, in der Siedlung, wo früher die Evakuierten untergekommen waren. Aber als sie mir ihre Adresse gab, hatte sie sich von dem Schreck erholt und schien selbst nicht mehr an den Schimmelreiter zu glauben. Sie versuchte sogar ein Lachen und meinte: »Na ja, wenn man alt wird... Und beim Kränzchen habe ich heute drei Liköre getrunken – das wird's gewesen sein...«

Offenbar wäre sie nicht bereit gewesen, noch länger über die rätselhafte Sache zu reden. Oder mir gar zu sagen, was sie und Onkel Finger miteinander zu tun gehabt hatten. Denn *daß* es an dem war, stand für mich fest. Ein Mann wie Onkel Finger ist nicht zu verwechseln; selbst ich hätte ihn unter Millionen wiedererkannt, und wären sie alle im Galopp an mir vorbeigesprengt.

»Kann schon sein«, stammelte ich, »daß es die drei Liköre gewesen sind. Ist mir auch schon passiert, haha... Aber falls Sie sich nicht geirrt haben – hat er Ihnen was angetan? Was Böses?«

»Gott, angetan... Es ist schon so lange her. Und was Böses? Nein, eigentlich nicht. Überhaupt nicht. Im Gegenteil...«

Im Gegenteil? Was ist das Gegenteil von etwas Bösem? Die Sache wurde immer dunkler. Meinte sie vielleicht doch nicht Onkel Finger? Aber sie sah noch immer so verwirrt aus, daß ich nicht länger in sie dringen mochte. Ich mußte es anders herausfinden.

Ein fernes Wiehern ließ sie zusammenzucken. Hastig tat ich, als ob ich so laut gegähnt hätte. Da lachte sie wirklich und meinte, sie wolle jetzt lieber schlafen gehen. Am Ende sähen wir alle beide Gespenster. Auf Wiedersehen. Und vielen Dank für die Anteilnahme.

Sie nickte mir herzlich zu und ging. Eine nette Frau. Wehe Onkel Finger, wenn er ihr doch etwas angetan hatte! Und wohin hatte er mit dem Geld gewollt?

Er lag mucksmäuschenstill auf seiner Luftmatratze und tat, als schliefe er längst. Als ich ihn an der Schulter rüttelte, schlug er die sanften, braunen Augen auf und stammelte ängstlich: »Sie werden's mir nicht glauben, Herr Ali, aber ich wollte mit dem Geld in die Plätterei. Dort hätte man's eins-zwei-drei trockengebügelt. In der Nachtschicht. Auf Ehre und Gewissen.«

»Und warum sind Sie nicht dort gewesen?«

Er fuhr sich mit der Zunge über die Lippen und wisperte: »Das kann ich Ihnen nicht sagen, Herr Ali. Wirklich nicht. Sie würden es nicht verstehen. Ich versteh's ja selber nicht. Sicher habe ich bloß geträumt... Gute Nacht, Herr Ali.«

Er drehte sich auf die andere Seite.

»Wo ist das Geld?«

»Hier«, flüsterte er, indem er die Decke zwischen sich und der Luftmatratze ein wenig anhob. Tatsächlich lag er auf den nassen Scheinen. »So trocknen sie am besten, denke ich.« Aber wahrscheinlich gelüstete ihn nur, ein Vermögen unter sich zu wissen und von seinem Besitz zu träumen. Was für ein Mensch!

Die Absicht, ihn direkt nach Frau Mangold zu fragen, verschob ich auf eine bessere Gelegenheit. Er hätte sowieso wieder den Unschuldsengel gespielt und allenfalls sein Pech verantwortlich gemacht. Na, ich würde schon herauskriegen, was los war. Vielleicht mit Stefan zusammen, der früher immer Detektiv werden wollte.

Und da hätten wir wenigstens was zu tun.

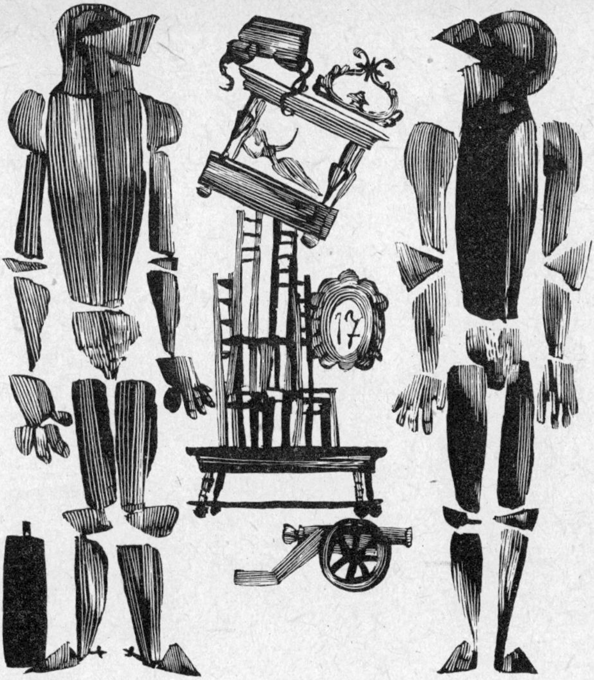

»Sie müßten zunächst in die Gesellschaft für Sport und Technik eintreten. Einen Lehrgang besuchen. Den A-Schein erwerben – mindestens. Und dann...«

»Dann verkaufen Sie uns ein Segelflugzeug?«

»Nein«, sagte der Verkäufer erbittert. »Ich bitte Sie, Kollegen, mich nicht auf den Arm nehmen zu wollen. Ein Segelflugzeug! Welcher vernünftige Mensch käme auf die Idee, sich privat ein Segelflugzeug zu kaufen?«

»Ich«, sagte Stefan beharrlich, »denn der Südhang meiner Burg bietet garantiert die günstigsten thermischen Bedingungen.«

Der Verkäufer starrte uns offnen Mundes an. Daß

Stefan »seine« Burg erwähnt hatte, machte die Sache noch schlimmer. Im Gegensatz zu ihm hatte ich längst begriffen, daß wir auch hier im Erfurter Sportzentrum kein Segelflugzeug kriegen würden. Obgleich durch die offene Tür zum Lagerraum eins zu sehen war – haargenau so eins, wie wir es uns vorgestellt hatten.

»Ich kann's bar bezahlen«, sagte Stefan.

»Gehören Sie überhaupt der demokratischen Sportbewegung an?«

»Das tut doch nichts zur Sache. Ein Segelflugzeug ist eine Ware, oder?«

»Ein Segelflugzeug«, sprach der Verkäufer, »ist ein kollektives Erlebnis! Wenn Sie seiner teilhaftig werden wollen, brauchen Sie nur in die Gesellschaft für Sport und Technik einzutreten, einen Lehrgang zu besuchen, den A-Schein zu erwerben ...«

Inzwischen hatten sich zwei weitere Verkäufer und eine ganze Menge Kunden um uns versammelt und amüsierten sich wie Bolle über das Theater. Draußen standen der Möbelwagen, den Stefan gemietet hatte, sowie Fanny, die ungeduldig gegen die Scheibe klopfte. Das Segelflugzeug interessierte sie herzlich wenig, sie war auf die Möbel scharf, die wir anschließend kaufen wollten. Im Erfurter Kunsthandel. In Hellerau hatten wir vergeblich nach der Firma Louis Seize gefragt.

»Ich könnte Ihren ganzen Laden kaufen!« rief Stefan wütend. »Mit allem, was drin ist! Zeig ihm den Koffer, Ali!«

Aber der Verkäufer hatte sich abgewandt, um einem kleinen Jungen eine Fünf-Kilo-Hantel zu verkaufen. Und dann verkaufte er einem ganz unscheinbaren Jüngling in Lederhosen das Segelflugzeug. Für die Klein-Dörisdorfer Sektion des Segelflugverbandes. Ich ließ den Koffer zu und zupfte Stefan am Ärmel. Es hatte keinen Zweck –

auch nicht, daß er drohte, sich beim Staatsrat zu beschweren. Wahrscheinlich hatte noch kein Lottogewinner ein Segelflugzeug gekauft. Aber wohl auch keine Burg mit einem thermisch günstigen Südhang. Schade.

Der Direktor des Staatlichen Kunsthandels sah uns zuerst genauso zweifelnd an wie der Verkäufer des Sportzentrums. Aber als wir das Geschäft verließen, war Stefans Glaube an die Macht des Geldes wiederhergestellt. Freilich zu einem Preis, der mich schwindeln ließ.

Der Möbelwagen schluckte eine komplette Rokoko-Kemenatengarnitur, einen riesigen Kristall-Lüster, einen zweihundertjährigen Eichentisch mit zwölf handgeschnitzten Stühlen, ein historisches Himmelbett, zwei Ritterrüstungen, einen Morgenstern aus den Bauernkriegen, eine Feldschlange aus dem Heere Prinz Eugens, einen Biedermeierschreibtisch, einen Stutzflügel im Jugendstil, vier geknüpfte Wandbehänge mit Hirschen und Rehen, eine Zinnsoldatensammlung, mit der die ganze Schlacht bei Jena zu rekonstruieren war, ein Hofmarschallsgewand des Fürstentums Lobenstein, eine Silberkrone, mehrere Bauerntruhen, einen sechsarmigen Leuchter, ein Meißner Service für vierundzwanzig Personen, fünf Petschaften, eine Reihe Kirchengestühl aus Oberbayern, einen garantiert funktionierenden Kamin und viele, viele Kleinigkeiten.

Fanny war außer sich vor Entzücken. Jetzt hätte Stefan eine echte Chance gehabt, sich mit ihr zu verloben, aber er zahlte gerade, und es schien, als habe auch ihm der Preis ein bißchen die Sprache verschlagen. Als er den Koffer schloß, tat er es mit jener fahrigen Hast, wie es unser Altgeselle Schurich mit seinem Portemonnaie zu tun pflegte, wenn ihm eine winzige Spende für die Volkssolidarität abagitiert worden war.

»Jetzt brauchen wir ja auch bloß noch den Fernseher«, sagte ich, und es überraschte mich fast gar nicht, daß er dann den billigsten kaufte, der zu haben war – und den auf Abzahlung.

Auf der Rückfahrt nach Wölkenau versank er in nachdenkliches Schweigen. Meine Absicht, ihm von der seltsamen Begebenheit mit Frau Mangold und Onkel Finger zu erzählen, verschob ich auf später. Hingegen flüsterte ich ihm zu: »Warum fragst du sie nicht?«

»Wen?«

»Fanny!«

»Was?«

»Ob sie dich heiratet!«

Stefan warf einen verstohlenen Blick auf Fanny. Sie lag bäuchlings auf dem historischen Himmelbett und spielte mit den Zinnsoldaten. Wenn ihr beim Schuckeln des Möbelwagens welche umfielen, lachte sie bloß und stellte sie zu neuer Schlachtordnung auf.

»Im Bett fragt man eine Dame so was nicht«, murmelte Stefan. »Außerdem ...«

Außerdem sei ja das Gedicht noch nicht fertig. Und vielleicht wäre es überhaupt Quatsch, sie zu heiraten. Marianne würde sich bestimmt viel mehr ärgern, wenn er einstweilen einfach so mit Fanny auf der Burg hauste. In Lebensgemeinschaft – oder wie es hieß. Das gäbe es doch. Ja, da würde Marianne richtig sauer. Immer wieder Marianne! Hätte ich nur den Mut aufgebracht, ihm zu sagen, daß ich Sonntagabend mit ihr verabredet war! Statt dessen hielt ich ihm einen Vortrag über sozialistische Moral, aber weil ich nicht genau wußte, welche Stellung eine Lebensgemeinschaft darin einnimmt, fiel er wahrscheinlich ein bißchen lendenlahm aus. Und da Stefan inzwischen sein Geld zählte, hörte er mir gar nicht richtig zu.

»Wieviel ist es denn noch?« erkundigte ich mich. Fanny hob den Kopf und schaute zu uns herüber. Stefan krauste die Stirn und sagte, er habe sich bestimmt verzählt. Die Unruhe, mit der er erneut zu zählen begann, ließ mich ahnen, daß es rapide abgenommen hatte. Und als er den Koffer schloß, ohne die Summe zu nennen – Fanny schaute noch immer zu uns herüber –, war ich beinahe froh, daß wir das Segelflugzeug nicht bekommen hatten.

»Jetzt haben wir ja auch alles, was wir brauchen«, sagte er gedankenvoll. »Jetzt kann's losgehen.«

Da war ich aber gespannt.

Die Burg sah wirklich viel hübscher aus, nachdem wir das ganze Zeug auf die Räumlichkeiten verteilt hatten. Der edle Heinrich, der gerade wieder mit einer Ausflüglergruppe auf dem Windberg war, wollte sie gleich durch alle Zimmer führen. Davon wollte Stefan nichts wissen. Er meinte mürrisch, er habe die teure Burg nicht gekauft, damit Herr von Wölkenau mit seiner feudalen Vergangenheit herumbranzen könne. Denn dieser erwähnte sie prompt wieder, obgleich es sich bei den Ausflüglern nicht um amerikanische Touristen, sondern um Gewerkschaftsfunktionäre aus Dresden handelte. Sie wunderten sich sehr, auch, als Stefan wütend rief, demnächst würde er überhaupt Eintrittsgeld nehmen.

»Das ist nicht die feine aristokratische Art«, sagte der Rittersproß würdevoll. Und er müsse es sich noch sehr überlegen, ob er es sich mit der Adoption nicht noch sehr überlegen müsse.

»Darauf verzichte ich sowieso!« rief Stefan zornig.

Na bitte, dachte ich erleichtert. So hat der teure Vormittag wenigstens einen vernünftigen Erfolg gehabt. Fanny schien von Stefans Verzicht auf die Grafenkrone gar nicht sehr erbaut. Oder war sie nur den Tränen nahe, weil Herr von Wölkenau vergaß, sie dem Publikum vorzustellen, und niemand sie von selbst erkannte? Dabei hatte sie schon einen Packen ihrer Postkarten-Fotos in der Hand und Kugler den Kugelschreiber abgeborgt, um Autogramme raufzuschreiben.

Als die beiden Busse abgefahren waren, tauchte Onkel Finger auf. Offenbar hatte er sich während der Besichtigung versteckt gehalten, denn er sah noch grauer und zerknitterter aus als sonst. Auch schien er gewillt, sich einen Bart wachsen zu lassen, was meinen Argwohn bestärkte. Am liebsten hätte ich Stefan jetzt von dem seltsamen Vorfall erzählt, schon, um ihn auf andere Gedanken zu bringen, aber er hatte sich in eine Ecke des Hofes gesetzt, um sein Geld noch einmal zu zählen. Und Onkel Finger tat, als interessiere ihn das Geld überhaupt nicht mehr. Immer wieder spähte er mit so ängstlichen Augen zum Tor, als erwarte er, dort jeden Moment ein Gespenst auftauchen zu sehen. Kein Zweifel, daß ihn und die nette Frau Mangold ein Geheimnis verband. Er hatte sich gestern abend auch nicht bewegen lassen, zur Abschiedsvorstellung der Bühnenschau mitzukommen.

Dank Männes Bemühung war diese trotz des schrecklichen Films ganz nett verlaufen, besonders für die Kuchenbäckers, denen Männe in einer improvisierten Rede einen angenehmen Lebensabend gewünscht hatte. Er freue sich, so hatte er gesagt, daß Wölkenau nun auch eine Heimstatt der Kunst würde. Wozu Kugler heftig Beifall klatschte und Männe Gelegenheit fand, Fanny aufmunternd zuzuzwinkern. Die Mädchen aus der Marmeladenfabrik hatte er übrigens auch mitgebracht; er ist schon ein toller Organisator. Dann überreichte eine Abordnung Junger Pioniere Fanny und den Kuchenbäckers Blumen in Zellophanpapier, worüber sich der aufgehörte Zauberer und die aufgehörte Zahnakrobatin so sehr freuten, daß ihnen die hellen Tränen über die Backen liefen. Jetzt rückten sie die letzten Möbel in der Burg zurecht und richteten zum erstenmal einen vernünftigen Abendbrottisch für alle. Aber obgleich sich das zweihundertjährige Eichenstück und die zwölf handgeschnitzten Stühle unter dem Kristall-Lüster im Festsaal sehr vornehm ausnahmen, obgleich Stefan, sich mit Gewalt aus seiner Verstörtheit reißend, vorgeschlagen hatte, daß wir uns alle historisch verkleideten – er und ich als Ritter in den beiden Rüstungen, Onkel Finger im Lobensteiner Hofmaschallsgewand, Fanny mit der Silberkrone, Kugler mit einer Gänsefeder hinter den Ohren und die Kuchenbäckers, weil für sie nichts weiter da war, bloß in ihren Auftrittskostümen –, wollte keine rechte Stimmung aufkommen.

Nur gut, daß wir das Fernsehgerät gleich montiert hatten. Und obgleich die angebliche Unterhaltungssendung ziemlich zäh dahinplätscherte, dachte ich: Ein Glück, daß wir im zwanzigsten Jahrhundert leben!

Stefan mochten ähnliche Gedanken beschäftigen, denn als später ein Kriminalfilm über den Bildschirm flimmerte, sagte er unvermittelt: »Früher hätten wir uns jetzt aufgemacht, um fahrende Kaufleute zu überfallen und auszurauben!« Dann klappte er freilich das Visier zu und schlief ein. Kugler benutzte die Gelegenheit, um einen Versuchsflirt mit Fanny anzufangen, aber ich trat ihm beiläufig mit dem eisernen Schuh ans Schienbein und flüsterte ihm drohend zu: »Wenn du nicht endlich mit dem Gedicht anfängst, Kugler, hetz' ich Stefan auf, dich zum Hofnarren zu machen!«

Da trollte er sich maulend in den Turm. Ich überlegte, ob ich mir endlich Onkel Finger vorknöpfen und ihn verhören sollte, doch er setzte den Kuchenbäckers und Fanny gerade auseinander, daß ein Bankeinbruch in

Wirklichkeit ganz anders organisiert würde, als es gerade auf der Mattscheibe zu sehen war.

Er schien sich etwas von dem Schock der Begegnung mit Frau Mangold erholt zu haben. Im Lobensteiner Hofmarschallsgewand wirkte er übrigens nicht grau und zerknittert, sondern beinahe würdevoll. Und würdevoll schüttelte er den Kopf, als die Bildschirm-Gauner einen Tresor aufbrechen wollten. »Den öffnet ein Fachmann mit einer Haarnadel«, sagte er in verächtlicher Belustigung. »Aber«, fügte er dann melancholisch hinzu, »in dieser Branche sind die Fachleute rar geworden...«

»Und wie sieht es im Heiratsschwindel aus?« fragte ich auf gut Glück. Im Trubel des Tages war ich nicht dazu gekommen, mit Stefan zu reden, doch ich wollte Onkel Finger auch nicht in der Hoffnung wiegen, daß ich die seltsame Begebenheit vergessen wollte. Vielleicht würde er es doch vorziehen, sich still und leise davonzumachen – auf Nimmerwiedersehen!

Auf meine Frage murmelte er nur, das wisse er nicht, wirklich nicht. Aber seine sanften, braunen Augen flimmerten wieder genauso verstört wie nach dem Schimmelritt. Er wurde auch ganz still und verlor kein Wort mehr über die Ungeschicklichkeit der Fernseh-Gauner. Na, wenn er über Nacht nicht verschwand, würden wir ihm schon auf die Schliche kommen. Da hätte ich gleich etwas, um Stefan auf andere Gedanken zu bringen. Nachdem ich ihm gebeichtet hatte, mit Marianne ausgewesen zu sein.

Morgen, endlich, würde es geschehen. Und dann würde sich vielleicht eine Menge Dinge ganz von selber klären.

Nicht, daß ich mich zum erstenmal mit einem Mädchen getroffen hätte. Garantiert waren es schon an die zwölf, dreizehn, mit denen ich im Laufe der Zeit spazieren oder tanzen gegangen bin; einmal, als Soldat, sogar mit einer Archäologin, die klüger war als unser Mathe-Lehrer, nur viel, viel hübscher. Es gab also keinen Grund, weswegen ich mit klopfendem Herzen und bibbernden Knien hätte auf Marianne warten müssen.

Abgesehen davon, daß wir den Zeitpunkt unseres Rendezvous nicht ausgemacht hatten. So stand ich sicherheitshalber schon nachmittags um fünf unter der Normaluhr. Natürlich doch mit klopfendem Herzen. Und mit einer Schachtel Weinbrandbohnen in der Hand; Blumen wären mir zu blöde vorgekommen. Da weiß man nachher nie, wohin damit. In Wölkenau treffen sich alle Leute unter der Normaluhr am Markt. Warum, weiß kein Mensch; alle finden es albern, aber keiner verabredet sich woanders. Jedenfalls nicht zum erstenmal. Typisch Wölkenau.

An diesem Tage trafen sich besonders viele Jungen zum erstenmal mit ihren Mädchen. Nur, daß niemand einen schwarzen Anzug trug. Wie ich. Da hatten sie gleich einen Grund, mich zu hänseln und sich auf diese Weise die Zeit des Wartens zu vertreiben. Denn warten mußten alle, auch das ist typisch für Wölkenau.

»Willst du zur Beerdigung, Ali?«

Ich hüllte mich in Schweigen. Wenn sie wenigstens geahnt hätten, auf wen ich wartete! Da wären ihnen alle dummen Bemerkungen im Halse steckengeblieben. Auf Marianne hätte jeder von ihnen stundenlang mit wachsender Begeisterung gewartet. Oder doch mindestens so geduldig, wie ich es tat, als Viertelstunde um Viertelstunde verging, ohne daß sie auftauchte. Wäre ich bloß noch mal bei ihr vorbeigegangen!

Die kleine Genugtuung, daß auch ein paar Jungens vergeblich warteten und dann ebenso betreten herumstanden wie ich, ließ die Zeiger der Uhr nicht rascher ums Zifferblatt kriechen. Ich öffnete die Schachtel mit Weinbrandbohnen und reichte sie herum; Mädchen mögen sowieso keine Weinbrandbohnen. Achtzehn Uhr zehn. Also würde Marianne frühestens um sieben kommen. Wenigstens dürfte ich da sicher sein, daß uns Stefan nicht über den Weg lief. Um sieben hockte er garantiert vor dem Fernsehgerät und guckte sich den Sport vom Wochenende an. Demnach bestand auch heute wenig Hoffnung, daß er sich mit Fanny verlobte. Beziehungsweise eine

Lebensgemeinschaft mit ihr einging. Na, ich hatte Geduld genug bewiesen. Und gleich morgen würde ich ihm sagen, daß ich mich mit Marianne getroffen hatte.

Wenn sie nur endlich käme, dachte ich, indem ich die letzte Weinbrandbohne verzehrte und mindestens zum siebenten Male hörte: »Du willst doch nicht etwa zur Beerdigung, Ali?«

Und ausgerechnet von Mario, unserem mißratenen Stift! »Ja«, sagte ich drohend, »und zwar zu deiner, wenn du nicht dein ungewaschenes Maul hältst!«

Mario feixte affig. Er schien überhaupt keinen Respekt mehr vor mir zu haben. Warte, Bursche, dachte ich grimmig. Wenn ich erst wieder in der Bude bin, weht ein anderer Wind!

Aber noch wartete ich auf Marianne. Die auch um sieben nicht erschien. Ob sie überhaupt kommen würde?

Allmählich leerte sich der Platz rund um die Normaluhr. Die letzten Pärchen zogen ab. Die letzten Versetzten hatten keine Lust mehr, mich aufzuziehen. Kurz vor acht kam Männe vorbei und lud sie ein, ins Klubhaus mitzukommen und Tischtennis zu spielen. Auf was für Ideen er kommt, um das frohe Jugendleben in Gang zu halten! Natürlich war er sauer, daß ich nicht mitwollte. Er appellierte an mein Bewußtsein als Leitungsmitglied und meinte, er müsse wohl überhaupt mal ein ernstes Wort mit mir reden. »Gern«, sagte ich, »aber nur, wenn du auf die Kommunalpolitik verzichtest...«

Er verschwand mit den Versetzten und der Mahnung, ich solle gefälligst dialektisch denken und alles im Zusammenhang sehen.

Aber wer kann das, wenn er so im Schlamassel sitzt wie ich? Ich wußte ja nicht einmal, worüber ich mit Marianne reden sollte. Keineswegs über Stefan, beschloß ich. Und da kam sie – Punkt acht – quer über den Markt auf mich zu: Sie trug ihr weißes Kleid und sah überhaupt viel schöner aus als alle Fannys der Welt. Was war Stefan für ein Idiot! Und was für einer wäre ich, wenn ich nur noch eine Sekunde auf ihn Rücksicht nähme!

»Grüß dich, Ali«, sagte Marianne. »Wartest du schon lange?«

»Ach wo«, murmelte ich, und ich spürte ein unheimliches Kratzen im Halse. Ob das von den Weinbrandbohnen herrührte? Egal – Marianne war gekommen!

»Ich wäre schon früher dagewesen, aber Männe kam kurz vor sieben vorbei und wollte mit mir über Stefan reden. Ich habe ihn aber abgewimmelt und gesagt, der könne mir bis in die Steinzeit und zurück gestohlen bleiben. Als Mensch und Jugendfreund wie als Burgherr und Beinahe-Millionär!«

»Das ist er gar nicht mehr«, sagte ich. »Seine Kohlen sind schon mächtig zusammengeschrumpft.«

»Wirklich?«

»Aber es ist immer noch 'ne ganze Menge Geld«, fügte ich hastig hinzu, denn erst jetzt fiel mir ein, daß wir doch wieder über Stefan sprachen. »Gehn wir tanzen oder spazieren?«

»Wie du willst!«

»Nein, wie du willst!« Marianne hakte mich unter und lächelte. Wir bummelten los, in die Dämmerung hinein. Wenn ich nur gewußt hätte, worüber ich mit ihr reden sollte. Über alles, bloß nicht über Stefan.

»Ob er dir böse ist, wenn er hört, daß wir zusammen ausgegangen sind?«

»Das ist mir schnuppe«, sagte ich. »Morgen sag' ich's ihm selber, wenn's dir recht ist.«

»Klar«, sagte Marianne, »da wird er ganz schön dumm aus der Wäsche gucken, nicht?«

Und ob! Und natürlich würde ich mit keiner Silbe erwähnen, daß wir die ganze Zeit nur über ihn gequatscht hatten! Was wir erst unterließen, als wir im Saal der »Einheit« saßen und eine Flasche Wein fast ausgetrunken hatten. Zu meiner Freude waren auch eine Menge der Jungen und Mädchen da, die unter der Normaluhr gestanden und sich über mich lustig gemacht hatten. Na, jetzt staunten sie natürlich Bauklötzer, und mir wurde schon vor Genugtuung ganz taumelig zumute. Auch schien es mir, als erwidere Marianne beim Tanzen meinen Händedruck. Da hätte ich sie vor Entzücken vor allen Leuten küssen mögen. Aber dann kam ich zum Glück aus dem Takt und war froh, als der Tango zu Ende war. Sonst hätte ich es vielleicht versucht und eine geklebt gekriegt, wie alle, die es versucht hatten. Trotzdem war ich sehr glücklich und dachte keine Sekunde mehr an Stefan, zumal auch Marianne den ganzen Abend nicht mehr auf ihn zurückkam.

Wir tranken sogar zwei Flips an der Bar und redeten, wie man so sagt, über Gott und die Welt, und Marianne tat, als wären sie und ich schon zum zehnten Male miteinander ausgegangen. Den anderen Jungs blieben vor Neid und Verwunderung fast die Augen stehen. Kugler fielen sie fast aus den Höhlen, als er kurz vor Mitternacht aufkreuzte und in all seiner Unverschämtheit bei uns stehenblieb. Nachdem er sich gefaßt hatte, raunte er mir zu: »Wenn du mir zwanzig Mark pumpst, sage ich kein Wort darüber zu Stefan!«

Normalerweise hätte ich ihm deswegen auf die Plattfüße getreten, aber in meiner fröhlichen Laune flüsterte ich ihm nur zu: »Du kannst es sogar in Reime setzen, du Traumtänzer!« Und dann wollte ich ihm dennoch die zwanzig Mark geben, die ich nie zurückgekriegt hätte, als ich merkte, daß ich gar kein Geld einstecken hatte. Ich hatte mich so an Stefans Koffer gewöhnt, daß ich gar nicht mehr wußte, wo mein eigenes Portemonnaie war. Fast hätte ich mich so weit vergessen, Mario anzupumpen – ich entdeckte ihn am Tisch eines Mädchens, das mindestens einen Kopf größer war als er –, als Marianne meine Verstörtheit bemerkte und mir ohne Getue ihr Geldtäschchen in die Hand drückte. Was war sie für ein Mädchen!

Als ich sie nach Hause brachte, schien der Mond und funkelten die Sterne. Ringsum war alles ganz still und schön, und ich mußte mich gewaltig zusammenreißen, um sie nicht doch noch zu küssen. Oder es wenigstens zu versuchen. Jedenfalls redete ich mir ein, daß ich mich beherrschte. Vielleicht unterließ ich den Versuch auch bloß aus Furcht, daß sie sich dann nie mehr mit mir treffen würde. Immerhin traute ich mich, nach ihrer Hand zu fassen und zu sagen: »Das war der netteste Abend, den ich erlebt habe. Ehrenwort.«

»Wirklich?« fragte Marianne.

Ich nickte heftig. »Wirklich. Viel netter als die Sause in Leipzig...«

Ich hätte mir am liebsten die Zunge abgebissen, denn nun waren wir prompt wieder bei Stefan gelandet. Und prompt sagte Marianne: »Das meinst *du*, Ali...«

In meiner Verwirrung wollte ich jetzt ein für allemal mit dem Thema fertig werden, und mir fiel nichts Besseres ein, als zu murmeln: »Eigentlich war es mit euch ja schon zu Ende, als du ihm eine geklebt hast, nicht?«

Sie blieb stehen, guckte mich ganz seltsam an und fragte: »Hat er es dir erzählt?«

»Erzählt nicht. Aber ich dachte es mir, als er am andern Morgen ganz bedeppert ankam.«

»Hat er dir *überhaupt* nichts erzählt?«

»Nein. Aber du *hast* ihm doch eine geklebt, nicht?«

Sie schwieg eine Weile, und ich glaubte schon, sie wollte den Kopf schütteln. Er ist eben ein Glückspilz, dachte ich, dem alles gelingt, was er anpackt. Sogar ohne eine geklebt zu kriegen!

Dann nickte Marianne aber doch und sagte leise: »Klar habe ich ihm eine geklebt. Aber erst, als es zu spät war. Und jetzt kriege ich ein Kind von ihm.«

In diesem Augenblick hätte geschehen können, was wollte – daß die Straßenlaternen aus dem Pflaster gesprungen und zur Kolonne aufmarschiert wären, um vor dem Mond zu paradieren, daß dieser selbst vor Schreck zusammengezuckt oder die Sterne jäh erloschen wären –, es hätte mich nicht stärker betroffen. Wie aus weiter Ferne hörte ich Marianne sagen: »Aber wehe, Ali, du erzählst es ihm. Oder sonst einer Menschenseele. Da guck' ich dich nie wieder an!«

»Du machst ja auch bloß Spaß, nicht?« stammelte ich. Ich Trottel. Als ob ein Mädchen mit so was spaßen würde!

Sie schüttelte den Kopf. Dann streckte sie mir die Hand hin und wiederholte: »Keiner Menschenseele! Versprich mir das, Ali!«

Sie hatte ganz kalte Finger. Aber sie sah mir ganz ruhig in die Augen und atmete erleichtert auf, als ich mechanisch nickte. Ich wußte nicht, was ich sagen sollte. Und ich sagte: »Er sollte Ali heißen...«

»Dann hat er es dir doch erzählt?«

»Vor sechs Jahren! Vor sechs Jahren hat er schon gesagt, daß euer erster Sohn Ali heißen soll!«

»Der Spinner«, sagte sie erbittert. »Da siehst du es wieder!« Aber als sie mein unglückliches Gesicht sah, fügte sie rasch hinzu: »Womit ich nichts gegen den Namen sagen will. Vielleicht nenne ich ihn wirklich so. Wär's dir recht?«

Ich wagte nicht, sie anzusehen. Ich hörte mich nur sagen: »Und wie, Marianne! Ich wünschte, daß er überhaupt so heißt wie ich. Auch mit'm Nachnamen, meine ich... Verstehst du?«

Ich wagte kaum zu atmen. Überhaupt, als mir Marianne plötzlich beide Arme um den Hals legte und mich küßte, zwar ziemlich kurz, aber doch auf den Mund und aus freien Stücken. Dann sagte sie mit ganz normaler Stimme: »Nun fange du nicht auch an zu spinnen, Ali!«

»Ich spinne nicht!« rief ich. »Und ich will dich auch nicht vor Schreck heiraten, Marianne, und auch nicht bloß, weil ein Kind einen Vater braucht! Ich würde es auch so tun, Ehrenwort, ob du es glaubst oder nicht! Ich hätte mich nur nie getraut, dich zu fragen, und ich wäre der glücklichste Mensch der Welt, die Hand drauf...«

Sie nahm ihre Arme von meinen Schultern und guckte mich still an.

»Du brauchst nicht gleich ja zu sagen«, sagte ich hastig, »du kannst es dir in aller Ruhe überlegen! Ich denke morgen oder übermorgen genauso darüber wie heute, und dann...«

»Dann löffelst du wieder mal eine Suppe aus, die Stefan eingerührt hat«, sagte Marianne. »Nein, Ali – schlage dir das aus dem Kopf.«

Sie hatte sehr bestimmt gesprochen, doch bestimmt nur aus Stolz! Typisch Marianne. »Überlege es dir«, wiederholte ich, »und wenn es ein Jahr dauert!«

Meine Hoffnung, sie würde mich noch einmal küssen, erfüllte sich leider nicht, auch nicht, als wir uns vor ihrer Haustür voneinander verabschiedeten. Immerhin sagte sie sehr, sehr herzlich: »Wenn's ein Junge wird, werde ich ihn wirklich Ali nennen!«

19

Mit einem schweren Herzen in der Brust und einer eisernen Rüstung auf dem Leib kommt einer schwer aufs hohe Pferd. Stefan wollte sich ausschütten vor Lachen, als ich's dreimal vergeblich probierte. Er saß natürlich schon oben und ahnte nicht, daß ich mich auf dieses alberne Spiel nur einließ, um ihn wenigstens symbolisch aus dem Sattel zu heben. Auf vernünftige Art und Weise konnte ich es ja nicht tun, weil mir das voreilige Versprechen den Mund verschloß. Aber ich brannte vor Wut und hätte fast gewünscht, daß unsere Lanzen nicht mit dicken Polstern versehen wären!

»Los, mach schon!« rief Stefan ungeduldig. Trotz des

noch aufgeklappten Visiers sah er einem Raubritter aus alter Zeit so ähnlich, daß einem schaudern konnte. Fanny schien er freilich sehr zu gefallen in der Rüstung, auf dem Pferde. Sie kauerte anmutig auf dem Baugerüst der Hinterfassade und hielt ein buntes Tüchlein bereit, um das Zeichen zum Beginn des Kampfes zu geben. Die Kuchenbäckers und der einsame Maurer standen als Zuschauer am Rande des Hofes. Onkel Finger war unsichtbar geblieben – ach ja, um ihn mußte ich mich ja auch noch kümmern! Wie es aussah, würde ich wohl doch noch ein Weilchen der Bude fernbleiben müssen.

»Fertig?« zwitscherte Fanny.

Mit den Nerven. Vor Aufregung über Mariannes Zustand hatte ich keine drei Stunden geschlafen. Aber ich würde kämpfen wie ein Wilder! Ich setzte mich aufatmend im Sattel zurecht und murmelte: »Fertig.«

»Los!« rief Fanny, indem sie ihr buntes Tüchlein schwenkte.

Ich stieß dem braven Wallach Franz die Hacken in die Seiten. Er schnaubte verwundert und blieb stehen. Vielleicht hätte ich doch lieber Sporen anlegen sollen wie Stefan, der mit eingelegter Lanze auf mich zustürmte. Sie erwischte mich aber bloß an der Schulter und glitt an der Rüstung ab. Stefan prasselte an mir vorbei und brüllte: »Brr! Brr!« Satan schien willens, den Burgweg hinunterzusprengen und durch ganz Wölkenau zu rasen. Zum Glück brachte ihn Kugler davon ab, der in einem schreiend bunten Hemd und mit einer Schnapsflasche in der Hand aus der Stadt kam und gerade durch das Tor trottete. Er und Satan erschraken gleichermaßen voreinander und blieben erstarrt stehen, wodurch Stefan die Chance erhielt, sein Schlachtroß zu wenden. Die Kuchenbäckers und Fanny klatschten Beifall. Kugler entkorkte die Flasche und murmelte, zum Dichten würde er nach diesem Schreck sowieso nicht imstande sein. Aber da ritt Stefan schon wieder an. Und mein Wallach Franz blieb wieder stehen – nach seiner friedlichen LPG-Vergangenheit schien er das wilde Spiel nicht zu begreifen. Dadurch konnte ich genauer zielen als Stefan und traf genau ins Schwarze. Sein Harnisch dröhnte dumpf. Der eigene Schwung, gebremst von meiner Lanze, hob ihn aus dem Sattel und schleuderte ihn im hohen Bogen zur Erde. Ein wütender, schmerzlicher Fluch Stefans, ein ängstlicher Aufschrei Fannys, ein enttäuschtes Wiehern Satans und das Scheppern der Rüstung waren die Resultate meines Sieges. Na also, dachte ich. Da liegt er nun und schreit nicht mehr...

Die Kuchenbäckers, Fanny, der einsame Maurer und Kugler stürzten auf ihn zu. Ich wälzte mich aus dem Sattel und trat ebenfalls zu ihm. Er ächzte dumpf, was mich nicht abhielt, von Fanny den ausgemachten Siegerpreis zu fordern – einen Kuß, den Stefan natürlich für sich erwartet hatte. Fanny schien zu zögern, doch ich zog sie entschlossen an meine eiserne Brust und knutschte sie kräftig ab. Immer auf das Schlimme, dachte ich; ich gebe ihm keinen Pardon mehr. Und obgleich Fannys Lippen bloß nach Lippenstift schmeckten, tat ich, als machte es mir einen Heidenspaß.

»Nicht doch!« blökte Stefan. »Ihr tut mir weh!« Aber damit meinte er nicht Fanny und mich, sondern die anderen, die ihm wieder auf die Beine helfen wollten. Auf den Kuß hatte er leider gar nicht geachtet.

Enttäuscht ließ ich Fanny los. Ich war sicher, daß er bloß so angab, um von seiner Niederlage abzulenken. Stefan ist nie ein guter Verlierer gewesen. Er hat es auch selten nötig gehabt. Stutzig machten mich erst die Schweißtropfen auf seiner Stirn. Oder kann man die auch markieren?

Herr Kuchenbäcker versuchte, ihn aus der Rüstung zu schälen. Doch beim Sturz schienen sich die Scharniere verklemmt zu haben, so daß sich der Brustpanzer nicht öffnen ließ. Und Stefan jammerte jetzt so echt, daß ich mir einen Ruck geben mußte, um noch richtig boshaft sagen zu können: »Einen Schweißbrenner müßte man haben, dann wär's eine Kleinigkeit...«

»Idiot!« röchelte Stefan. Ganz so schlimm war es offenbar doch nicht.

Wir trugen ihn in den Festsaal und legten ihn auf eine Luftmatratze. Kugler bot ihm widerwillig einen Schluck aus der Flasche an. Bei dem Versuch, die verklemmten Scharniere zu lockern, brach ich zwei Schraubenzieher ab. Stefan hatte sich weit genug erholt, um anklagend fragen zu können, was ich für ein Schlosser sei. »Im Moment gar keiner«, sagte ich gemessen, »ebensowenig wie du!« Vielleicht war es gemein von mir, ihn jetzt bei kleiner Flamme garzukochen, aber was sind schon eine Rippenprellung oder ein verstauchter Hintern gegen die Umstände, in die er Marianne gebracht hatte? Und wenn das Kind zehnmal Ali heißen sollte!

Als ich Kugler aufforderte, einen Hammer zu suchen, ergriff Fanny die Flucht. Sie könne so was nicht mit ansehen, es lege sich ihr garantiert auf die Stimme. Herr Kuchenbäcker erbot sich, sicherheitshalber einen Arzt zu holen. Ich stimmte zu, aber weniger aus Angst als in der Überlegung, daß ein freiberuflicher Lottogewinner für seine Verrücktheiten nicht die Sozialversicherungskasse in Anspruch nehmen kann, sondern das Honorar selber bezahlen muß. Frau Kuchenbäcker ging, um essigsaure Tonerde aus der Apotheke zu holen – die hülfe immer.

Natürlich kam Kugler ohne Hammer zurück. Da ging ich selber, weil mich Stefans geschlossene Augen und sein schmerzliches Stöhnen allmählich doch beunruhigten.

Der einsame Maurer borgte mir sein Werkzeug und machte derweile Frühstück. Fanny trällerte in ihrer Kemenate versuchsweise vor sich hin. Die wahre Liebe konnte das nicht sein, denn Stefans Sturz hatte ihr kein bißchen die Stimme verschlagen.

Aber Stefan schien sich so weit erholt zu haben, daß er schon wieder aufrecht sitzen konnte. Kugler stützte ihn und sah mir in unverhohlener Schadenfreude entgegen. Ich machte mich stumm ans Werk und pochte nicht heftiger gegen die wunden Punkte der Rüstung, als es unbedingt erforderlich war. Stefan ließ es ebenso stumm geschehen und kroch mit zusammengebissenen Zähnen aus dem Harnisch. Dann erst fragte er mich mit schmalen Lippen: »Stimmt das?»

»Was?«

»Daß du mit Marianne ausgewesen bist?«

Ich sah Kugler an, der triumphierend griente. Natürlich konnte nur er es Stefan ins Ohr gesungen haben. Na, mir war es egal, obgleich ich gewünscht hätte, die Auseinandersetzung mit einem weniger angeschlagenen Stefan führen zu können. Aber vielleicht war es besser so. Daß ich ihn da eher niederschmettern könnte!

»Stimmt«, sagte ich knapp.

Stefan schluckte. Beim Versuch, sich zu erheben, stöhnte er dumpf. Wenn ich bloß gewußt hätte, ob er es wegen Marianne oder wegen des verstauchten Hinterns tat. Ich sah ihm fest in die Augen und ließ ihm Zeit zum Anlauf. Voraussichtlich würde er jetzt fragen: Und du willst mein Freund sein?!

»Und du willst mein Freund sein?« fragte er.

»Das weiß ich nicht mehr genau«, sagte ich. »Ich glaube aber nicht, Stefan.«

Seine Ohren begannen zu glühen. Wahrscheinlich wäre er bereit gewesen, irgendeine Ausrede zu akzeptieren –

daß ich Marianne zufällig getroffen hätte oder so. Und daß überhaupt nichts geschehen sei, was ja auch stimmte. Aber meine Worte mußten ihn wohl das Schlimmste befürchten lassen. Er starrte mich an, als wäre ich wirklich der Pappi des kleinen Ali. Und dieses häßliche Mißtrauen, diese unbeschreiblich schwachsinnige Haltung brachten mich so in Rage, daß seine verbiesterte Hilflosigkeit meinen Zorn nur noch heller brennen ließ. Wenn es so weit mit ihm gekommen war, konnte er einem nicht einmal mehr leid tun. Ich holte tief Luft – um nicht doch mit der nackten Wahrheit herauszuplatzen – und sagte: »Wenn du wüßtest, was du für ein Idiot bist! Gerade *du* müßtest doch wissen...«

Ich unterbrach mich vorsichtshalber, denn nun lief auch sein Gesicht rot an. Garantiert dachte er genau in die falsche Richtung! So gesehen wußte er ja mehr als ich. Und Kugler hetzte: »Erst waren sie tanzen. Dann sind sie im Mondschein spazierengegangen. Und geküßt haben sie sich. Und dann hat der sie nach Hause gebracht...«

Die schmutzige Phantasie Kuglers hätte mich kaltgelassen. Aber daß Stefan so prompt darauf einstieg, als wäre ein Mädchen wie Marianne für jeden zu haben – er murmelte bei jeder Einzelheit »Aha!« und »Na bitte!« und schien bereit, alles erdenklich Weitere ebenso bedenkenlos und schäbig zu quittieren –, ließ mich im Innersten erstarren. Nein, das war nicht mehr mein Freund Stefan! Und sein Glück, daß in diesem Augenblick das Signal eines Krankenwagens zu hören war. Und obgleich er noch die Kraft zu der Unverschämtheit besaß, mit schwankender Stimme zu flüstern: »Sag Marianne, daß es jetzt richtig aus ist zwischen uns. Ich guck' sie nie mehr an. Und du verschwinde, eh' ich dich aus dem Fenster schmeiße!«, verkniff ich mir die jähe Lust, ihn nach Strich und Faden zu verprügeln, wie er noch nie verprügelt worden war. Ich sagte nur noch mit dem Rest meiner Beherrschung: »Was du für mich ausgegeben hast, werde ich dir zurückzahlen. Auf Heller und Pfennig. Du Armleuchter. Damit ich vergessen kann, daß du mal mein Freund gewesen bist. Was in Zukunft aus dir wird, ist mir Wurst. Aber laß dir wirklich nicht einfallen, Marianne noch mal anzugucken. Oder mit einem Dreckhaufen wie Kugler über sie zu quatschen. Dann würdest du sehen, wozu du mir seinerzeit das Leben gerettet hast. Ansonsten sind wir fertig miteinander...«

Mit dem letzten Blick sah ich einen Stefan, der in ungläubiger Verwirrung neben seiner Luftmatratze stand und die Welt nicht mehr zu begreifen schien. Nicht, daß er so zerknirscht ausgesehen hätte, wie er nach dem Stand der Dinge hätte aussehen müssen – was garantiert der Fall gewesen wäre, wenn ich ihm die Wahrheit, die ganze Wahrheit ins Gesicht geschleudert hätte! –, aber seine blühende Phantasie mußte ihn endgültig und restlos verlassen haben. Ich marschierte ohne ein weiteres Wort an ihm vorbei, trat dabei Kugler mit Macht auf die Zehen und knallte dem draußen lauschenden Onkel Finger die Tür an den Kopf. So würde der Arzt, der gerade die Burg betrat, gleich richtig zu tun kriegen. Die Kuchenbäckers schauten mich erschrocken an, als ich ihnen die Hände schüttelte und in meiner Erbitterung sagte, ich hätte ihnen für die alten Tage etwas Besseres gewünscht. Adieu, Frau Loretta Baldini. Adieu, Herr Aba Kadabra. Gegen diesen ganzen faulen Zauber war Ihr Leben ein biederes Handwerk, ein fröhliches Spiel...

Wenn einer sauer ist, sollte er nicht saufen. Aber darauf kam ich erst nach dem dritten Doppelten. Und da war es schon zu spät, den Versuch zu unternehmen, einem Jungen wie Männe eine Situation erklären zu wollen, die man schon nüchtern nicht erklären könnte – sofern einem über den wichtigsten Punkt der ganzen Angelegenheit der Mund verschlossen ist. Männe hörte mein unzusammenhängendes Gestammel mit zunehmender Ratlosigkeit an.

Als ich jedoch den Antrag stellte, gegen Stefan ein Verfahren einzuleiten, schnupperte er und sagte ziemlich kühl: »Mir scheint, Jugendfreund, daß du ein wenig durcheinander bist. Hat Stefan *dich* vom Pferd gestoßen oder *du ihn* ? Und wieso verletzt *er* die Moralgebote, wenn *du* Marianne küßt? Erkläre mir das alles noch einmal, aber ganz langsam. Oder komme morgen wieder, ja? Freundschaft!«

Nein, ich würde es ihm auch morgen nicht klarmachen können. Und ich sagte ihm vorsichtshalber auch nicht, daß ich ab morgen wieder in die Bude gehen wollte. Nein, *mußte* – um mit Lohn, Überstunden- und Trinkgeldern das verjuxte Geld aufzubringen und Stefan wiederzugeben. Oder ob es besser wäre, bei Nacht und Nebel aus Wölkenau zu verduften und in der Schwarzen Pumpe anzuheuern? Oder in Schwedt, wie es ein gewisser Kalle Klein gemacht hatte, nachdem ihm in Wölkenau folgendes Malheur passiert war: Bei einem Brigadeabend in der Marmeladenfabrik hatte er sich so besoffen, daß er später eine Bank im Stadtpark für sein Bett hielt. Und selbst die Tatsache, daß er seine Klamotten so sorgfältig über die Lehne gehängt hatte, wie es nur ein ansonsten ordentlicher Mensch zu tun pflegt, konnte ihn nicht vor dem Gelächter der ganzen Stadt bewahren. Es verstummte erst, nachdem er in Schwedt zum drittenmal als Aktivist ausgezeichnet worden war. Aber es flackert immer wieder auf, wenn er mal nach Wölkenau zu Besuch kommt.

Nur – was mochte Marianne denken, wenn ich so mir nichts, dir nichts die Kurve kratzte? Mußte sie nicht glauben, daß ich es mir anders überlegt hätte – falls sie sich doch entschloß, meine Frau zu werden? Außerdem mußte ich noch ergründen, was es mit Onkel Fingers seltsamem Verhalten und jener Frau Mangold auf sich hatte. Am besten jetzt gleich. Vielleicht würde mich das von meiner Was-soll-nun-werden-Stimmung abbringen.

Ich trottete hinaus zur Stadtrandsiedlung, wo Frau Mangold wohnte. Ohne Mühe fand ich das Haus, einen Neubau, und ihren Namen neben einer der Klingeln. Erst als der automatische Öffner surrte, fiel mir ein, daß ich nach all der Aufregung gar nicht überlegt hatte, was ich sie fragen oder was ich ihr sagen sollte. Fast hätte ich auf der Treppe kehrtgemacht, als sich die Wohnungstür öffnete und ein Mädchen herausguckte.

Sie war nicht so schön wie Marianne und nicht so hübsch wie Fanny. Auf der Straße wäre ich vielleicht an ihr vorbeigegangen, ohne mich ein einziges Mal nach ihr umzugucken. Aber als ich vor ihr stand und sie ansah, war mir, als hätte ich nie im Leben ein so sanftes, stilles Gesicht gesehen. Ihre braunen Augen kamen mir irgendwie bekannt vor, aber braune Augen haben schließlich eine Menge Menschen. Ich starrte sie an und vergaß einen Augenblick, weshalb ich hergekommen war. Sie zeigte überhaupt keine Spur von Ungeduld, sondern wartete, bis ich mich besann und sie fragte: »Bitte – wohnt hier Frau Mangold?«

»Ja», sagte das Mädchen, und ihre Stimme war so sanft wie ihr Gesicht und ihre braunen Augen, »sie wohnt hier, aber sie ist noch in der Sparkasse. Dort arbeitet sie nämlich. Ich bin ihre Tochter.«

»Ach so«, murmelte ich.

»Sie muß bald kommen«, sagte das Mädchen. »Wenn Sie warten möchten?«

»Bloß, wenn ich nicht störe...«

»Überhaupt nicht. Bitte.«

Sie öffnete die Tür ganz und ließ mich ein. Im Korridor roch es angenehm nach Rotkohl und Bratensauce. An der Flurgarderobe hingen ein weißer Mantel und eine gefältelte Schwesternhaube. Ich hing meine Jacke daneben und fragte unwillkürlich: »Haben wir uns nicht schon mal gesehen?«

Das ist natürlich die dümmste Frage, die man einem Mädchen stellen kann, und die erste, die einem immer einfällt. Als ich sie heraus hatte, fand ich sie selber einfältig, und ich hätte tausend zu eins gewettet, daß das Mädchen prompt darüber kichern würde. Oder wenigstens so erhaben lächeln, wie es selbst Marianne tut, wenn ein Junge auf diese Tour bei ihr landen will. Was ich bei dem fremden Mädchen ja gar nicht wollte; mir war wirklich, als hätte ich sie schon mal gesehen. Sie dachte ernsthaft nach und sagte: »Das müßte aber schon eine Weile her sein. Ich war nämlich drei Jahre in Halle – auf der Schwesternschule. Und vorher...« Jetzt lächelte sie, aber nicht erhaben, sondern so herzlich, daß mir nach all dem Ärger ganz warm ums Herz wurde. »Vorher sah ich ganz anders aus, weil ich Zöpfe hatte.«

»Das hat sicher sehr hübsch ausgesehen«, murmelte ich. »Aber ohne Zöpfe gefallen Sie mir auch«, fügte ich rasch hinzu. Manche Mädchen sind empfindlich in solchen Sachen. Und ich hätte sie um nichts in der Welt kränken mögen.

Sie wurde ein bißchen rot und fragte, ob ich Durst habe.

»Höchstens auf eine Brause«, sagte ich. Hoffentlich roch sie nicht, daß ich schon drei Doppelte intus hatte. Spüren ließ sie es mich jedenfalls nicht; sie holte eine Brauseflasche und zwei Gläser und goß ein. »Nehmen Sie doch Platz«, meinte sie dann, und ich setzte mich. Und sagte: »Prost!«

Wir tranken, guckten uns an und tranken wieder. Einesteils wünschte ich, daß ihre Mutter rasch nach Hause käme, andererseits hätte ich stundenlang so dasitzen und in ihre sanften, braunen Augen gucken mögen. Man sollte nicht glauben, wie schön das war. Einesteils. Andererseits spürte ich ein ganz komisches Gefühl zwischen Kragenknopf und Bauchnabel. Seltsam.

»Haben Sie auch mit dem Sparwesen zu tun?« fragte sie.

»Nicht direkt«, sagte ich mit belegter Stimme. Ein Glück, daß ich wenigstens nicht mehr »im Gegenteil« zu sagen brauchte. »Aber demnächst werde ich ganz schön damit zu tun kriegen«, erklärte ich, was ja auch stimmte, wenn ich Stefan auszahlen wollte.

»Aha«, sagte sie. Und dann guckten wir uns wieder an, bis sich in den freundlichen Rotkohlgeruch ein Hauch von Angebranntem webte.

»Der Rotkohl!« rief sie. »Einen Augenblick!«

Sie sprang auf und lief aus dem Zimmer. Natürlich guckte ich ihr jetzt doch hinterher und sah, daß sie ausnehmend hübsche, schlanke Beine hatte. Aber das erschien mir jetzt nur noch als feine Zugabe.

Als ich mich bei diesem Gedanken ertappte, erschrak ich. Was hieß denn Zugabe? Was gingen mich überhaupt ihre Beine an? Oder ihre sanften, braunen Augen, ihr stilles herzliches Gesicht? Das alles ging mich gar nichts an! Da hätte ich früher aufstehen müssen, bildlich gesprochen.

Jetzt stand ich auf, um zu verschwinden und erst wiederzukommen, wenn nicht sie, sondern ihre Mutter zu Hause war. Wenn einer auf dem besten Wege ist, Vater zu werden, kann er sich auf kein Risiko einlassen. Schon jetzt hatte ich ein schlechtes Gewissen, wenn ich an Marianne dachte. Was ging mich dieses fremde Mädchen an?

Doch ehe ich den ersten Schritt auf die Tür zu machen konnte, lähmte mir ein jäher Schreck die Glieder. Mein Blick war auf ein Bild gefallen, das neben der Tür an der Wand hing. Ein vergrößertes Paßbild in einem schlichten, grauen Rahmen. Es zeigte einen Mann mit sanften, braunen Augen. Mit den Augen dieses Mädchens. Aber ich erkannte ihn auf den ersten Blick: Onkel Finger!

»Mein Vater«, sagte das Mädchen, das leise hereingekommen und meinem Blick gefolgt war.

Ihr Vater! Natürlich! Ich hätte sofort daraufkommen müssen! Zwar hatten sie sonst überhaupt keine Ähnlichkeit miteinander, der graue, zerknitterte Onkel Finger und dieses liebe Menschenkind, aber die Augen! Die sanften, braunen Augen...

»Soso«, stammelte ich. Ein Keulenschlag hätte mich nicht härter treffen können. »Soso, Ihr Vater...«

»Ich habe ihn nie gesehen«, gestand sie traurig, »denn er ist kurz vor meiner Geburt spurlos verschwunden. Das war neunzehnhundertsechsundvierzig, gleich nach dem Krieg, als noch alles drunter und drüber ging. Überhaupt in Berlin, wo wir damals gewohnt haben. Mutter sagt, er wäre bloß mal auf den Schwarzen Markt gegangen, um ihre goldene Uhr zu versilbern. Und dann war er weg. Alle Nachforschungen sind im Sande verlaufen. Als ob ihn die Erde verschluckt hätte.«

»Das muß eine finstere Zeit gewesen sein«, murmelte ich, um wenigstens irgend etwas zu sagen.

»Ja«, sagte das Mädchen. »Mutter hat auch lange gebraucht, um drüber wegzukommen. Und ich glaube, ganz im stillen hofft sie noch immer, ihn wiederzusehen. Erst neulich...«

»Ja?«

»Ach«, sagte sie, »das interessiert Sie doch gar nicht.«

»Und wie!« rief ich. »Was war erst neulich?«

»Sie glaubte, ihn gesehen zu haben. Hier, in Wölkenau. Aber...« – das Mädchen zögerte – »... aber nicht wirklich, sondern als Schimmelreiter... Verstehen Sie?«

Und ob ich das verstand! Aber als ich mit der Erklärung herausplatzen wollte, dachte ich plötzlich daran, wie sie es aufnehmen würde. Sollte ich sagen: »Ihr Herr Vater ist leider kein Schimmelreiter, sondern ein alter, grauer zerknitterter Gauner?« Und: »Damals hat ihn nicht die Erde verschluckt, sondern erst die Unterwelt und dann ein Gefängnis?« Sollte ich ihr so etwas Schreckliches sagen?

Nein, das konnte ich nicht. Es hätte mir das Herz zerrissen. Nur gut, daß Frau Mangold noch nicht gekommen war. Hoffentlich käme sie erst nach meinem Verschwinden.

»Was haben Sie?« fragte das Mädchen. »Ist Ihnen nicht gut?«

»Doch, doch«, murmelte ich, »bloß, wenn ich so was höre... Ich muß auch gehen, Fräulein...«

»Ich heiße Renate«, sagte sie, »aber meine Mutter wird jeden Augenblick da sein...«

Und würde sofort Verdacht schöpfen, wenn sie mich hier sähe. Daß es neulich doch nicht am Likör gelegen hätte, als sie meinte, Onkel Finger als Schimmelreiter entdeckt zu haben.

»Ich kann sie ja auch morgen in der Sparkasse aufsuchen«, sagte ich hastig. »Auf Wiedersehen, Fräulein Renate... Ich heiße übrigens Ali... Eigentlich Alfred, aber meine Freunde sagen alle Ali zu mir... Tja...«

In der Verwirrung hatte ich ihre Hand in der meinen

behalten. Und ich ließ sie auch nicht los, als ich ihr meinen Namen erklärt hatte. Da guckten wir uns nämlich wieder an, und ich konnte mich trotz aller Eile nicht von ihren sanften, braunen Augen losreißen, und ich dachte dabei weder an Onkel Finger noch an Marianne noch an den kleinen Ali...

Aber das kam mir erst zu Bewußtsein, als ich endlich die Treppen hinunterpolterte. Zum Glück war noch nichts von Frau Mangold zu sehen. Renate stand am Fenster und schaute hinter mir her. Ich wollte mich gar nicht mehr umdrehen, aber ich tat es trotzdem. Beim drittenmal winkten wir uns zu. Und das seltsame Gefühl zwischen Kragenknopf und Bauchnabel wurde so heftig, daß ich es als Herzklopfen erkannte. Das hatte mir gerade noch gefehlt!

Ich durfte sie nie wiedersehen. Doch ich mußte verhindern, daß Onkel Finger ihrer Mutter noch einmal unter die Augen kam. Und daß Renate je von seiner grauen, zerknitterten Existenz erführe! Besser keinen Vater zu haben als einen, der nach vielen Gaunereien noch eine ganz große vorhat. Die ihm nach meinem Krach mit Stefan garantiert auch gelingen würde!

Ich irrte in heller Verzweiflung durch die Stadt und verfluchte mein Geschick. Warum blieben ausgerechnet an mir immer die Probleme anderer Leute hängen? Als ob ich nicht mit mir selbst genug zu tun hätte! Vielleicht, dachte ich, wäre es doch das beste, hier alles laufen zu lassen, wie es wollte, und in der Schwarzen Pumpe oder in Schwedt dreifacher Aktivist zu werden wie Kalle Klein.

Aber bei meinem Pech würde ich sicher auch dort Leuten begegnen, die in mir einen Packesel für ihre Nöte sähen. Außerdem würde Renate dann doch erfahren, wer ihr Vater war!

Schon wieder Renate! Ich mußte sie mir schleunigst aus dem Kopf schlagen! Wenn schon nicht als Mensch, dann als Mädchen mit sanften, braunen Augen und hübschen Beinen. *Sie* kriegte schließlich kein Kind von Stefan!

Ich trabte zum Markt, um Marianne zu fragen, ob sie es sich schon überlegt hätte mit unserer Heirat. Oder um sie wenigstens zu sehen und vielleicht so das Herzklopfen wegen dieses fremden Mädchens loszuwerden. Im Kiosk stand jedoch eine andere Verkäuferin. Ich kaufte eine Schachtel Zigaretten und fragte beiläufig nach Marianne. War sie etwa krank geworden?

»Im Gegenteil«, sagte die andere Verkäuferin, und selbst wenn ich noch naiv genug gewesen wäre, die Bedeutung dieser Worte mißzuverstehen – ihr maliziöses Lächeln hätte mich kapieren lassen, daß sie um Mariannes Zustand wußte! So war es also schon zu sehen! Und ich hätte mich um ein Haar in ein Mädchen verknallt, das mich überhaupt nichts anging! »Nein, krank ist sie nicht«, fuhr die Verkäuferin fort, »aber sie übernimmt morgen den neuen Kiosk auf dem Windberg, direkt vor der Burg...«

Auch das noch!

Ich stopfte die Zigaretten in die Tasche und marschierte zur Straße, in der sie wohnte. Hoffentlich ist sie zu Hause, dachte ich. Und ich war fest entschlossen, ihre letzten Bedenken gegen unsere Heirat zu zerstreuen. Dann würde ich auch nie mehr an Renate denken, bestimmt nicht. Nur, daß ich Onkel Finger bewegen mußte, aus Wölkenau zu verschwinden. Ohne Erbarmen; mit mir durfte ich ja auch keins haben. Jetzt mußte gehandelt werden.

Marianne saß mit ihren Eltern am Kaffeetisch. Wenn sie sich wunderte, daß ich so mir nichts, dir nichts bei ihr zu Hause aufkreuzte, dann wußte sie es jedenfalls zu verbergen. Sie holte mir eine Tasse und einen Kuchenteller aus der Küche, während ich mich ihren Eltern vorstellte und ihr heimlich nachschielte. Also, ich sah noch nichts, was auf den kleinen Ali hingedeutet hätte. Aber ihre Eltern guckten mich so komisch an, daß ich mich beinahe neben den Stuhl gesetzt hätte. Demnach hatten sie es auch schon bemerkt. Ihr Vater, der Herr Architekt Ziegler, war meinem Blick gefolgt und räusperte sich anklagend. Ihre Mutter seufzte leise. Ja, sie wußten es. Marianne freilich tat ganz normal und fragte, wie es mir ginge.

»Prima«, antwortete ich mit belegter Stimme, worauf sich ihr Vater zum zweitenmal räusperte und ihre Mutter abermals seufzte. Mir verschlug es jeden Appetit auf den Rosinenkuchen, während Marianne eher belustigt schien als bedrückt. Sie ist schon ein tolles Mädchen, dachte ich, und wenn sie dich nimmt, bist du fein 'raus.

»Was sagten Sie?« erkundigte sich Herr Ziegler.

»Nichts«, stotterte ich. »Ich sagte nichts.«

Mariannes Eltern sahen sich an. Marianne kicherte in grundloser Heiterkeit in ihre Kaffeetasse. Renate hätte jetzt nicht gekichert, schoß es mir durch den Kopf. Aber an sie wollte ich doch nicht mehr denken!

Ich würgte nun doch ein Stück Rosinenkuchen in mich hinein und faselte ein paar Worte über den schönen Sommer mit seinen sonnigen Tagen und lauen Nächten. Worauf mich ihre Eltern noch komischer anguckten und Marianne in ihrer grundlosen Heiterkeit den Milchtopf umwarf. Mein Anzug kriegte ein paar Spritzer ab, und erleichtert folgte ich Marianne in die Küche. Als ich ansetzte, ihr die entscheidende Frage zu stellen, flüsterte sie hastig: »Meine Eltern wissen's. Aber was du versprochen hast, Ali, gilt auch für sie. Sei nicht böse, wenn sie jetzt denken, daß du...«

»Das freut mich nur«, sagte ich, »und von mir aus

brauchen sie nie was anderes zu erfahren. Denn ich bin hergekommen, Marianne...«

Sie legte mir den Zeigefinger auf den Mund, weil ihre Mutti in die Küche gekommen war und uns gleichermaßen vorwurfs- und erwartungsvoll ansah. Mit rotem Kopf flüchtete ich ins Zimmer zurück, wo mir ihr Vater eine Zigarre anbot. Ich hatte noch nie im Leben eine Zigarre geraucht und nahm diese bloß, um ihm einen Gefallen zu tun. Aber das hätte ich nicht tun sollen, denn erstens nahm er unser Gequalme zum Vorwand, mich in sein Arbeitszimmer zu bitten, und zweitens wurde mir schon nach den ersten Zügen so schlecht, daß mir der Schweiß ausbrach.

»Sie sind Autoschlosser?« erkundigte sich Herr Ziegler.

Ich nickte hustend. Herr Ziegler nickte auch, aber düster.

Dennoch wollte er wissen, ob ich mir über gewisse Umstände klar geworden sei.

»Durchaus«, stammelte ich. »Und ich bin bereit...«

Ich verstummte nur, weil ich wieder husten mußte. Aber er nickte etwas weniger düster, legte mir sogar die Hand auf die Schulter und fragte in jäher Verzweiflung: »Weshalb will denn Marianne nicht? Jedenfalls hat sie die ganze Zeit so getan...«

Ich murmelte, daß sie es sich bestimmt überlegen werde. Ich hoffte es jedenfalls. Tat ich ja auch, jetzt mehr denn je. Und an Renate dachte ich in diesem Augenblick nur ganz, ganz flüchtig.

»Wie schön«, sagte Herr Ziegler aufatmend. »Ich hatte nämlich schon befürchtet, daß es schwerwiegende Gründe gäbe. Weil sie uns bis heute nicht einmal sagen wollte, *wer* ... Sie verstehen... Und wir, verzeihen Sie, hatten eigentlich vermutet, daß Ihr Freund...«

»Er ist mein Freund nicht mehr«, murmelte ich. Was hätte ich sonst sagen sollen? Außerdem war mir die Zigarre so auf den Magen geschlagen, daß ich kaum noch Luft zu holen wagte. Nein, heute *konnte* ich Marianne nicht fragen. Immerhin war es schon ein Erfolg, daß ihre Eltern mit mir einverstanden schienen. Obgleich man in der Stadt immer erzählt hatte, daß sie für Marianne etwas Besseres im Auge gehabt hätten. In letzter Zeit waren immer mal jüngere, ledige Kollegen ihres Herrn Vaters bei ihnen aufgekreuzt, sogar einer aus Berlin, aber Marianne hatte nur darüber gelacht. Sie schien auch wieder lachen zu wollen, als sie den Kopf zur Tür hereinsteckte und mich hustend sagen hörte: »Übernächstes Jahr will ich die Meisterprüfung machen...« Doch dann sagte sie ziemlich streng: »Kommt doch lieber wieder 'rüber, ihr zwei.«

Anscheinend hatte sie keine Angst vor ihrem Pappi, was mich beruhigte. Was mich beunruhigte, war, daß sie mir fast triumphierend von ihrem neuen Kiosk erzählte. Als ich vorsichtig fragte, ob sie das Angebot nicht hätte ablehnen können – der Konsum ist schließlich keine militärische Organisation und kann keine Befehle erteilen –, sagte sie ganz erstaunt: »Warum denn? Bei dem Fremdenverkehr mache ich tolle Umsätze, verlaß dich darauf.«

Als ob sie momentan keine größeren Sorgen gehabt hätte. Nein, so ganz würde ich die Mädchen wohl nie verstehen. Und Marianne schon gar nicht. Doch darauf kam es einstweilen auch nicht an. Weil ich erst mal rasch an die frische Luft mußte...

Mariannes Mutti mißdeutete meine Hast beim Abschied und seufzte zum drittenmal. Ihr Vati räusperte sich ein bißchen hoffnungsvoller als bei meinem Eintritt und knuffte mich ermunternd in den Bauch. Aber das hätte er lieber nicht tun sollen, denn nun wurde mir vollends schlecht. Und obgleich Marianne und ich nach Wölkenauer Gebräuchen so gut wie beinahe verlobt waren, konnte ich ihr bloß noch ganz hastig die Hand geben und sagen, ich käme an einem der nächsten Tage wieder vorbei. Beim neuen Kiosk.

»Ist gut«, sagte Marianne, und dann flüsterte sie mir herzlich zu : »Laß dir meinetwegen bloß keine grauen Haare wachsen, hörst du, Ali?«

Nein, nein. Und ab morgen würde ja auch alles andere wieder ins richtige Gleis kommen. Dachte ich.

Irren ist menschlich.

Nach langen Wochen des Nichtstuns fällt es schwer, sich wieder an einen normalen Achtstundentag zu gewöhnen. Zumal in einer muffigen, kleinen Bude wie der unseren, aus deren erblindeten Fenstern von der großen, weiten Welt bloß ein enger Hof voller kaputter Autos zu sehen war. Als ich dachte, es müsse bald Feierabend sein, fehlte noch eine reichliche Stunde an der Frühstückszeit. Aber schon da tat mir das Kreuz vom Bücken weh.

Und ich hatte in Schwedt oder in der Schwarzen Pumpe dreifacher Aktivist werden wollen!

Natürlich hatte mich der Alte mit Kußhand wieder eingestellt. Seine Pegeha-Absichten schienen noch immer auf wackligen Füßen zu stehen, sei es, daß er wirklich erst seine Villa fertig haben wollte, sei es, daß er nun auch auf Stefans Rückkehr hoffte. Seinen beiläufigen Erkundigungen war ich schon deshalb ausgewichen, weil ich keine Lust hatte, ihm von unserem Krach zu erzählen. Erfahren würde er es ohnehin.

Einstweilen beobachteten der Alte, Schurich und Mario mich so neugierig, als wäre ich ein frisch gefangener Affe im Zoo. Sollten sie, wenn es ihnen Spaß machte. Ich hatte größere Sorgen. Denn Stefan war ins Krankenhaus gebracht worden, weil er angeblich alle Knochen im Leibe gebrochen hatte. Ich wußte es von der Zeitungsfrau, die das Kuvert mit seiner Röntgenaufnahme befördert hatte. Zwar zweifelte ich ein bißchen am Umfang seiner Verletzung und dieses Gerüchts, doch selbst wenn es nur zur Hälfte stimmte, mußte ich wegen fahrlässiger Körperverletzung zur Rechenschaft gezogen werden. Wundern würde es mich nicht. Ich wunderte mich über gar nichts mehr.

Nicht einmal darüber, daß ich nach zwei kleinen Reparaturen den Auftrag kriegte, Stefans Straßenkreuzer in Ordnung zu bringen. Ich musterte ihn voll Abscheu. Seine dicken Scheinwerfer funkelten mich tückisch an. Und Schurich war gleich wieder sauer, weil er sich auf Stefans Trinkgeld gespitzt hatte. Ich würde es ihm schenken, Ehrenwort. Sofern Stefan bis dahin nicht so geizig geworden wäre, daß es selbst Schurich entrüstet zurückweisen würde.

In der Frühstückspause schickte der Alte Mario zur Post – Lottoscheine holen! – und setzte sich zu Schurich und mir. Was er sonst aus Respektsgründen nie tat. Und dann versuchte er, mir Löcher in den Bauch zu fragen: Ob es stimmte, daß wir in Leipzig hunderttausend Mark auf den Kopp gehauen hätten? Oder wieviel? Und ob

Stefan, wie in Wölkenau erzählt worden wäre, das ganze Hotel für uns allein gemietet habe – und wozu eigentlich, he?

Es ödete mich an, solchen Quatsch zu hören. Einen Augenblick dachte ich daran, ihm und Schurich ein paar tolle Lügengeschichten aufzutischen – von jener Art, wie die beiden alten Knaben sie hätten erleben mögen. Aber dann war mir doch nicht danach zumute. Immer wieder schielte ich zur Tür, ob nicht Meister Grünwald auftauchte und wissen wollte, warum ich mich mit Stefan duelliert hätte. Wie es am Ende auszulegen war. Dann würde mich garantiert auch Männe zur Rechenschaft ziehen. Und weder als FDJ-Sekretär noch als Kommunalpolitiker dürfte ich ihm mit seinem eigenen Argument von der Übergangsepoche kommen. Körperverletzung ist Körperverletzung. Bloß auf meiner Seele darf jeder herumtrampeln!

»Man merkt, daß du ganz schön Basis verloren hast«, sagte der Alte gekränkt, als ich mit langen Zähnen an meiner Stulle kaute und seine dummen Fragen nicht beantwortete. Schurich brabbelte was von »Pläbeu« und mangelndem werktätigem Kollektivgeist, wozu der Alte heftig nickte. »Sag doch ehrlich, daß die Kohlen bald alle sind«, bohrte er, »und daß dich Stefan bloß vorgeschickt hat, wie immer...«

Doch da kam Mario zurück. Die Lottoscheine hatte er natürlich vergessen, vor Aufregung, denn noch vor der Post war ihm zu Ohren gekommen, was mit Stefan los war. Oder was mit ihm los sein sollte; zu meiner Bestürzung faselte er was von einem Schädelbruch und daß man bereits Stefans Mutter benachrichtigt habe...

Ich rannte hinaus, startete meine Maschine und raste zum Krankenhaus. Als ich es erreichte, stand Grünwald mit ernstem Gesicht davor und sah mir anklagend entgegen. Da hatte ich schon das Herz in der Hose und fand es ganz richtig, daß er mich am Jackenärmel festhielt.

»Weißt du, was du getan hast?« fragte er. »Weißt du das?«

Ich nickte stumm und senkte den Kopf.

»Du bist mit mindestens achtzig Sachen hier herangerattert!« erklärte er düster. »Also muß ich dir zwei Stempel verpassen. Gib mir deine Fahrerlaubnis!«

Er wußte also noch nichts. Ich drückte ihm meine Fahrerlaubnis in die Hand und rannte die Auffahrt hinauf. Der Pförtner schimpfte, als ich an seinem Schaufenster vorbeistürzte. »Jetzt ist keine Besuchszeit!« rief er mir nach. Bürokrat! Was kümmert einen die Besuchszeit, wenn man seinen besten Freund umgebracht hat?

Trotz meiner Eile war ich der letzte, der zu ihm kam. Oder zu ihm wollte – vor einer der Türen drängte sich eine aufgeregte Menschenmenge. Ich erkannte Stefans Mutter, Notar Siegler, Ferdinand Kugler, den Rittersproß, Maurermeister Bock, die Kuchenbäckers, Männe und Pastor Neukirch. Nur Onkel Finger und Fanny waren nicht erschienen. Ersterer mochte eine neuerliche Entdeckung durch Frau Mangold, letztere wieder den Verlust ihrer Stimme fürchten. Die Stimmen der anderen schienen durch den Schreck überhaupt nicht gelitten zu haben, im Gegenteil, sie redeten so laut durcheinander, daß kein Wort zu verstehen war. Als ich mich mit weichen Knien zu ihnen gesellte – zum Glück beachtete mich in der Aufregung nicht mal Männe! –, entdeckte ich vor der Tür, sie quasi vor dem Ansturm verteidigend, eine zierliche Gestalt in Weiß – Renate! Sie lächelte ebenso sanft wie verständnislos und sagte beruhigend: »Sie irren sich, meine Herrschaften. Der Patient liegt nicht im Sterben. Er hat nur eine leichte Gehirnerschütterung und einen Schlüsselbeinbruch...«

Der Stein, der mir vom Herzen fiel, krachte zu Boden. Ach nein, ich hatte nur eine Blumenvase vom Fensterbrett gestoßen. Und Renate sah mich aus ihren sanften, braunen Augen an und wiederholte: »Nur eine leichte Gehirnerschütterung. Und einen Schlüsselbeinbruch. Sie dürfen jetzt nur nicht zu ihm, weil er Ruhe braucht...«

Ich stand wie angenagelt da, bis die anderen – immer noch sehr laut und aufgeregt – an mir vorübergebrandet waren. Nicht, weil ich etwa noch Angst um Stefan gehabt hätte. Ich glaubte Renate aufs Wort und wußte, daß wieder mal eins der berühmten Wölkenauer Gerüchte die Menge in Bewegung gebracht hatte. Ich hingegen erstarrte, denn aus dem Krankenzimmer hörte ich Stefan mit putzmunterer, wenn auch leicht ungeduldiger Stimme sagen: »Kommen Sie doch 'rein, Schwester. Schwesterchen. Bitte...«

Meine Erleichterung, ihn nicht umgebracht zu haben, verwandelte sich sogleich in den dringenden Wunsch, das in aller Eile nachzuholen. Denn ich kannte Stefan leider noch immer zu gut, als daß mich nicht der Tonfall seiner Stimme aufs tiefste beunruhigt hätte. Haargenau in diesem Tonfall hatte er manche Liebschaft angefangen, und auf Mädchen wirkte solch ein Säuseln fast immer. Es war mir ein schwacher Trost, daß Renate für ein paar Augenblicke gar nicht darauf zu hören schien, sondern mich genauso anguckte wie ich sie. Natürlich, sie wunderte sich, mich schon wieder zu sehen. Aber warum, um Himmels willen, konnte ich meinen Blick nicht von ihr losreißen? Was war denn los mit mir?

»Sind die verdammten Erbschleicher immer noch nicht weg?« rief Stefan ungeduldig. »So kommen Sie doch, Schwester! Liebe Schwester Renate!«

Sogar ihren Namen wußte er schon. Und jetzt öffnete sie tatsächlich die Tür, um zu ihm hineinzugehen. Ich machte auf dem Absatz kehrt und stürmte den Flur hinunter, als hätte mich eine Biene gestochen. Mitten ins Herz!

Meine alberne Hoffnung vom vergangenen Abend, jetzt würde alles ins rechte Gleis kommen, hätte ich auch ohne Marianne aufgegeben. Ich rannte ihr direkt vor dem Krankenhaus in die Arme. Sie hatte ebensoviel Tempo drauf wie ich, nur daß sie ins Krankenhaus hineinwollte und ich herausgeschossen kam. Zum Glück konnte ich sie gerade noch auffangen.

Sie war ganz blaß geworden vor Schreck. Oder war sie schon vorher so blaß gewesen? Jetzt freilich rötete sich ihr Gesicht. Als nämlich aus dem offenen Fenster Stefans Stimme drang. Er sagte im typischen Säuseltonfall: »Da sind Sie ja, Schwester. Ich bin fast gestorben vor Sehnsucht...«

Und wir standen da und mußten sein Gesäusel anhören! Ich wagte nicht, Marianne anzugucken. Sie wagte nicht, mich anzugucken. Ich murmelte überflüssigerweise: »Er hat bloß eine Gehirnerschütterung...«

»Eine Gehirnerschütterung?« rief Marianne, die sich rascher faßte als ich: »Mach's gut, Ali!«

Schon wirbelte sie mit wehendem Pferdeschwanz die Straße zurück. Ich wollte mich darüber wundern, daß auch sie dem Gerücht zum Opfer gefallen und hierhergerannt war, und ich wollte mich darüber ängstigen, daß sie offenbar ihren Zustand vergessen hatte, aber ich lauschte nur in Richtung Fenster, ob Stefan noch was sagen würde. Er sagte es so leise, daß ich nichts verstand. Und das beunruhigte mich noch mehr.

Um mich restlos am Boden zu zerstören, tauchte urplötzlich Onkel Finger vor mir und dem Krankenhaus auf. Wahrscheinlich war er auf weiten Umwegen hergeschlichen und deshalb auch nicht auf die beruhigte Menge gestoßen. Er wollte mit einem flüchtigen, verstörten Kopfnicken an mir vorbei, aber ich erwischte ihn gerade noch am Ärmel und rief: »Halt! Sie dürfen da nicht 'rein, Onkel Finger!«

Die sanften, braunen Augen Onkel Fingers starrten mich entsetzt an. »Ist er...?«

Ich schüttelte den Kopf und riß mich zusammen. Schnell weg von hier, dachte ich, eh es zu spät ist. Daß Renate zufällig aus dem Fenster schaute, ihren Pappi erkannte und ihm als seine liebste, einzige Tochter an die zerknitterte Brust schwebte. Wie hätte ich ihn da noch aus Wölkenau wegkriegen sollen – bei solchem Kind?

»Er ist ganz in Ordnung«, sagte ich, indem ich Onkel Finger wie einen alten Freund unterhakte und mit mir davonzog, »eine kleine Gehirnerweichung und ein Schlüsselbeinbruch, das ist alles. Er braucht nur Ruhe, absolute Ruhe.«

Onkel Finger atmete erleichtert auf. »Und das Geld?« fragte er dann. »Er wollte es unbedingt mitnehmen...«

Mit Recht, dachte ich. Doch ich sagte nur: »Das Krankenhauspersonal ist absolut zuverlässig. Ich kenne die Schwester persönlich. Ein feines, hochanständiges Mädchen. Sie heißt Renate...«

Ich verstummte – was ging das ihn an? Er hatte auch gar nicht weiter zugehört, weil er sich immer wieder scheu umblickte. Heute trug er weder seinen grüngelb karierten Knickerbockeranzug noch das Lobensteiner Hofmarschallsgewand, sondern seinen alten, grauen, zerknitterten Anzug, wahrscheinlich aus Gründen der Tarnung. Ein Wunder, daß er sich überhaupt in die Stadt gewagt hatte. Ob ihn wirklich die Angst um Stefans Befinden dazu bewogen hatte? Oder die Sorge ums Geld?

»Es ist übrigens mächtig zusammengeschmolzen«, sagte ich versuchsweise. »Das Geld.«

»Ich weiß«, bekannte Onkel Finger melancholisch.

»Wahrscheinlich«, fuhr ich fort, »wird er das Burgpersonal verringern müssen.«

»Fanny geht ja von allein«, sagte Onkel Finger hastig. »Und sie hat ihn am meisten gekostet.«

Ich war erschrocken stehengeblieben.

»Was sagten Sie?«

»Fanny geht«, wiederholte Onkel Finger.

»Wohin?«

»Keine Ahnung. Ich weiß nur, daß sie einen Brief bekommen hat.«

»Von wem?«

»Von einem gewissen Monsieur Renard. Das muß eine Art Franzose sein...«

Onkel Finger unterbrach sich. Ich achtete nicht darauf. Die Neuigkeit verstörte mich noch mehr als alles Vorangegangene dieses Tages. Für gewöhnlich bin ich kein Blitzdenker; in diesem Falle erkannte ich jedoch auf Anhieb, was sich daraus ergeben würde. Hatte sich Stefans Stimme nicht jetzt schon angehört, als wäre er in Renate verknallt? Wenn ihn jetzt noch Fanny verließ, hielt ihn nichts mehr zurück, aus dem Gehirnerschütterungsflirt eine neue Liebe aufblühen zu lassen. Stefan kann gar nicht anders; in den letzten sieben Jahren ist kein Tag vergangen, an dem er nicht in ein Mädchen verliebt gewesen wäre. Und rein menschlich konnte ich's ihm nicht einmal verdenken, wenn er Renate zu kriegen versuchte...

Auf Onkel Finger wurde ich erst wieder aufmerksam, als sich seine Hand aufgeregt in meinen Arm krallte. Wir standen immer noch auf der Straße, wo es um die Mittagszeit auch nicht mehr zu sehen gab als sonst. Doch wohin starrte Onkel Finger? In das Fenster der Sparkasse. Auf Frau Mangold, die nahe dem Fenster an einem Schreibtisch saß. Sie zählte und stapelte Geld. Viel Geld. Sehr viel Geld!

»Onkel Finger!« rief ich scharf.

Er zuckte zusammen und fuhr sich mit der Zunge über die Lippen. »Ja?«

Vor Aufregung hatte er sich auf die Zehenspitzen gestellt. So daß ihn Frau Mangold beim erten Aufblicken hätte entdecken müssen. Ich zog ihn trotz seines Widerstrebens so heftig weiter, daß er fast gestolpert wäre. Und ich sagte mit dem letzten Rest meiner Kraft: »Kommen Sie, Onkel Finger...«

Er konnte meinem Sturmschritt kaum folgen. Er wollte es wohl auch gar nicht; immer wieder schielte er zurück zur Sparkasse, wo die ahnungslose Frau Mangold am Schreibtisch saß und Geld zählte. Viel Geld. Sehr viel Geld. Mehr, als Stefan je gehabt hatte! Und der entrückte Blick Onkel Fingers ließ mich auch für diesen Fall zum Propheten werden. Ja, hier drohte wirklich ein Fall! Ein Rückfall! Ein Kriminalfall! Ein Fall für den Staatsanwalt, das Gericht und die letzte Spalte der »Wochenpost«! Wenn mich nicht alles täuschte, würde Onkel Finger seine alte Liebe zum Vorwand nehmen, um sich Frau Mangold zu nähern und ihr den Schlüssel zum Geldschrank zu entreißen!

»Sie denken gewiß wieder ganz was Falsches von mir«, keuchte Onkel Finger kläglich. »Wie immer und wie alle Leute außer Herrn Stefan. Aber die Dame in der Sparkasse war meine Braut...«

Aha, da ging's schon los! Welch ein Schuft!

»Neulich, als ich sie zum ersten Male wiedersah«, fuhr Onkel Finger fort, »habe ich mich bloß erschrocken, denn ich habe sie vor zwanzig Jahren zum letzten Male gesehen. Dann schlug das bittere Schicksal erbarmungslos zu...«

»Geschenkt«, knurrte ich grimmig, »das bittere Schicksal hockte in einer goldenen Uhr und machte ticktack!«

»Sie wissen...?«

»Mehr, als Sie ahnen!« erklärte ich. Aber wenn ich erwartet hatte, daß Onkel Finger jetzt zusammenbrechen würde, befand ich mich in einem gewaltigen Irrtum. Trotz unseres heftigen Marsches – wir hatten die letzten Häuser der Stadt hinter uns gelassen und bewegten uns bergauf, auf die Burg zu – hüpfte Onkel Finger beinahe fröhlich auf meine andere Seite und rief erleichtert: »Dann wird alles gut! Dann werden Sie verstehen, Herr Ali, wie tief mich dieses Wiedersehen bewegen muß! Ich werde noch heute zu ihr eilen...«

Genau, wie ich vermutet hatte! Doch ich würde es zu verhindern wissen, daß dieser zerknitterte alte Gauner Unheil über die Stadt, Frau Mangold und Renate brachte!

Ich kriegte ihn beim Schlafittchen und sagte hart: »Eilen werden Sie, Onkel Finger! Aber nicht zu Ihrer früheren Braut, sondern dahin, wo der Pfeffer wächst...«

Noch wußte ich nicht, weshalb mich gleich bei den ersten Worten meiner flammenden Rede eine seltsame Unsicherheit beschlich. Ich ahnte nur dunkel, daß ich falsch angefangen hatte. Wir waren auf halbem Wege zwischen Stadt und Burg stehengeblieben. Rings um uns breitete sich das hügelige Wölkenauer Land mit seinen Getreidefeldern und Kartoffeläckern, Kohlanpflanzungen und Zuckerrübenreihen. Onkel Finger wehrte sich nicht gegen meinen Griff, aber seine sanften, braunen Augen wandten sich von meinem zornigen Blick ab, und er wisperte kummervoll: »Wie können Sie so etwas sagen, Herr Ali ... ?«

»Pfeffer hin, Pfeffer her«, sagte ich, »das war mehr symbolisch gemeint. Verschwinden sollen Sie, ehe ich unsern Abschnittsbevollmächtigten verständige!«

Auch falsch. Onkel Finger schüttelte unglücklich den Kopf und fragte: »Warum denn, Herr Ali? Ich habe doch nichts getan, was ich nicht tun dürfte?«

Nein, noch nicht. Weil ich bisher aufgepaßt hatte. Aber künftig würde ich keine Gelegenheit mehr dazu haben. Es war schon ein starkes Stück, wie ich meinen ersten normalen Arbeitstag verbummelte! Der Alte würde fluchen. Egal. Hier stand mehr auf dem Spiel als unsere Bude.

»Onkel Finger«, sagte ich mühsam, »ich weiß genau, daß Sie allerhand auf dem Kerbholz haben und garantiert nie unschuldig in den Knast geraten sind ...«

Onkel Finger senkte den Kopf und murmelte resignierend: »Na schön – das eine oder andere Mal bin ich irgendwo reingerasselt. Aber«, sagte er mit jäh erhobener Stimme, »dafür habe ich meine Zeit abgesessen, Herr Ali, und was vergangen ist, ist vorbei. Und daraus dürfen Sie mir keinen Vorwurf mehr machen, Herr Ali, weil das ungesetzlich wäre!«

Jetzt wußte ich, daß ich alles ganz verkehrt angefangen hatte. Arme Frau Mangold! Ärmste Renate! Und welch schwacher Trost, daß Grünwald endlich einen großen Fall in die Hände bekäme! Denn daß er Onkel Finger schnappen würde, schien mir klar.

»Kommen Sie«, sagte Onkel Finger sanft, »vielleicht kocht uns Frau Kuchenbäcker einen Kaffee.«

Der würde mir auch nicht auf die Beine helfen. Aber ich trottete stumm neben Onkel Finger bergauf. Und ich hörte nur mit halbem Ohr auf das, was er schwafelte. Daß er sich schon lange nach einem ruhigen Leben gesehnt habe. Und daß ihm nach der Begegnung mit Frau Mangold nie der Gedanke aus dem Kopf gegangen wäre, er könne vielleicht doch noch einmal von vorne anfangen. Was Großes würde wahrscheinlich nicht mehr aus ihm, dazu sei er schon zu alt, aber er wäre schon zufrieden, wenn er beispielsweise Kassenbote bei der Sparkasse werden könnte...

Ich stöhnte dumpf auf. Natürlich! Ausgerechnet Kassenbote!

»Oder Nachtwächter«, sagte Onkel Finger. »Da kann man in Ruhe über alles nachdenken. Dazu bin ich früher nie gekommen. Aber wie heißt es doch, Herr Ali? Der Mensch ist ein Produkt, nicht wahr? Seiner Umgebung, stimmts? Na ja. Und deshalb möchte ich auch nicht aus Wölkenau weg. Hier gefällt mir's. Und dann die Liebe, Herr Ali – die Liebe höret nimmer auf...«

In diesem Augenblick gingen wir an Mariannes Kiosk vorbei. Marianne sah auch noch ganz blaß aus. Das alberne Gerücht schien sie ziemlich mitgenommen zu haben. Und zum drittenmal an diesem aufregenden Tag dämmerte mir eine Erkenntnis: die, daß sie Stefan noch immer liebte! Himmel, konnte das wahr sein?

»Doch, doch«, schwatzte Onkel Finger neben mir, »da kann einer machen, was er will – er kommt nicht drüber weg. Man kann's 'ne Weile runterschlucken und nicht dran denken, aber plötzlich überkommt's einen wieder wie das helle Feuer...«

Ich vermutete, daß er mich mit seinem Geschwafel über die Liebe bloß von meinem Verdacht und seinem Vorhaben ablenken wollte. Aber ich ließ ihn quatschen. Schließlich hatte nicht *ich ihn*, sondern *er mich*! Er würde mir was husten, statt abzuhauen. Und eigentlich mußte ich ihm noch dafür dankbar sein – dahin, wo der Pfeffer wächst, wäre er sowieso nicht gegangen. Er wär im Lande geblieben, doch kaum, um sich redlich zu nähren. Und *wo* er auch immer *was* angestellt hätte – es wäre auf meine Kappe gegangen!

»Wir reden noch einmal darüber«, sagte ich schwach, als wir die Burg betraten.

»Gern«, sagte Onkel Finger. »Weil ich Sie auch bitten wollte...«, er zögerte einen Augenblick, um dann in flehender Hast hinzuzufügen: »... daß *Sie* zuerst zu meiner Braut gehen... Um sie vorzubereiten... Ja?«

In meiner Verbiesterung brachte ich nicht mal ein Kopfschütteln zustande. Und als ich empört »Nein!« schreien wollte, war er schon davongehüpft – mit dem dankbaren Ausruf: »Ich wußte es, Herr Ali! Und ich danke Ihnen!«

Fanny sang »Ein Schiff wird kommen...«, diesmal ganz ohne Akzent, worüber ich mich nun doch wieder wunderte, denn sie war beim Kofferpacken. Es mußte also stimmen mit diesem Monsieur Renard. Zu echter Empörung konnte ich mich nicht mehr aufraffen; ich fragte sie also nur ganz still: »Du willst also wirklich weg?«

»Ja«, sagte sie kleinlaut.

»Und wirklich nach Paris?«

»Ach wo«, sagte sie, »in den Bezirk Cottbus. Monsieur Renard baut eine Show zusammen und nimmt mich mit. Aber er ist ein richtiger Franzose«, fügte sie hinzu, »und eine Kapazität im Schaugeschäft. Sogar in Amerika ist er schon gewesen. Und er hat Mary Piu ganz groß rausgebracht. Vielleicht bringt er mich auch groß 'raus, wie Mary Piu.«

Ich kannte keine Mary Piu; sie interessierte mich jetzt überhaupt nicht. Ich sagte bloß: »Stefan wird traurig sein...«

Fanny hörte einen Moment mit dem Kofferpacken auf. Sie hatte gerade ihr hübschestes Kleid hineingetan, das, in welchem sie uns auf dem Teufelssee erschienen war. Es funkelte und glitzerte trotz des schwachen Lichts, das durch die drei kleinen Fenster in den Festsaal fiel. Und es war nicht nur der Schatten des Raumes, der über ihrem Gesicht lag, als sie murmelte: »Ach ja, Stefan...«

»Er wollte dich sogar heiraten«, verriet ich in letzter, schwacher Hoffnung, daß sie es sich doch noch einmal überlegen würde. Sie zupfte jedoch nur die funkelnden Falten des Kleides zurecht und nickte nachdenklich.

»Und du hast immer getan, als wolltest du immer hierbleiben«, sagte ich. »Jedenfalls hast du nie gesagt, daß es bloß für so kurze Zeit sein würde. Aber dann braucht bloß ein Monsieur Renard zu rufen...«

»Er hat geschrieben«, korrigierte mich Fanny. »Das hatte er nämlich versprochen.«

Ich wußte es. Aber ich hatte nie geglaubt, daß er es eines schönen Tages täte. Eines schönen Tages? Du liebe Güte! »Willst du es dir nicht noch einmal überlegen, Fanny?« drängte ich. »Sieh mal, die schöne Burg... Und die hübschen Möbel... Und 'ne ganze Menge Geld ist auch noch da...«

Fanny schüttelte den Kopf. »Nein«, sagte sie, indem sie weiterpackte, »nein, ich fahre. Ich weiß nicht, Ali, wie ich dir das erklären soll... Es war alles so ungewöhnlich – viel Geld ausgeben zu können, auf einer Burg zu wohnen, ein Pferd zu haben... Und es hat mir auch eine Menge Spaß gemacht mit euch; ihr seid so anders gewesen als – na, als andere Männer, die man so kennenlernt... Und eine Weile habe ich wirklich daran gedacht, Stefan zu heiraten... Aber ich würde mich hier zu Tode langweilen, Ali! Ja, das ist es! Und dann will ich auch wieder singen, denn ich bin Sängerin...«

»Aber Stefan?« bohrte ich. »Er wird sich umbringen, wenn du abhaust!«

»Nie im Leben!« rief Fanny lachend. »Der bringt sich nicht um! Stefan nicht!«

Sie wurde aber gleich wieder ernst und sagte: »So richtig verliebt in mich war er nie. Er hat sich's vielleicht eingebildet, aber da hat er sich bloß was vorgemacht. Ihm ist es mit mir bloß so ergangen wie mir mit der Burg und dem Pferd, verstehst du? Weil ich schon im Fernsehen zu sehen gewesen bin und eine Schallplatte besungen habe. Aber wenn er in mich verliebt gewesen wäre, hätte er nicht dauernd von dieser Marianne reden können...«

»Hat er?« fragte ich dumpf.

»Immer – auch, wenn wir mal allein waren. Zuerst hat's mich geärgert, dann dachte ich: Na, ist vielleicht besser so.«

»Was?« stammelte ich. »Was wäre besser so?«

»Daß er sich mit dieser Marianne verträgt«, sagte Fanny, als wäre das die einfachste Sache der Welt. »Und daß er sie heiratet.«

»Aber sie will ihn nicht«, schrie ich verzweifelt. »Er ist unten durch bei ihr! Hat sie selbst gesagt! Bis in die Steinzeit und zurück!«

»Na ja«, meinte Fanny, indem sie den Kofferdeckel zuklappte, »aber vielleicht *dann*...?«

Das war zuviel für mich. Dies alles. Ich bin auch nur ein Mensch. Und ich hätte schwören mögen, daß man auch ohne Sturz vom hohen Pferd eine Gehirnerweichung kriegen kann. Mir sauste und brauste es in den Ohren, es wollten mir die Sinne schwinden. Ich machte auf dem Absatz kehrt und rannte hinaus, als wären tausend Teufel hinter mir her. Und mit dem kläglichen letzten Rest meines Verstandes dachte ich: Nein, hier kannst du nichts mehr retten! Du nicht!

Ich stürmte über den Burghof und durch das Tor, vorbei am Rittersproß, der schon wieder vor hundert Touristen einmarschierte, vorbei an Marianne, die noch immer ganz blaß aussah, und auf die Stadt zu, die in Zukunft ohne mich auskommen mußte.

Aber ich würde in Schwedt oder in der Schwarzen Pumpe mindestens Held der Arbeit werden müssen, um die Seelenruhe früherer, glücklicher Tage zurückzugewinnen!

Unter normalen Umständen hätte ich mich darüber gewundert, Männe auf einem Motorrad zu sehen. Und daß er mich sogar überholte, als ich mit neunzig Sachen aus Wölkenau hinausbrauste – auf Nimmerwiedersehen! Aber an diesem schrecklichen Tage wunderte ich mich über gar nichts mehr. Ich biß nur die Zähne zusammen und gab Gas, um wieder an ihm vorbeizusausen und ihn abzuhängen.

Aber ich war mit meinen Siebensachen bepackt, und er fuhr das neuere Modell. So hielt er gegen und brüllte mir zu: »Halte mal, Ali! Ich muß dich sprechen!«

Ich drehte das Gas bis zum Anschlag auf und jaulte um

zwei, drei Meter an ihm vorbei. In der Kurve gewann ich noch ein paar Längen. In der Geraden kam er jedoch wieder auf und schrie: »Weil ich heute abend weg muß! Auf einen Lehrgang für junge Kommunalpolitiker! Und weil du Rindsvieh...!«

So was hatte er ohne Motorrad nie zu mir gesagt. Aber es kratzte mich viel weniger als die Erkenntnis, daß ich ihm auf diese Weise nie entkommen würde. Und daß ich zu allem Unglück auch noch schuld wäre, wenn er sich überschlug. Seine Fahrerlaubnis war garantiert ebenso neu wie seine Maschine. Auf ein Gespräch mit ihm mochte ich mich freilich genausowenig einlassen wie auf dieses Rennen; da hätte ich noch weniger Chancen, ihm zu entwischen.

Ich bremste kurz, wendete und jagte zurück. Natürlich hatte er mit demselben Manöver ein bißchen länger zu tun. In den verwinkelten Gassen von Wölkenau würde er mich sowieso nicht mehr finden, und dann konnte ich über die Dörfer die Autobahn erreichen.

Mein Pech, daß mich am Markt Grünwald stoppte. Er hätte sich nie einreden lassen, daß ich bloß fünfzig und ein paar Zerquetschte gefahren war. Ich holte stumm meine Fahrerlaubnis aus der Tasche und gab sie ihm. Drei Stempel an einem Tage – dicker konnte es kaum noch kommen... Doch – denn in diesem Augenblick brauste Männe heran. Und Grünwald stoppte auch ihn – vor dem Gesetz sind alle gleich!

»Da bist du ja«, sagte Männe. »Also, Ali...«

»Ihre Fahrerlaubnis, bitte«, sagte Grünwald zu ihm. Die meine gab er mir mit einem anklagenden Blick und dem dritten Stempel auf dem Berechtigungsschein zurück. Ehe ich jedoch die Kurve kratzen konnte, riß Männe den Zündschlüssel aus meiner Maschine und sagte triumphierend: »*So* nicht, Jugendfreund!«

Da rannte ich zu Fuß davon. Und rettete mich in die Kirche. Dahin würde mir Männe weder als Mensch noch als Jugendsekretär folgen. Und meine Furcht, daß er es als Kommunalpolitiker tun könne, erwies sich Gott sei Dank als unbegründet. Gott sei Dank? Unsinn – und im Gegenteil, weltanschaulich gesehen!

In der Kirche war es kühl und ein bißchen muffig. Und Pastor Neukirch trug nicht seine schwarze Montur, sondern eine grüne Schürze, denn er restaurierte gerade den heiligen Christophorus. Er hatte einen roten Farbklecks auf der Nase – der Pastor, nicht der Heilige! –, was sehr lustig aussah. Aber erstens war mir sowieso nicht zum Lachen, und zweitens wollte ich ihn nicht verärgern, daß er mich vielleicht rausschmiß. Also sagte ich sehr sanft: »Guten Tag, Herr Pastor.«

Natürlich wunderte er sich, mich hier zu sehen. Er schielte mich über den roten Farbklecks hinweg argwöhnisch an und sagte zunächst kein Wort. Doch dann pochte Männe draußen an die Kirchentür und rief wütend durch Schlüsselloch: »Ich weiß, Ali, daß du da drin bist! Komm sofort da 'raus – ich habe mit dir zu reden!«

Pastor Neukirch hörte es und sagte in jäher Herzlichkeit: »Guten Tag, Ali. Nett, daß du mich auch mal besuchst. Wie geht's dir denn so?«

»Ganz gut«, murmelte ich. Er sollte nicht glauben, daß ich bei ihm beichten wollte. Nur wußte leider auch er schon alles, was geschehen war. Oder doch fast alles. Und statt daß Männe mich ins Gebet nahm, begann er mich zu agitieren. Hauptsächlich wegen des Krachs mit Stefan, der mir doch seinerzeit das Leben gerettet habe. Und trotz der grünen Schürze und des roten Kleckses auf der Nase brachte er beiläufig den lieben Gott ins Spiel, der einem angeblich aus aller Not heraushelfen kann.

»Ich zahle keine Kirchensteuer«, murmelte ich.

Dennoch stünde auch ich in seiner Hand, meinte Pastor Neukirch. Am liebsten hätte ich ihn mit den eigenen Waffen geschlagen und mich erkundigt, weshalb einen sein lieber Gott denn erst in solche Patsche geraten läßt! Aber am Ende hätte Pastor Neukirch noch weniger christliches Mitleid aufgebracht als sein himmlischer Vorgesetzter und mich doch rausgeschmissen. Und draußen stand immer noch Männe; er pfiff jetzt »Jugend, erwach!«. Nein, jetzt konnte ich nicht auf die Pauke hauen. Zum Glück fiel mir ein, daß voriges Jahr das linke Kirchenschiff mit städtischen Mitteln renoviert worden war. Ich bat Pastor Neukirch, es mir zu zeigen; das mußte er natürlich positiv diskutieren. Er unterließ jedoch nicht, mir unterzujubeln, daß *dieses* Geld nützlicher angelegt war als Stefans. »Es *schafft* keine Bedrängnis«, sagte er beziehungsvoll, »sondern wurde Mittel zum Zweck, Bedrängten zu helfen...« Aber es hätte seines Blicks zur Kirchentür nicht bedurft, um mir die Sicherung durchzuhauen. Da ließ ich mich lieber von Männe durch die Mühle drehen. Ich verabschiedete mich kurz und kühl und marschierte hinaus.

Und da war Männe verschwunden. Gott sei Dank. Gott sei Dank? Quatsch – weil er seinen Zug nicht verpassen durfte! Vergeblich bemühte ich mich um ein Gefühl des Triumphes oder der Erleichterung. Ich schlich zum Markt zurück, wo Grünwald meine Maschine bewachte. Der Zündschlüssel steckte drin, meine Siebensachen lagen drauf. Nun konnte ich abzittern. Ade, Wölkenau! Mich siehst du nie wieder!

In einem albernen Anfall von Ergriffenheit schüttelte ich Grünwald die Hand und riet ihm mit einem letzten Rest von Verantwortungsgefühl, in der nächsten Zeit ein Auge auf die Sparkasse zu haben. Mehr sagen konnte ich ihm nicht – nach der Lektion, die mir Onkel Finger erteilt hatte. Aber zu meinem Erschauern lachte Grünwald gleichermaßen gequält wie ungläubig auf und meinte, ich solle mich nicht über ihn lustig machen. Es wäre schon schlimm genug, daß er sich als Staatsbürger und Genosse über die mangelnde Kriminalität zu freuen habe. Als Polizist sei er auch nur ein Mensch, dem ich nicht solche Flöhe ins Ohr setzen dürfe, sonst träume er vielleicht noch davon und sähe in jedem harmlosen Menschen, der um die Sparkasse herumschleicht, einen Verdächtigen. »Wie beispielsweise jetzt in diesem Onkel Finger«, fügte er hinzu, indem er nach der Sparkasse deutete. Und dort stand, im Dämmer des Abends und im Schutze einer Litfaßsäule, tatsächlich Onkel Finger und schaute verlangend ins Fenster. Hinter welchem garantiert Frau Mangold saß und Geld zählte. Viel Geld. Sehr viel Geld...

Höchste Zeit, daß ich mich davonstahl. Ich hatte auf der ganzen Linie versagt und konnte mich nicht einmal darauf freuen, als Held der Arbeit in die Zeitungen zu kommen. In Wölkenau würde mich kein Mensch deswegen feiern. Alles, was demnächst und künftig hier geschah, trüge die Spuren meiner Kapitulation. Nur der kleine Ali nicht – weil ihn Marianne ganz anders nennen würde!

Ich tuckerte im zweiten Gang die Hauptstraße hinunter und fühlte mich sterbenselend. In den Häusern brannte schon Licht, klapperte Abendbrotgeschirr, flimmerte die »Aktuelle Kamera« über die Fernsehschirme und verriet, was in der weiten Welt geschah. Was *hier* geschehen würde, ahnte niemand außer mir. Und ich zog Leine.

An mir vorbei zog ein kleiner »Renault«. In ihm saß Fanny in ihrem hübschesten Kleid, neben einem Mann, der niemand anders sein konnte als Monsieur Renard. Ob sie sich von Stefan verabschiedet hatte?

Noch nicht. Aber sie schien gewillt, es zu tun, denn Monsieur Renard steuerte seinen Wagen auf den Parkplatz vor dem Krankenhaus und hielt. Fanny stieg aus und lief zum Eingang. Da hielt auch ich und schlug mich seitwärts in die Büsche, die zur Privatstation führten. Warum ich das tat, vermochte ich nicht zu ergründen. Vielleicht, um den bitteren Kelch der Niederlage bis zur Neige zu leeren. Vielleicht aber auch, um einen Menschen noch wilder leiden zu sehen als mich: Stefan, den aufgehörten Glückspilz!

Vorsichtig näherte ich mich dem offenen Fenster. Noch lag er höchst zufrieden in den Kissen seines Bettes und verzehrte sein Abendbrot. Und da war auch Renate! Sie räumte sanft und still den Krimskrams zusammen, den Stefan sich hatte bringen lassen. Komisch, was ein Privatpatient sich alles bringen lassen darf. Und der Chefarzt, der in seinem Zimmer stand, erkundigte sich herzlich, ob er noch weitere Wünsche habe. »Nein, Herr Doktor«, sagte Stefan. »Ich bin wunschlos glücklich.« Dabei guckte er zu Renate, als ob sie ihm ebenso gehörte wie das Fernsehgerät in der Ecke, der Bücherstapel auf dem Nachttisch oder der Geldkoffer auf dem Fußende seines Bettes.

»Dann wünsche ich eine angenehme Nachtruhe«, sagte der Chefarzt händereibend. Er ging hinaus, kam aber gleich wieder zurück und sagte: »Sie kriegen noch Besuch, Verehrtester. Aber nur ausnahmsweise – um diese Zeit!« Sein Augenzwinkern verriet jedoch, daß sein Wohlwollen nicht erschüttert war.

Als Fanny das Zimmer betrat, schielte Stefan sichtlich verlegen zu Renate. Zu meiner Erleichterung zeigte sie weder Überraschung noch Eifersucht – so hatte er wohl noch kein Terrain erobert! Sie schloß das Fenster und folgte dem Chefarzt nach draußen. Da schraubte Stefan, der Schuft, seinen Blick gleich wieder auf Zärtlichkeit für Fanny und lud sie mit einer Handbewegung ein, auf seinem Bett Platz zu nehmen.

Aber Fanny blieb stehen. Schade, daß ich nicht verstehen konnte, was sie sagte. Ich sah bloß Stefans Gesicht, das immer länger wurde, als sie sprach. Dann begann er auf sie einzureden, doch sie schüttelte wieder und wieder den Kopf. Und ich wußte plötzlich nicht mehr genau, ob ich mich darüber freute, daß er in zunehmende Fassungslosigkeit geriet. Nein, im stillen hatte ich wohl gehofft, daß es ihm gelingen würde, sie umzustimmen. Und ich hoffte es um so mehr, als ich während der ganzen Zeit auch Renate sah, die im Nebenzimmer bei einer alten Dame aufräumte. Wenn Fanny ging, war Renate verloren! Sie war zu sanft und zu still, um sich ihm widersetzen zu können. Bestimmt...

Bestimmt konnte Stefan nichts Dümmeres tun, als in Wut zu geraten. Er sprach jetzt so laut, daß ich ihn trotz des geschlossenen Fensters verstehen konnte: »Und was verdienst du da?«

Fanny sagte etwas, worauf er in seinem langen Krankenhausnachthemd aus dem Bett sprang, den Geldkoffer aufriß und zornig rief: »Ich gebe dir zweitausend! Dreitausend! Viertausend! Fünftausend!«

Dabei langte er immer in den Koffer und holte ein Geldbündel nach dem anderen hervor. Er hielt sie Fanny hin, doch sie schüttelte erschrocken den Kopf. Aber er hatte wohl doch eher eine Gehirnerweichung als eine Gehirnerschütterung, denn jetzt schrie er: »Zehntausend! Zwanzigtausend! Dreißig...!«

Himmel, wie konnte er sich so vergessen! Daß es schon so weit mit ihm gekommen war, hätte selbst ich nicht vermutet, Fanny tat das Gescheiteste, was sie tun konnte – und ich mußte ihr in diesem Augenblick eine Menge abbitten –: Sie schüttelte zum letzten Male und sehr entschieden den Kopf und sagte nun auch so laut, daß ich sie verstehen konnte: »Du bist ja verrückt, Stefan. Und ich bin heilfroh, daß ich noch dahintergekommen bin...« Dennoch sah sie ein bißchen traurig aus, als sie ihm die Hand hinstreckte.

Stefan nahm sie nicht – wer weiß, ob aus Sturheit oder weil er noch seine beiden Hände voll Geld hatte. Er starrte Fanny bloß an, als wäre sie ein Wesen von fremden Sternen. Und mit beinahe flehender Gebärde hielt er ihr das Geld hin. Aber Fanny drehte sich wortlos um und verschwand aus dem Zimmer.

Da warf Stefan das Geld hoch empor! Und während die Scheine sacht wieder herabflatterten, sprang er in seinem langen Krankenhausnachthemd aufs Bett, riß den offenen Koffer hoch und schoß den Rest ebenfalls in die Höhe. Dabei brüllte er verzweifelt: »Scheißgeld!« Jetzt, dachte ich entgeistert, ist er wirklich verrückt geworden. Obgleich es schrecklich komisch aussah, wie er in seinem langen Krankenhausnachthemd auf dem Bett stand, noch einmal »Scheißgeld!« brüllte und mit seinen Armen in den heranflatternden Scheinen herumruderte, als wären es bunte, giftige Schmetterlinge.

Früher als ich entdeckte er Renate, die leise hereingekommen und still an der Tür stehengeblieben war. Ihre sanften, braunen Augen sahen verwundert auf das Tohuwabohu und auf Stefan, der aber schon mit glühenden Ohren unter die Decke kroch. Ein letzter Hunderter wedelte über ihn hinweg und auf Renate zu, und unwillkürlich lenkte er ihren Blick auf sich. Den Blick ihrer sanften, braunen Augen, die so sehr denen ihres Pappis glichen. Der jetzt vielleicht schon versuchte, ihrer Mutti den Schlüssel zum Sparkassentresor abzugaunern...

Ein dumpfes Stöhnen entrang sich meiner Brust. Wie

gelähmt sah ich sie mit flinken Fingern die Scheine einsammeln und in den Koffer tun. Stefan hatte die Augen geschlossen, seine Wut schien in Beschämung erstickt. Renate schob den Koffer unters Bett und trat zum Fenster, um es zu öffnen. Und da sagte Stefan mit belegter Stimme: »Schmeißen Sie es 'raus, Schwester. Schmeißen Sie es 'raus, Schwester. Schmeißen Sie es einfach 'raus, ja?«

Im ersten Augenblick empfand ich eine grenzenlose Erleichterung. Dann jedoch durchzuckte mich der Gedanke: Aha, jetzt versucht er's auf diese Tour! Um nicht zum drittenmal auf die Nase zu fallen!

Denn wenn er tatsächlich so geschafft gewesen wäre, wie er tat – hätte er da schon wieder nach Renates Beinen gucken können?

Er tat es. Wahrhaftig, er tat es. Er hob sogar den Kopf, um sie besser zu sehen. Und sagte mit ganz normaler, begeisterter Stimme: »Himmel, Schwester, haben Sie hübsche Beine!«

Ehrenwort, ich wäre keine Minute später verschwunden gewesen. Für alle Zeiten; wer weiß wohin. Und ich weiß selbst nicht, wie es kam, daß mich ausgerechnet die simple Bemerkung Stefans dazu brachte, wie ein Büffel aus dem Gebüsch zu brechen und verzweifelt zu rufen: »Renate! Hallo, Renate! Wir waren doch verabredet. Da bin ich!«

Sie schaute sanft und still zu mir herab und sagte ohne Verwunderung, nur ganz, ganz herzlich: »Fein. Ich komme auch gleich. Sowie die Nachtschwester mich abgelöst hat...«

Es macht einen Heidenspaß, an einem himmelblauen Tag die Autobahn entlangzudonnern und so laut zu singen, daß die Scheiben klirren. Woraus sich schon ergibt, daß ich erstens nicht an jenem Abend und zweitens nicht auf meinem Motorrad davongefahren war. Ich war überhaupt nicht aus Wölkenau abgehauen, und wenn ich jetzt singend die Autobahn entlangdonnerte, so geschah es nur zum Zweck einer gründlichen Probefahrt mit Zahnarzt Glumms neuem Wagen. Er hatte es fertiggebracht, ihn bereits zwischen der zweiten und dritten Durchsicht so zu versauen, daß ich drei Tage mit Überstunden daran herumfummeln mußte. Jetzt lief er wieder wie geschmiert, und wenigstens einmal sollte er die Freude haben, seiner eigentlichen Bestimmung als Fahrzeug gerecht zu werden.

Darum dehnte ich die Probefahrt ein bißchen weiter aus, als es normalerweise üblich ist. In der Bude war ohnehin erstaunlich wenig los; der Hof hatte sich in den letzten zwei Wochen gänzlich geleert, und in der Werkstatt standen nur noch die Lieferwagen der volkseigenen Marmeladenfabrik sowie der »Wolga« vom Bürgermeister, den Schurich in der Mache hatte. Unser Alter rannte schon drei Tage verstört in seinem Verschlag auf und ab und jammerte über den seltsamen Zufall, durch den in Wölkenau kein Auto mehr kaputtzugehen schien. Außer dem vom Zahnarzt Glumm natürlich, aber das war ja auch wieder heil.

An den aufregenden Tag vor drei Wochen denke ich noch immer mit Schaudern zurück. Der Abend jedoch hatte so viel umgekrempelt, daß ich meine startklare Maschine vor dem Krankenhaus ebenso vergaß wie die Absicht, Held der Arbeit zu werden.

Renate war rascher aus dem Krankenhaus gekommen als ich zur Besinnung. Der winzige Hauch von Äther, der sie umschwebte, brachte mich um die kläglichen Reste meines Denkvermögens. Da vergaß ich auch Stefan in seinem Zimmer, meine Angst um die Wölkenauer Sparkasse, Onkel Finger schlechthin, die hellen Laternen ringsum und sogar den Pförtner des Krankenhauses. Er räusperte sich heftig, als wir uns küßten – und wir küßten uns, als wäre das die natürlichste Sache der Welt.

Aber mit einem Kuß, Freunde, ist nichts gelöst, höchstens im Kino, und auch da sieht es meistens bloß so aus. Bei unserem sah es aus, als solle er alles noch mehr komplizieren, denn als wir einen Augenblick Luft holen mußten, entdeckte ich Marianne. Sie stand im Schatten der

Bäume auf der anderen Straßenseite und schaute genau zu uns herüber.

Da fiel mir plötzlich alles wieder ein, was ich vergessen hatte, besonders der kleine Ali, und ich fühlte mich haargenau so schuftig, wie ich Stefan die ganze letzte Zeit gefunden hatte. Nein, noch schuftiger; er wußte ja nichts von dem Kind, das einen Vater brauchte. Und wäre meine Flucht schon eine Gemeinheit gewesen – der Kuß war die größte, auch gegen Renate!

Sie sah Marianne erst jetzt. Und nun verhinderte eigentlich nur ein Umstand die endgültige Katastrophe: mein Versprechen, zu keinem Menschen ein Wort über den kleinen Ali zu sagen! So murmelte ich glücklicherweise nur: »Das ist Marianne...«

Und erst jetzt guckte Marianne wirklich zu uns hinüber – bisher hatte sie in Stefans Zimmer geguckt! Und sie erschrak bei meinem Anblick beinahe ebenso, wie ich bei ihrem erschrocken war. Aber eben nur beinahe, denn während ich wie angenagelt auf meinem Fleck stehenblieb und hoffte, daß sich die Erde auftun und mich verschlingen würde, überquerte sie schon mit entschlossenem Schritt und wehendem Pferdeschwanz die Straße.

»Das ist Marianne«, wiederholte ich mit versagender Stimme, als sie vor uns stand, »und das ist Renate...«

Renate sagte nichts als »Guten Abend«. Jedes andere Mädchen hätte schon wegen meiner Verwirrung sauer reagiert, aber sie blieb still und geduldig stehen – auch als Marianne hastig sagte: »Gut, daß ich dich treffe, Ali. Ich wollte dir schon heute vormittag was sagen, aber da bist du so gerannt...«

Nicht schnell genug, dachte ich, und nicht weit genug. Dennoch fürchtete ich jetzt nichts so sehr, als daß Renate sich umdrehen und davongehen könnte. Zumal mich Marianne am Ärmel ein Stück beiseite zog, was jedem anderen Mädchen garantiert gereicht hätte. Doch Renate blieb stehen und schien nicht einmal neugierig darauf, was mir Marianne zu sagen hatte.

Marianne sagte: »Morgen wollte mein Vater zu dir kommen, um mit dir wegen der Hochzeit zu reden ...«

Ich nickte stumm. Und jetzt hätte ich wer weiß was darum gegeben, wenn Renate davongegangen wäre. Aber dann fuhr Marianne fort: »Natürlich habe ich ihm den Unsinn ausgeredet. Er war auch bloß darauf gekommen, weil er glaubt, daß du ... Und du scheinst mich auch falsch verstanden zu haben, Ali – deinen Vornamen kriegt er, der Kleine, deinen Familiennamen nicht! Ich finde dich furchtbar nett, Ali, aber das ist doch kein Grund zum Heiraten, nicht?«

Was sollte ich darauf antworten? Wenn man so angeschlagen ist, wie ich es war, kriegt man sowieso kein vernünftiges Wort heraus. Doch dann sah ich Stefan am Fenster seines Zimmers stehen und in den Himmel gucken. Und plötzlich kam mir die beste Erkenntnis des erkenntnisreichen Tages: Marianne liebte ihn immer noch!

»Nein«, sagte ich beinahe glücklich, »das nicht. Aber guck dir mal den da an, Marianne ...«

Natürlich hatte sie ihn längst gesehen. Nur hätte ich sie besser kennen müssen, um bei meinen Worten hoffen zu dürfen, sie würde jetzt auf der Stelle weich. Im Gegenteil! Sie sagte heftig: »Ich denke nicht daran! Und ich wollte dich nur noch einmal an dein Versprechen erinnern – keinem Menschen ein Wort zu sagen! Vesprochen ist versprochen, Ali, gib mir die Hand drauf! Daß du keinem Menschen ein Wort darüber sagst – von *ihm* ganz zu schweigen!«

Ich *habe* keinem Menschen ein Wort darüber gesagt, von *ihm* ganz zu schweigen, denn mit ihm hatte ich nie wieder ein Wort gewechselt. Wenn ich heute dennoch so quietschvergnügt und in bester Hoffnung auf ein gutes Ende in diesen himmelblauen Morgen sauste, so deshalb, weil er spätestens an diesem Nachmittag von seinem Sohn erfahren würde. Nicht, daß man Marianne schon etwas angesehen hätte. Nicht, daß ihre lieben Eltern damit hausieren gegangen wären. Nicht, daß ich mein Versprechen brechen wollte – versprochen ist versprochen. Aber er würde es dennoch erfahren und mit ihm ganz Wölkenau.

Ich selber wäre nie darauf gekommen. Und Renate hatte sich nicht einmal nebenher erkundigt, worüber ich keinem Menschen ein Wort sagen sollte. Wir waren Hand in Hand durch die nächtlichen Straßen geschlendert und hatten so sehr mit uns zu tun, daß wir alles andere vergaßen. Die Welt und ihre Problematik brachte sich uns erst wieder in Gestalt Onkel Fingers zur Geltung. Als ich Renate nach Hause brachte, stand er davor und schaute sehnsüchtig zum Fenster hinauf. Hinter dem Frau Mangold saß und zählte – aber kein Geld, sondern Strickmaschen! Und Onkel Finger sah nicht grau und zerknittert aus, auch nicht grüngelb kariert und komisch, sondern beinahe würdevoll – trug er doch das prachtvolle Lobensteiner Oberhofmarschallsgewand. Und sei es, daß mich das eigene Glück überwältigt hatte, sei es, daß ich statt dem kleinen Ali nun wenigstens einem anderen Menschenkind einen Vater verschaffen wollte – jedenfalls hörte ich mich plötzlich sagen: »Onkel Finger, Ihre Tochter und ich wollen heiraten...«

Und erst in diesem Moment fiel mir ein, daß *ich* mir damit einen Schwiegervater verschafft hatte! Und was für einen!

Als ich mich an diesem himmelblauen Morgen seiner erinnerte, sah ich unwillkürlich auf den Tacho und stellte fest, daß ich mich fast siebzig Kilometer von Wölkenau entfernt hatte. Eine so ausgedehnte Probefahrt läßt sich nicht einmal mit einem Auto Zahnarzt Glumms entschuldigen. Ich nahm den Fuß vom Gaspedal und ließ es ausrollen, um bei der nächsten Überfahrt auf die Gegenfahrbahn zu wechseln. Da sah ich in einem entfernten Gebüsch etwas gräßlich Buntes schimmern, auch spiegelte sich die Sonne in einer Menge Chrom. Und das Ganze war nichts änderes als Stefans gigantischer Straßenkreuzer!

Ich gab so heftig Gas, daß jedes andere Auto genauso aufgestöhnt hätte wie das von Zahnarzt Glumm. Mit höchster Tourenzahl raste ich auf die Unglücksstelle zu. Stefan mußte sich gewaltig überschlagen haben, denn das Gebüsch lag zwanzig Meter neben der Autobahn. Doch mein Entsetzen legte sich ebenso rasch, wie es aufgeflammt war, denn schon aus mehreren hundert Meter Entfernung erkannte ich, daß sein Schlitten heil und nur im Gebüsch versteckt war.

Ich bremste scharf, fuhr rechts 'ran, hielt, stieg aus und schlich auf das Monstrum zu. Ich hatte ihn mit höchstem Widerwillen repariert und mich strikt geweigert, ihn selbst auf die Burg zu schaffen. Das hatte dann Schurich getan, und nach seiner guten Laune vermutete ich, daß Stefan ihm ein fürstliches Trinkgeld gegeben haben mußte. Aber ich hätte sowieso keinen Pfennig mehr von ihm genommen.

Jetzt nahm ich alle meine militärischen Fähigkeiten zu Hilfe, um auf meinem Spähtrupp nicht von Stefan entdeckt zu werden. Nicht, daß er mich noch als Mensch interessiert – wohl aber als Vater des kleinen Ali. Vielleicht ergab sich hier ein Grund, in letzter Sekunde von meinem Vorhaben Abstand zu nehmen. Ich hatte mich sowieso schon gefragt, weshalb er in den letzten Wochen kaum in Wölkenau zu sehen gewesen war. Nachdem ihn das Krankenhaus als geheilt entlassen hatte. Onkel Finger wußte bloß, daß er jeden Morgen wegfuhr und erst spät am Abend wiederkam. Und daß er überhaupt ganz anders geworden sei. Ich hatte das auf seine dreifache Enttäuschung geschoben. Aber vielleicht hielt er sich auf seinen geheimnisvollen Fahrten dafür schadlos – daß er hier irgendwo ein viertes Mädchen traf?

Die letzten Meter robbte ich lautlos durchs Gras. Nein, der Wagen war leer. Das Gebüsch ringsum auch – bis auf das versteckte Auto. Ich erinnerte mich an den Feldstecher im Handschuhkasten, holte ihn heraus und suchte die Gegend ab. Und da sah ich ihn...

Er lag auf dem Bauch am Rande der Autobahn. Neben ihm stand ein Koffer, aber nicht der Geldkoffer, sondern ein viel größerer. Und Stefan beobachtete offenbar die vorüberfahrenden Autos. Auf seinem Gesicht lag eine unerklärliche Spannung, besonders als ein »Trabant« herantuckerte und ganz in seiner Nähe hielt. Da wollte sich Stefan erheben – doch als vier robuste Männer aus dem Wagen kletterten, ließ Stefan sich wieder ins Gras sinken. Und rührte sich nicht, bis sie nach kurzer Pause zu einem bestimmten Zweck wieder eingestiegen und davongefahren waren.

Auch ich rührte mich nicht, denn gegen die lähmende Angst, die mir im Nacken saß, war das Entsetzen von vornhin gar nichts. Denn was konnte sein verstecktes Lauern anders bedeuten als eine Absicht, die krimineller war als mein ganzer künftiger Schwiegerpapa? Die vier Männer im Trabant waren ihm für einen Überfall zu robust vorgekommen! Und nun hielt er Ausschau nach einer gefahrloseren Beute!

So etwas hätte ich ihm nie zugetraut. Bis zu diesem Augenblick nicht. Wenn es mir jemand erzählt hätte, wäre ich explodiert vor Lachen. Aber jetzt sah ich es klar und scharf durch eine Zeiss-Jena-Optik, Export-Qualität, und schon wieder spannte sich sein Gesicht zu höchster Aufmerksamkeit. Diesmal galt sie einer Dame in einem stotternden Wartburg. Und jetzt wußte ich auch, weshalb er seinen alten Overall angezogen hatte: zur Tarnung seines finsteren Vorhabens!

Wie er sich aus dem Gras erhob und lässig winkte, hätte ihn selbst Grünwald für einen gefälligen Autobahn-Service-Monteur gehalten. Die ahnungslose Dame am Steuer des Wartburgs dachte garantiert nichts anderes, denn sie lächelte erfreut und bremste. Da hatte ich aber schon den Feldstecher in die Polster des Wagens gefeuert und hetzte in langen Sätzen zum Tatort.

Die Dame hielt und stieg aus. Ich war noch fünfzehn, zwanzig Meter von ihnen entfernt, als ich über eine Baumwurzel stolperte und stürzte. Die Dame und Stefan sprachen miteinander, und während ich mich mühsam aufrappelte, öffnete sie die Motorhaube und Stefan den großen, schwarzen Koffer...

Da haute es mich erst richtig um. Denn mit der zierlichen Dame wäre selbst ein unerfahrener Autoräuber ohne Kerzenschlüssel fertig geworden. Und für das Licht, das mir endlich aufging, bedurfte es keiner elektrischen Zündung.

Zum Glück war ich immer noch unbemerkt geblieben. Ich rettete mich ins hohe Gras und erholte mich erst mal von dem Schock. Die leichte Beschämung über meinen schweren Verdacht schluckte ich wie eine Spalttablette 'runter. Die kratzt auch nur ein bißchen hinten im Hals. Wie hätte ich vermuten sollen, daß er aus Langeweile heimlich zu arbeiten angefangen hatte?

Und garantiert nicht erst heute oder gestern. Er hantierte so flink und sicher mit dem Werkzeug, wie es keiner kann, der ein paar Monate nur die Nagelfeile in der Hand gehabt hat. Nein, *so* hatte er bestimmt schon die ganzen letzten Wochen verbracht! Wenn er frühmorgens aus Wölkenau weggefahren und erst spätabends wiedergekommen war!

Er klappte die Kühlerhaube des Wartburgs zu, als schon zwei weitere Autos hielten. Im ersten saß Fleischer Nachtweih, im zweiten Gärtner Schmiel, beide aus Wölkenau, und gleich ging mir ein weiteres Licht auf. Sie zeigten sich nämlich gar nicht überrascht, hier Stefan zu finden, und Fleischer Nachtweih wollte wissen, ob sein Söhnchen Paul auch schon zur Durchsicht gewesen sei. Da brauchen wir uns nicht zu wundern und der Alte nicht zu jammern, wenn unsere Werkstatt leer blieb. Zumal unser Alter kaum auf die Frage der Wartburg-Dame, was es koste, gesagt hätte: »Nichts, Frau Nachbarin, nichts.« Wie es Stefan tat, sogar ein bißchen verlegen. Das wunderte die Wartburg-Dame sehr, doch da erklärte ihr Gärtner Schmiel mit frohem Augenzwinkern, der Autobahn-Schnell-Reparaturdienst würde aus Mitteln des Zahlenlottos finanziert.

»Ach so«, sagte die Dame verblüfft, »ja dann ...« Aber als Stefan auch kein Trinkgeld nahm, kam ihr die Sache gleich wieder seltsam vor. Immerhin gab sie Stefan zum Abschied die Hand, was nicht jede autofahrende Dame bei unsereinem tut.

Ja, bei unsereinem – denn wieviel Geld Stefan auch noch haben mochte: Wer Autos repariert, ist ein Autoschlosser! Auch wenn er nicht einmal Trinkgeld dafür nimmt!

Eine Lerche stieg pfeilgerade in den blauen Himmel und trällerte ihr Lied. Ein Mistkäfer bohrte sich zufrieden in den Sand vor meiner Nase. Was für ein Tag, dachte ich. Ich guckte Stefan beim Arbeiten zu und mußte sehr an mich halten, um nicht aufzustehen, ihm freudig ins Kreuz zu hauen und zu sagen: Komm, wir vertragen uns wieder! Schon, weil du mir seinerzeit das Leben gerettet hast! Und weil du spätestens heute nachmittag genauso glücklich sein wirst wie ich – jedenfalls, wenn dir noch ein Fünkchen von deinem Optimismus geblieben ist...

Doch warum sollte er eigentlich bis heute nachmittag darauf warten? Oder gar bis morgen?

Bei diesem Gedanken schlich ich mich schon gleitend und kriechend davon. Rannte zu Zahnarzt Glumms Auto. Stieg ein, fuhr los, wendete hinter seiner Freiluftwerkstatt und klemmte mich hinter den Skoda des Gärtners. Fleischer Nachtweih war schon mit herzlichem Dank abgefahren. Stefan warf nur einen flüchtigen Blick auf Zahnarzt Glumms Wagen und sah mich nicht hinter der Scheibe. Ich aber malte mit Kreide und in verkehrten Buchstaben dieselben Worte an die Scheibe, die seit heute früh per Brief an ihn unterwegs waren: »STEFAN – MARIANNE KRIEGT EIN KIND VON DIR! ES SOLL ABER ALI HEISSEN! EINER, DER AUCH SO HEISST!«

Denn *sagen* konnte ich es ihm nicht. Weil ich Marianne in die Hand vesprochen hatte, es ihm nicht zu *sagen*! Über das *Schreiben* hatten wir jedoch nichts abgemacht. Ich, wie erwähnt, hätte diese Möglichkeit nie bedacht. Nur kam Renate gestern noch stiller als sonst aus dem Krankenhaus, um mich plötzlich viel weniger sanft als sonst zu fragen: »Weißt du eigentlich, daß Marianne ein Kind kriegt?«

»Ja«, murmelte ich.

»Von wem?« fragte sie.

»Das darf ich nicht sagen«, murmelte ich.

»Dann schreib's in den Sand«, sagte sie »sonst gehe ich keinen Schritt weiter mit dir!«

Und dabei funkelten ihre sonst so sanften, braunen Augen ganz eigentümlich. Aber ich freute mich nicht nur über ihren genialen Einfall, sondern auch über dieses erste Zeichen einer menschlichen Schwäche. Denn bisher war sie meinem künftigen Schwiegerpapa und mir so vollkommen erschienen, daß wir beschlossen hatten, seine Schicksalsschläge einstweilen für uns zu behalten. Nun würden wir sie ihr vorsichtig beibringen können!

Gärtner Schmiel fuhr im selben Augenblick davon, als das verwöhnte Söhnchen Fleischer Nachtweihs im eigenen Sportwagen heranschoß, mich elegant umkurvte und Stefan freundschaftlich zurief: »Da bin ich, Stefan! Ich war angemeldet...«

Er verstummte, denn bei seinem herablassenden Seitenblick auf mich hatte er gelesen, was auf der Scheibe stand. Auch gut, dachte ich – da würde es sich besonders rasch in Wölkenau herumsprechen! Viel rascher als die kostenlose Freiluft-Reparaturwerkstatt, die bisher ein Geheimnis der Autobesitzer geblieben war.

Stefan aber schaute nicht auf die Scheibe und den feixenden Nachtweih junior, sondern mir ins Gesicht. Mit finsterer Miene. »Was willst du denn hier?« fragte er grob. »Mich ausschnüffeln, was?«

Ich schüttelte den Kopf, weil mich sein Verdacht gleich wieder ärgerte. Ich beherrschte mich jedoch und zeigte stumm auf die Scheibe. Verständnislos überflog er die Notiz. Erst bei den letzten Worten begannen seine Ohren zu glühen. Und er stotterte in totaler Fassungslosigkeit: »Ist das... Ist das wahr ... das?«

»Das darf ich dir nicht sagen«, erklärte ich wahrheitsgemäß. »Weil ich Marianne versprochen habe, dir nichts zu sagen. Weil...«

Das alles hörte er gar nicht mehr. Noch vor meinem ersten Wort sprang er über den Acker auf das Gebüsch zu, stolperte über dieselbe Baumwurzel wie ich, schlug lang hin, schoß wieder empor und flankte über die hohe Tür ins Innere seines Schlittens.

Der sprang bloß nicht an.

Und da kam Stefan auch schon zurückgefegt, riß die Tür von Zahnarzt Glumms Wunderauto auf, stieß mich auf den Beifahrersitz, quetschte sich hinter das Steuer und startete...

So wild darf man mit Zahnarzt Glumms Auto nicht umspringen. Da ist sofort irgendwas im Eimer. Hier war es der Anlassermotor. Da brüllte Stefan empört: »Nimm *du* mein Geld – aus dir wird *nie* ein Autoschlosser!«

Damit war er auch schon wieder draußen, schubste das Fleischersöhnchen beiseite, quetschte sich auf den knallroten Ledersitz, brachte den Motor glücklich in Gang, gab Gas und schrie mir im Davonjaulen zu: »Wenn ich bloß wüßte, wozu ich dir das Leben gerettet habe!«

Nachtweih junior schüttelte verständnislos den Kopf und meinte, er habe auch mal ein uneheliches Kind gekriegt, aber so ein Theater habe er nicht darum gemacht. Nicht mal, als es zur Welt gekommen sei. Und was Stefan sich wohl dabei dächte, einfach mit seinem Wagen davonzuschießen? Er sei mittags zu einem Tennismätsch verabredet...

Der Stiesel. Am liebsten hätte ich ihn auf der Autobahn stehenlassen. Ich brauchte ihn nur, um Stefans Schlitten abschleppen zu können. Als er drin saß, geriet er in Verzückung und rief, so einen müsse ihm sein Pappi auch kaufen! Ob ihn Stefan vielleicht verscheuern würde?

Das hielt ich jetzt durchaus für möglich. Was ich *nicht* für möglich gehalten hätte, war, daß sich ein werdender Vater noch blödsinniger aufführen kann als ein frischgebackener Beinahe-Millionär. Denn während wir noch über die Autobahn rollten, hatte Stefan bereits das erste Malheur angerichtet.

In der Bude wußten sie es schon. Mario hatte wieder mal die Berufsschule geschwänzt und sich bei Kugler auf der Burg herumgedrückt, weil er neuerdings auch Dichter werden will. So hatte er mit eigenen Augen gesehen, was geschehen war:

Der Rittersproß und zweiundzwanzig ausländische Burgbesucher hatten am Kiosk nach Bockwürsten angestanden, als Stefan unter ohrenbetäubendem Hupen und wilden Freudenschreien herangebraust kam. Zwei Millimeter vor dem Kioskfenster brachte er den Wagen zum Stehen, um unverzüglich auf den Sitz zu springen, Marianne über den Ladentisch herauszuheben und sie als Mutter seiner Kinder zu umarmen. Marianne war so verdattert, daß sie ihm erst eine scheuern konnte, als ihr ein Engländer die Bockwurstzange und den Senflöffel aus den Händen genommen hatte. Nur gut, daß die anderen Ausländer alle Franzosen waren; als Stefan Marianne – trotz Ohrfeige! – küßte, klatschten sie begeistert Beifall. Hingegen kriegte ihn der Engländer kühl beim Kragen, stukte ihn ins Auto zurück und stellte sich schützend vor die verdatterte Marianne. Aber Stefan bestand nur noch darauf, die Bockwürste für den Rittersproß, die Franzosen und den Engländer zu bezahlen. Und er schrie frohlockend: »Ich weiß ja, warum du mich nicht willst – wegen der Moneten! Aber die bin ich schneller los, als du gucken kannst! Da wirst du staunen, mein Mädchen!«

Und schon pfiff er mit Nachtweih juniors Sportwagen im Tiefflug bergab. Da klatschte bloß der Engländer Beifall, während die Franzosen Marianne gratulierten und sich erboten, einen Namen für das Kind zu finden. Und weil Marianne glauben mußte, daß ich mein Wort gebrochen hatte, würde sie den Kleinen nun bestimmt René oder Maurice statt Ali nennen.

Wegen der geschäftlichen Flaute in den letzten Wochen hatte sich unser Alter endgültig entschlossen, Pegeha zu werden. In einem Interview, das er der Bezirkszeitung gab, haute er dermaßen auf die Pauke, daß er auch nicht mehr zurück konnte, als die alten Kunden reumütig zurückkehrten. Denn Stefan hatte seinen Freiluftbetrieb aufgegeben, um rasch den Rest seines Vermögens zu verjubeln.

Ja, zu verjubeln – denn in seiner Freude fielen ihm nur die unsinnigsten Verwendungsmöglichkeiten ein! Die Hoffnung, daß ihn Marianne ohne Geld heiraten würde, hatte ihm leider auch die blühende Phantasie zurückgegeben.

Der Rattenfänger von Hameln war auf eine armselige Flöte angewiesen. Stefan aber zog mit einer ständig wachsenden Kinderschar von einem Spielzeugladen zum anderen, von einem Süßwarengeschäft zum nächsten, von einer Eisbude zur zweiten, dritten, vierten, fünften – so lange, bis alle entsprechenden Unternehmen wegen Ausverkaufs schließen mußten. Die Kinder freuten sich natürlich halbtot und mit ihnen Stefan, nicht aber die Eltern und Lehrer. Bereits am Abend des Tages, an dem er diese erste große Aktion gestartet hatte, suchte ihn statt der begeisterten Kinderschar ein ständig wachsender Zug entrüsteter Erwachsener. Sie schleppten alle die Dreiräder, Autos, Baukästen, Puppen, Teddybären, Konfektschachteln, Bonbonsäcke, Eisenbahnen, Trommeln, Pfeifen und Gewehre herbei, die er den lieben Kleinen gekauft hatte. Die Menge stellte ihn auf dem Markt, wo er mit einer Rotte Halbwüchsiger – einschließlich Mario – vor dem Schaufenster stand und jedem für morgen ein Moped versprach. Die Menschen füllten den Markt; in Wölkenau haben fast alle Leute Kinder, und fast allen Kindern hatte Stefan was gekauft. Anfangs kapierte er gar nicht, was die aufgeregte Menge von ihm wollte. Dann mißverstand er sie völlig, denn er kletterte auf den Denkmalssockel und rief gerührt: »Keinen Dank, ihr Lieben – ich bin selber Vater!« Ihr zorniges Hohngelächter gab ihm nur so weit zu denken, daß er mit aufglühenden Ohren hinzufügte: »Jedenfalls bald ...!«

Aber da häuften sich die tausend hübschen Sachen schon zu seinen Füßen. Und die Zurufe, die ihn erreichten, ließen ihn endlich stutzig werden. Stutzig – nicht einsichtig. In einer glühenden, empörten Rede bedauerte er »die armen Kleinen« wegen solcher »Rabeneltern«, was die Wölkenauer Väter und Mütter nicht eben sanfter stimmte. Hatten sie ihm zunächst nur bedeuten wollen, daß sie die Flut von Geschenken aus pädagogischen Gründen ablehnten, so wurden sie nun genauso grob wie er und sparten nicht mit handfesten persönlichen Anspielungen. Es war, als ob aus einem lange schwelenden Feuer plötzlich helle Flammen schlügen. Umsonst versuchten Renate und ich die Menge zu beschwichtigen; wir waren an ihrem Rande eingekeilt und vermochten nicht bis zum Denkmal vorzudringen. Stefan stand noch immer auf dem Sockel und verteidigte sich wacker mit Rede und Gegenrede. Um die Spielzeuge ging es schon längst nicht mehr. Jetzt kriegte er alles das unter die Nase gerieben, was er an Unsinnigem angestellt hatte. Und das war bekanntlich eine ganze Masse – einschließlich dessen, was ihm nur gerüchtweise nachgeredet worden war. Das jedoch versetzte Stefan in die Lage, seinerseits vom Leder zu ziehen. »Ihr mit eurem Gequatsche!« rief er in schönster Empörung. »Alles bloß Neid und Langeweile, jawohl! Da galoppiert die Kleinbürgerlichkeit durch die Stadt, daß es einem in den Ohren dröhnt! Und erinnert euch bloß mal an den Tag, als ich die Moneten anbrachte! Da war der Rummel noch größer als heute, ihr Lieben, denkt bloß mal scharf nach! Und da gab's eine ganze Menge, die den Zaster gern mit mir geteilt hätten! Soll ich Namen nennen? Soll ich?«

An diesem Punkt seiner Rede kam eine gewisse Unstimmigkeit auf. Während einige riefen: »Tu's doch!«, wollten andere rasch wieder auf das Auto, Fanny und die Pferde zurückkommen. Aber im Augenblick war Stefan nicht einmal damit zu erschüttern. »Na und?« rief er. »Was hättet ihr denn angestellt mit solcher Menge Geld? Überlegt mal! Ihr spielt doch auch im Lotto – Woche für Woche! Aus Spaß? Quatsch, um zu gewinnen! Bloß, daß keiner von euch so ein Glückspilz ist wie ich...«

Es war ziemlich still geworden auf dem Markt, so daß er seine Stimme ein wenig dämpfen konnte. »Ich«, sagte er, »bin so gut wie fertig damit. Und den Rest kriege ich auch noch klein, weil ich's ja auch muß. Aber wenn nun von euch mal einer dran ist... ?«

Die Menge hatte sich zu verlaufen begonnen; war ja auch Zeit zum Abendbrot. Ein paar Leute folgten Stefans Ermunterung, wenigstens ein paar Kleinigkeiten aus dem Berg von Zeug mitzunehmen. Den Rest würde er dann einem Kinderhort spendieren. Einen grellbunten Ball und eine Trompete nahm er jedoch selber vom Haufen. Garantiert für den kleinen René oder Maurice. Eigentlich hatte ich zu ihm hingehen wollen, aber er starrte die Trompete so glücklich und versunken an, daß ich's sein ließ. Schade, daß ihn Marianne nicht gehört hatte. Oder daß sie ihn wenigstens jetzt hätte sehen können. Er setzte die Trompete an die Lippen und blies hinein. Und sein

Gesicht verklärte sich, als hätte er statt dieses durchdringenden Lautes den ersten Schrei seines Söhnchens gehört.

Renate und ich bummelten langsam durch die Straßen. »Eigentlich habe ich mir auch manchmal einen Fünfer gewünscht«, sagte Renate, »und eigentlich wünsche ich mir jetzt keinen mehr...«

Ich guckte ihr in die sanften, braunen Augen und sagte: »Aber einen Vierer – einen Vierer könnten wir schon gebrauchen!« Denn in ihren Augen spiegelte sich gerade die Leuchtschrift des Möbel-Konsums. Und wenn ich meine Schulden an Stefan zurückzahlen wollte, hatte ich mindestens bis Weihnachten damit zu tun.

Lange zu tun hatten wir auch, wie immer, mit unserem Abschied. Es mochte gegen elf, halb zwölf gewesen sein, bis wir uns einigten, daß der nächste Kuß für heute der letzte sei. Frau Mangold hatte schon ein paarmal aus dem Fenster geguckt und gerufen: »Verkühlt euch nicht! Wollt ihr nicht lieber noch ein bißchen raufkommen?« Ach nein. Erstens war es sehr schön hier unten. Zweitens irritierte mich noch immer Onkel Fingers Foto auf der Anrichte. Zwar glaubte ich nicht mehr, daß er die Sparkasse ausplündern wollte, aber ich würde beim besten Willen noch ein Weilchen brauchen, bis ich mich an ihn gewöhnte.

»Woran denkst du, Ali?« fragte Renate.

»An nichts weiter«, sagte ich.

»An kein Mädchen?«

»Nein – an einen Mann.«

»Wirklich?«

»Ganz bestimmt.«

»Dann ist es gut«, sagte Renate. »Gute Nacht, Ali.«

»Gute Nacht, Renate. Träum was Schönes.«

Sie lief ins Haus. Ich wandte mich zum Gehen. Und sah

gleich wieder in sanfte, braune Augen. Ihr verstörtes Flimmern und die späte Stunde stimmten mich doch wieder ein bißchen argwöhnisch. Was wollte er um diese Zeit noch hier?

»Ich muß dich sprechen, Ali«, keuchte er. Wir duzten uns seit einigen Tagen, weil es sich vor Renate und Frau Mangold immer so seltsam anhörte, wenn er zu mir »Herr Ali« und ich zu ihm »Onkel Finger« sagte.

Mit einem scheuen Blick zu dem Fenster unserer Bräute zog er mich ins Dunkel der Straße. »Wegen Herrn Stefan«, flüsterte er atemlos, »und auch wegen mir. Er hat mich nämlich gefragt, ob ich sein Geld haben will!«

Ihm versagte die Stimme.

»Was?«

»Alles, was noch da ist. Und es ist immer noch eine ganze Menge!«

Zwar erschütterte mich die Nachricht nicht halb so sehr wie ihn, aber zu schlucken hatte auch ich daran. Immerhin ging es um meinen zukünftigen Schwiegervater. Gewiß, Kassenbote würde er dann kaum noch werden wollen. Und nie mehr jammern, was er für ein Pechvogel sei. Und Stefan brauchte sich in keine so abenteuerlichen Unternehmen mehr einzulassen, wie er es heute getan hatte. Bei seiner wiederentflammten Phantasie war nicht abzusehen, wohin das nächste führen könnte – kaum zum Standesamt, fürchtete ich. Ja, vielleicht war das wirklich die Lösung!

»Und?« fragte ich.

In den sanften Augen Onkel Fingers lag unendlicher Jammer, als er den Kopf schüttelte und murmelte: »Ich nehm's nicht.«

»Nanu?«

»Bei meinem Pech?« seufzte er. »Wer weiß, was da wieder passieren würde...«

»Es ist ehrliches Geld«, sagte ich mit Nachdruck, »da könnte dir keiner was am Zeuge flicken.«

Onkel Finger schien einen Moment zu schwanken. Und ich fürchtete schon – warum eigentlich? –, daß er davontraben würde, um sich den verdammten Koffer endlich unter den Nagel zu reißen, als er in abgründiger Verzweiflung und fester Entschlossenheit ausrief: »Nein, ich nehm's nicht! Ich war nämlich dabei, heute abend, auf'm Markt. Und als er fragte: ›Was hättet ihr gemacht – mit solcher Menge Zaster?‹, da hab' ich's mir vorgestellt... Und *dann*, Ali, *dann* säße ich gleich wieder drin in der Patsche – bei meinem Pech...«

Aber schrecklich nahe ging es ihm doch, denn trotz seines neuen braunen Anzugs sah er plötzlich wieder ganz grau und zerknittert aus. Dennoch hatte ich keine Angst mehr, als er sich trübsinnig verabschiedete und zur Burg hinaufpilgerte. Nein, er würde es nicht nehmen, das Geld. Stefan mußte sich etwas anderes einfallen lassen...

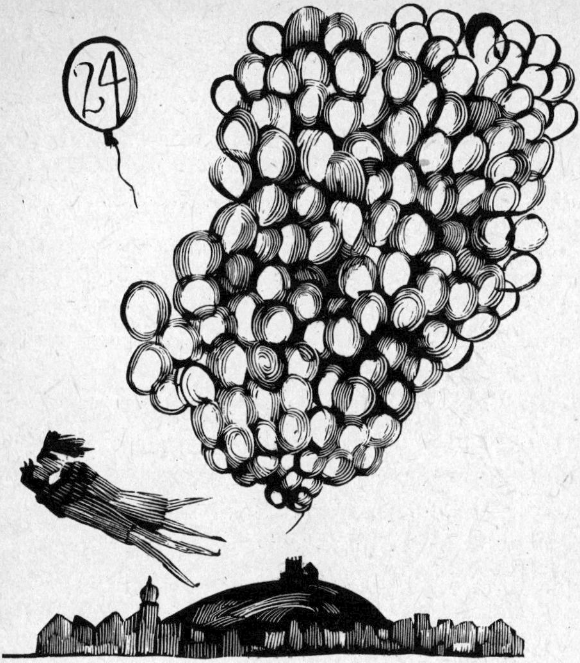

Welch ein Anblick!

Welch ein erhabener Anblick!

Die Wolke, die sich über der Burg zusammenballte, war garantiert die gewaltigste Wolke, die sich jemals über einer Burg zusammengeballt hatte. Vor allem aber war sie die bunteste. Eine Wolke aus blauen, grünen, roten und gelben Luftballons. Unzähligen Luftballons – länglichen und runden, gestreiften und karierten, beschrifteten und bemalten Luftballons, Luftballons, Luftballons.

Unter dieser gewaltigen, bunten Luftballonwolke duckte sich die Burg in beschämter Winzigkeit, ja, selbst die Stadt mußte sich strecken, um nicht von ihrem Schatten verschluckt zu werden. Vom Schatten einer Wolke aus unzähligen bunten Luftballons. Kann man sich so etwas vorstellen?

Ein Vogelschwarm, der über Wölkenau hinweg nach Süden ziehen wollte, zerflatterte vor Schreck in alle Himmelsrichtungen. Die Morgenmaschine der INTERFLUG von Erfurt nach Berlin stieg in hastigen Hupfern zweihundert, dreihundert Meter höher am Himmel empor. Längst hatten die Hunde der Stadt begonnen, die bunte leuchtende Wolke anzuheulen wie nachts den Mond, bloß lauter. Die Katzen flohen von den Dächern, denn dort versammelten sich die Wölkenauer und starrten wie gebannt zur Burg hinauf. Die Schulkinder bekamen aus pädagogischen Gründen hitzefrei. Und ich hatte wieder einmal das schlechteste Gewissen der Welt, denn ich wußte, was Stefan eingefallen war. Und ich hatte es nicht zu verhindern versucht.

Denn nach meiner Ansicht war dies der mildeste seiner Einfälle gewesen, der netteste auch, fand ich, jedenfalls im Augenblick des aufblitzenden Gedankens. Ich war ihm sogar behilflich gewesen, die Tausende und aber Tausende von Luftballons aus Leipzig herbeizuschaffen, desgleichen die neun Stahlflaschen voll Gas. Und während der Dichter Ferdinand Kugler begann, die Ballons mit Gas zu füllen – zuerst im Festsaal, dann in der Kemenate, im Turmgemach und auf dem Burghof –, wechselten wir in den Nachbarstädten und Nachbardörfern alle noch vorhandenen Hundertmarkscheine in Fünfer, Zehner, Zwanziger und Fünfziger. Leider trieben wir nicht so viele Briefumschläge auf, wie wir brauchten, aber der Werbeleiter der Volkseigenen Marmeladenfabrik half uns mit Firmen-Kuverts aus. So würden vier Fünftel der glücklichen Finder glauben, ein Präsent der Marmeladenfabrik erwischt zu haben – na schön, das konnte uns egal sein. Denn wohin der Wind die Luftballons mit dem Geld auch wehen mochte – es dürfte hübsch verteilt unter die Leute kommen und kein Unheil mehr anrichten. Und das war die Hauptsache!

Richtig vertragen hatten wir uns natürlich noch nicht, Stefan und ich. Dazu braucht es Zeit, überhaupt, wenn einer dem andern noch eine Menge handfester Dinge an den Kopf zu werfen oder unter die Weste zu jubeln hat, bildlich gesprochen. Aber über neutrale Belange redeten wir schon wieder ganz vernünftig miteinander, beinahe wie früher, zum Beispiel über die Chancen von Motor Zeiss Jena in der Fußballmannschaft oder über die Unterbringung der Kuchenbäckers im Städtischen Feierabendheim. Und als wir Kugler beim Aufblasen der Luftballons besuchten, boxten wir uns unwillkürlich vor Vergnügen in die Rippen. Er war nämlich schon ganz rammdösig geworden inmitten der grünen, gelben, blauen und roten Pracht. Aber es machte ihm Spaß, wie er uns versicherte; vielleicht war doch noch nicht Hopfen und Malz an ihm verloren.

Die Kuchenbäckers hatten das Geld in die Kuverts gesteckt und überall einen freundlichen Gruß raufgeschrieben. Sie fanden die Idee auch ganz prima, und Stefan ertappte den Zauberer, wie er ein paar eigene Scheine daruntermogeln wollte. Er war eben doch schon ziemlich tattrig, der Herr Aba Kadabra; und außerdem wäre es Quatsch gewesen. Dafür gestatteten wir dem Rittersproß, die neuesten Ansichtskarten von Wölkenau dazulassen. Ihm verrieten wir freilich nichts von unserer Absicht, wie auch Kugler nicht ahnte, zu welchem Zweck er die Luftballons aufpustete. Merkwürdigerweise fragte der auch gar nicht danach; ihm war es um die Sache selbst zu tun.

Drei Tage hatten wir so im stillen gewirkt. Und während der letzten Nacht waren wir fertig geworden. Um die Luftballons bändigen zu können, hatten wir sie erst mal alle an einen Strick gebunden und diesen sicherheitshalber auf dem Turm verankert. Man glaubt gar nicht, welche nach oben drängende Gewalt in diesen leichten, bunten Blasen steckt, jedenfalls, wenn man mehr und mehr aneinanderbindet. Schon die ersten tausend zerrten das Seil empor, als wäre es ein Bindfaden. Und allmählich spannte es sich mit der aufsteigenden Wolke wie eine Gitarrensaite. Da hatten wir das Zählen längst aufgegeben und schufteten nur noch, um beim ersten Licht des Tages fertig zu sein.

Als ich die Wolke komplett über der Burg schweben sah – ich wurde erst wach, als die Stadt schon in hellster Aufregung war und die hitzefreien Schulkinder zum Windberg hinaufliefen –, erschrak auch ich über unser Werk. Wer hätte gedacht, daß es so gewaltige Ausmaße annehmen würde? Lauter kleine Ballons – nur eben so bunte und so viele, daß sie zusammen ein prächtiges Luftschiff ergaben. Wir hatten nicht einmal vermutet, daß man unser Vorhaben von der Stadt aus beobachten könnte. In aller Stille wollten wir wieder einen Ballon nach dem anderen aus der Masse lösen, mit seinem Anhänger versehen und in den Himmel steigen lassen. Der Wetterbericht hatte wechselnde Winde versprochen. Stimmte sogar. Sie würden die Ballons weit, weit weg tragen, in alle Richtungen, und genau das hatten wir erhofft. Die unverhofften Kinder ließen sich nur mit Mühe zurückhalten, den Turm zu stürmen. Komisch, daß die Erwachsenen nur von fern, aus den Fenstern und von den Dächern der Häuser, zu uns herüberguckten. Allerdings mit Feldstechern und durch Operngläser. Obgleich sie so nie dahinterkämen, was wir eigentlich machten. Na, war auch besser so.

»Los«, sagte ich zu Stefan, »laß uns anfangen! Je eher wir's hinter uns haben, desto besser!«

Er konnte sich nicht vom Anblick der bunten, gewaltigen Wolke losreißen. Das tat er erst, als Marianne mit wehendem Pferdeschwanz und ohne das geringste Anzeichen von Neugier auf ihren Kiosk zuwippte. Sie knallte die Tür hinter sich zu. Und linste durchs Fenster zu uns hinauf auf den Turm.

»Also los«, sagte Stefan, indem er – ein wenig umständlich, fast feierlich – das erste Kuvert am ersten Ballon befestigte und ihn mit einem sanften Schubs auf die Reise schickte. Er schwebte empor und zog nordwärts davon.

Da erst kapierte Kugler, was wir taten. Himmel, führte er sich da auf. Ein Fremder hätte geglaubt, wir ließen *sein* Geld vom Wind verwehn! Wahrscheinlich hatte er vermutet, daß Stefan nach Onkel Fingers Ablehnung *ihm* das Geld anbieten würde. *Er* hätte es genommen, die Hand drauf. Und ich wußte nun auch, warum er sich solche Mühe mit den Luftballons gegeben hatte. Wie ein Wilder aufgeblasen und aufgeblasen, einen Ballon nach dem anderen! Jetzt aber rannte er mit hysterischem Geschrei den Windberg hinab und jammerte: »Das gibt's doch gar nicht! Das melde ich! Jawohl, das melde ich...«

Wir achteten kaum auf ihn, denn in einer Viertelstunde hatten wir erst zweiundvierzig Luftballons geschafft. Weil nämlich Stefan öfter und öfter zu Marianne hinunterpeilte, die über Kuglers Geschrei mitgekriegt haben mußte, worum es hier oben ging. Beim fünfzigsten flüsterte mir Stefan zu: »Geh hinunter und frag sie, ob wir uns gleich nachher verloben oder erst heute abend...«

Er kam und kam eben nicht von seinem Optimismus weg. Und Marianne nicht von ihrer Starrköpfigkeit. Als ich ans Kioskfenster trat, würdigte sie mich keines Blickes.

»Marianne«, sagte ich flehend, »denke an den kleinen Ali ... oder René«, fügte ich hastig hinzu, »oder Maurice...«

»Bob-Henry wird er heißen!« fauchte sie. Also hatten nicht die einundzwanzig Franzosen, sondern der eine Engländer gewonnen! Auch gut, obgleich es mich schmerzte. Aber das zählte jetzt nicht.

»Zähl doch mal mit«, bat ich sie, »er schießt einen Schein nach dem andern in die Luft!«

»Wennschon«, sagte sie störrisch, »der Spinner...«

»Was stellt er denn bloß wieder für Unsinn an?« keuchte Grünwald, indem er vor dem immer noch laut jammernden Kugler heranstürmte. Hinter diesem knatterte Männe den Windberg herauf, und ich glaubte meinen Augen nicht zu trauen, als ich auf seinem Sozius Pastor Neukirch hocken sah! Pastor Neukirch! Auf Männes Sozius! Das *konnte* doch nicht wahr sein!

Es war wahr. War wahrscheinlich so passiert, daß Pastor Neukirch rasch her wollte und Männe gerade angerauscht kam. Aber es verblüffte mich dermaßen, daß Marianne mich zum zweiten Male fragen mußte: »Alles?«

»Was?«

»Ob er *alles* Geld in die Luft schießt!«

»Klar», sagte ich. »Restlos alles! Ehrenwort!«

Pastor Neukirch rannte zum Turm hinauf, während Männe bei uns stehenblieb und ratlos mit den Schultern zuckte. »Menschenskind«, murmelte er, »über so was haben wir auf dem Lehrgang nicht gehört... Aber dir, Ali, hat er das Leben gerettet! Und du, Marianne, bist *auch* Jugendfreundin!«

Marianne warf schnippisch die Lippen auf. Allerdings

guckte sie jetzt ganz offen und in unverkennbarer Spannung zum Turm hinauf, wo Grünwald, Pastor Neukirch und Kugler auf Stefan einredeten. Doch da alle drei zu gleicher Zeit sprachen und Stefan mit rauher Stimme ein wildes Seemannslied sang – wobei er einen Luftballon nach dem anderen in die Lüfte entließ –, verstand keiner ein Wort vom anderen.

Ich kaufte rasch eine Tube Zahnpasta bei Marianne und schrieb an die Kioskwand: »SIE KRIEGT EIN KIND VON STEFAN!« Na, da staunte Männe aber! Und dann riß er mir die Zahnpastatube aus der Hand und malte unter meine Erklärung: »DANN MUSS ER SIE HEIRATEN!« Als ob er ihr auch versprochen hätte, nicht darüber zu reden!

»Er will ja«, seufzte ich. »Nur sie nicht!«

Männe senkte den Kopf und murmelte, das sei schwieriger. Ich hätte wetten können, daß er auf dem Lehrgang für Junge Kommunalpolitiker auch über so was nichts gehört hatte!

Auf dem Turm war die Arbeit für einen Moment zum Stillstand gekommen. Nein – für gänzlich! Denn Grünwald hatte sich Gehör verschafft und erklärte in strenger Dienstlichkeit, so dürfe man nicht mit unserem Geld umgehen! Er untersage hiermit die Aktion und behalte sich vor, wegen der bereits entsandten Scheine Maßnahmen zu ergreifen!

»Bravo!« rief Kugler. »Die Volkspolizei – dein Freund und Helfer!«

Als Stefan ihn wütend und enttäuscht am Kragen kriegte und die Turmtreppe hinabschob, tat Grünwald, als sähe er es nicht. Er klopfte Stefan begütigend auf die Schulter und meinte, das mit den Maßnahmen habe er bloß sicherheitshalber gesagt. Sofern Stefan ihm weiter keine Schwierigkeiten mit dem Geld mache. Die Luftballons dürfe er natürlich fliegen lassen. Schon wegen der Kinder, die in Sprechchören danach verlangten.

Stefan schaute unschlüssig vom Turm zu uns herunter und rief: »Ich werd's schon irgendwie los, das Geld! Sag's ihr, Ali!«

»Er wird's schon irgendwie los, das Geld«, sagte ich zu Marianne.

»Ich bin nicht taub«, erklärte sie. »Außerdem ist es mir völlig schnuppe. Ob mit oder ohne Geld – mir kann er gestohlen bleiben! Sag's ihm, Ali!«

Ich schüttelte entschieden den Kopf. Nein, das würde ich nicht sagen. Männe weigerte sich auch, es zu tun. Stefan brüllte hoffend herab: »Na, was ist? Hat sie ja gesagt?«

»Gleich!« versicherte Männe beschwörend. »Gleich, Stefan!«

Da steckte Marianne ihren Kopf aus dem Fenster und rief zum Turm hinauf: »Ich denke nicht daran! Und wenn du dich selber in die Luft schießt!«

Stefan stand einen Augenblick ganz still. Plötzlich aber schwang er sich auf die Turmbrüstung, packte mit der linken Hand das Seil der Luftballonwolke, griff mit der rechten in die Tasche, holte sein Messer hervor und klappte es auf. Zum Unglück war Grünwald für einen Moment im Turm verschwunden. Pastor Neukirch blätterte in einer Taschenbibel und achtete nicht auf Stefan.

Mir verschlug es beinahe den Atem. »Tu's nicht, Stefan!« schrie ich. Aber da hatte er das Messer schon angesetzt und begann das Seil zu zersäbeln. Die Luftballonwolke erzitterte leicht. Die ersten Fasern rissen.

»Tu's nicht!« schrie auch Männe. Stefan hielt kurz ein und brüllte fast triumphierend: »Doch! Damit sie ihren Willen hat!«

»Der Spinner«, flüsterte Marianne. Aber es klang sehr

verwirrt, zudem war sie wieder ganz blaß geworden. Stefan säbelte weiter. Die bunte Wolke zitterte stärker. In die Kinderschar kam Bewegung. Pastor Neukirch merkte jetzt auch, was los war, und stammelte: »Was hast du vor, Stefan?«

»Ich fahre in den Himmel«, erklärte Stefan. »Wogegen *Sie* ja wohl nichts einzuwenden haben...«

Gleich mußten die letzten Fasern zerreißen. Dann würde sich die Luftballonwolke erheben und Stefan mit sich in die Lüfte zerren. Kein Zweifel, daß er stark genug war, sich am Seil festzuhalten. Aber sein Arm würde schneller erlahmen, als den Ballons die Puste ausginge... In unserem Entsetzen hatten weder Männe noch ich auf Marianne geachtet. Wir staunten Bauklötzer, als sie plötzlich neben ihm an der Turmbrüstung auftauchte. Und sich auch hinaufschwang! Und in der Schreckensstille hörten wir sie sagen: »Laß es sein, Stefan. Oder nimm mich mit...«

Da riß das Seil. Die bunte, gewaltige Wolke schnellte empor. Die Kinder schrien: »Hurra! Hurra!« und winkten mit den Taschentüchern, soweit vorhanden. Stefan hatte im letzten, im allerletzten Moment losgelassen – um Marianne zu umarmen!

Sie ließ es geschehen und umarmte auch ihn. So hatte er keinen Grund mehr, nach dem entschwindenden Seil zu grapschen. Ihm stand jetzt, bildlich gesprochen, ein anderer Himmel offen: der siebente! Und um dahinein zu gelangen, hat ein Glückspilz wie er noch nie einer Wolke bunter Luftballons bedurft.

Die schwebte schon majestätisch über die Dächer der Stadt. Im Licht der Sonne leuchtete sie wunderschön gelb, grün, blau und rot. Röter denn je glühten auch Stefans Ohren. Er hob Marianne sacht von der Brüstung und küßte sie vor aller Leute Augen.

Aber die guckten jetzt sowieso alle in die Luft, wo für sie das größere Ereignis stattfand. Wer weiß, wann man wieder so etwas zu sehen bekam. Und Marianne haute Stefan nicht mal eine herunter! Da mochten sie sich küssen, solange sie wollten!

Und das würden sie ja wohl auch tun.

Epilog

Seit diesem glücklichen Tag sind drei Jahre vergangen.

In Wölkenau hat sich wenig verändert. Für eine Stadt, die in Jahrhunderten rechnet, sind drei Jahre höchstens ein Luftschnappen. Da bleibt, bildlich gesprochen, die Kirche im Dorf und jeder Stein auf dem anderen.

Unsere alte Bude haben wir allerdings abgerissen und neu aufgebaut. Natürlich viel größer, denn in diesen drei Jahren haben in Wölkenau so viele Leute Autos gekauft, daß es manchmal schon nicht mehr feierlich ist. Trotz der kürzlich freigegebenen Umgehungsstraße ziehen es viele Fremde vor, unsere Stadt nicht links liegen zu lassen, zumal nicht, wenn sie die Burg entdecken. Sie hat sich zwar auch nicht verändert, aber an ihrem Südhang starten und landen bei schönem Wetter fortwährend fünf solcher Segelflugzeuge, wie wir mal eins kaufen wollten. Das interessiert die Leute.

In der Burg selbst befindet sich jetzt ein Museum, dem der Rittersproß als Leiter vorsteht. Seit seiner Qualifizierung erwähnt er übrigens nicht einmal mehr vor amerikanischen Touristen, daß sie sich in der Wiege seines Geschlechts befinden. Vor inländischen Besuchern geißelt er sogar das frühere »Unwesen feudaler Schmarotzer« mit beißenden Worten. Die kurze Herrschaft des letzten Burgherrn läßt er jedoch unerwähnt, denn er hat auch ein Auto, wenn auch nur einen »Trabant«, und Stefan ist Vorsitzender unserer Genossenschaft und hört es nicht gern, wenn einer seiner Kunden über ihn herumquatscht. Und geheim bleibt in Wölkenau noch immer nichts.

So weiß jeder, daß Marianne bereits ihr zweites Kindchen erwartet. Das erste heißt nun doch nicht Ali, sondern Alice, weil es ein Mädchen geworden ist. Unseren Sohn haben wir Stefan genannt, denn wenn der mir seinerzeit nicht das Leben gerettet hätte, wäre Renate nicht meine Frau geworden.

Und Onkel Finger nicht mein Schwiegerpapa. Sicher auch nicht Hausmeister auf dem Volkspolizeirevier, als dessen Chef unser früherer Abschnittsbevollmächtigter Grünwald fungiert. Ich habe ihn ein bißchen im Verdacht, daß ihn Onkel Fingers Geschichten darüber hinwegtrösten müssen, daß er noch immer keinen großen Fall zu lösen bekommen hat. Inzwischen wissen auch Frau Mangold und Renate alles über sein früheres trauriges Geschick, aber sie haben es mit Fassung aufgenommen und dulden auch stillschweigend seine Marotte, jeden Tag, der vergeht, mit einem Bleistiftstrich als erledigt abzutun.

Ähnliches wird wohl auch Ferdinand Kugler tun, der seit einem Jahr, zwei Monaten, achtzehn Tagen und vier Minuten bei der Artillerie dient. Zwar hat er sich davor zu drücken versucht, wegen seiner Plattfüße, doch haben ihm die nichts genutzt. In seiner Freizeit dichtet er immer noch, patriotische Gedichte, die auch nicht besser sind als seine damaligen lyrischen Ergüsse, aber die sich wenigstens wieder reimen.

Von Fanny brauche ich nichts zu erwähnen; sie kennt jeder aus dem Fernsehen, aus dem Radio und von ihren Schallplatten. Demnächst soll sie sogar in einem Film mitspielen, der – man lese und staune! – Stefans Lottogewinn und alle damit verbundenen Ereignisse zeigen soll. Es waren extra ein paar Leute von der DEFA in Wölkenau, um sich die Geschichte in allen Einzelheiten von uns erzählen zu lassen. Nur den Schluß wollen sie anders machen, ganz anders, weil der richtige angeblich »nicht typisch ist für unsere Menschen«!

Denn ich vergaß bisher zu erwähnen, daß Stefan den Rest des Geldes nicht verjuxt hat. Nach dem Entschweben der bunten Luftballonwolke hat er keinen weiteren Versuch dazu unternommen. Marianne gelangte nämlich noch vor unserer Doppelhochzeit zu der Auffassung, daß es Quatsch wäre, das Geld sinnlos zu vertun. Und daß es gar nicht verkehrt wäre, eine hübsche, runde Summe auf der Sparkasse zu haben. Ist ja auch was Wahres dran, finde ich, nur ist es eben nicht typisch, wie die DEFA-Leute meinten. In ihrer Fassung soll es Stefan dem Tierschutzverein oder so schenken. Aber der richtige Stefan sagt, daß er immerhin die Burg mit ihrer Einrichtung sowie die drei Pferde kostenlos der Stadt übereignet hat, und das wäre ja auch ganz schön. Männe ist darin völlig seiner Meinung, und als stellvertretender Bürgermeister müßte er es doch wissen!

Mit Pastor Neukirch verträgt er sich jetzt ganz gut, denn auch der sagt jetzt immer, daß wir in einer Übergangsepoche leben. Sie hat in manchem ihre Schwierigkeiten, so für Meister Storch, der sich zur Ruhe gesetzt hat. Zwar hat er nun seinen Swimming-pool, aber schwimmen kann er nicht! Na, seine Sache.

Die Kuchenbäckers leben im Feierabendheim, wo es aber gar nicht so ruhig ist, wie man das von einem Feierabendheim annimmt. Sogar Frau Hunger, meine frühere Wirtin, hat auf ihre alten Tage noch angefangen, jonglieren zu lernen. Und das weiße Kaninchen wird von allen Insassen verwöhnt und paßt gar nicht mehr richtig in den Zylinder Aba Kadabras.

Unser ehemaliger Stift Mario bricht zwar nicht mehr jeden Tag ein paar Bohrer ab, denn er hat inzwischen ausgelernt, aber die reine Freude als Autoschlosser ist er noch immer nicht. Dabei hat ihm Stefan am Tage seiner Gesellenprüfung den amerikanischen Straßenkreuzer geschenkt, der in immer kürzeren Zeitabständen kaputtgegangen war – hoffend, Mario würde so viel daran herumzubasteln haben, daß er allmählich doch kapiert, wie man eine Kupplung richtig belegt oder den Vergaser haargenau einstellt. Nur hat Mario das Wunderauto zwei Monate später Zahnarzt Glumm verkauft. Und so liegt in diesem Augenblick wer darunter?

Ich. Ich liege drunter!

Und sehe, wie gerade Mario von Stefan beim Ausfüllen eines Tippscheins erwischt wird. Stefan putzt ihn gehörig herunter, doch dann wirft er einen Blick auf den Lottozettel und sagt kopfschüttelnd: »Das wird sowieso nichts, Mario. Jedenfalls nicht so, wie du es machst. Gib mal her...«

Er nimmt den Tippschein, schließt die Augen und kreuzt ein, zwei, drei, fünf Zahlen an. Marios ertapptes, verlegenes Gesicht verwandelt sich in freudiges Hoffen. Mir aber läuft eine Gänsehaut über den Rücken. Denn wenn Mario den Hauptgewinn kriegt, haue ich tatsächlich noch aus Wölkenau ab und werde in Schwedt Held der Arbeit!

Doch dann zerknüllt Stefan hastig den Schein – wahrscheinlich ist ihm der gleiche Gedanke gekommen. Und er ist noch heute ein Glückspilz, dem alles gelingt, was er anpackt.

Als ich ihn erleichtert angriene, grient er herzlich zurück und sagt: »Ich weiß, Ali, was dich freut!«

»Was denn?« frage ich.

»Na«, sagt er überzeugt, »daß ich dir seinerzeit das Leben gerettet habe!«

ISBN 3-359-00216-4
3. Auflage

Lizenz-Nr.: 540/98/87 · LSV 7001
Illustrationen, Schutzumschlag und Einband: Wolfgang Würfel
Printed in the German Democratic Republic
Gesamtherstellung: Karl-Marx-Werk Pößneck V 15/30
620 008 3
00[redacted]